सुरंग

संजय सहाय

राजकमल पेपरबैक्स

1988 में यह संग्रह इसी नाम से राधाकृष्ण प्रकाशन में प्रकाशित। वर्तमान संस्करण मूल का परिष्कृत स्वरूप है। और अब कहानियों का यही पाठ मान्य समझा जाए।

राजकमल पेपरबैक्स में
पहला संस्करण : 2018

राजकमल पेपरबैक्स : उत्कृष्ट साहित्य के जनसुलभ संस्करण

प्रकाशक : राजकमल प्रकाशन प्रा. लि.
1-बी, नेताजी सुभाष मार्ग, दरियागंज
नई दिल्ली-110 002

शाखाएँ : अशोक राजपथ, साइंस कॉलेज के सामने, पटना-800 006
पहली मंजिल, दरबारी बिल्डिंग, महात्मा गांधी मार्ग, इलाहाबाद-211 001
36 ए, शेक्सपियर सरणी, कोलकाता-700 017

वेबसाइट : www.rajkamalprakashan.com
ई-मेल : info@rajkamalprakashan.com

बी.के. ऑफसेट
नवीन शाहदरा, दिल्ली-110 032
द्वारा मुद्रित

मूल्य : ₹150

SURANG
Stories by Sanjay Sahay

ISBN : 978-93-87462-39-7

संजय सहाय

जन्म : 21 अक्टूबर, 1958

शिक्षा : वाणिज्य स्नातक

प्रकाशित कृतियाँ : लम्बी कहानियाँ 'शेषांत' एवं 'मध्यांतर' व्यापक स्तर पर चर्चित।

'शेषांत' पर रजत कमल से पुरस्कृत फिल्म 'पतंग' का निर्माण।

अनेक पत्र-पत्रिकाओं में कहानियाँ व लेख प्रकाशित।

सम्प्रति : वर्तमान में आप 'हंस' मासिक पत्रिका के सम्पादक हैं।

सम्पर्क : 186, अनुग्रहपुरी कॉलोनी, गया-823001 (बिहार)

दूर्वा, दिव्या
एवं
सुरभि को सप्रेम

क्रम

आभार

माता-पिता को – *लगभग हर चीज के लिए।*

'हंस' को – *जिसने 'शेषांत' को स्थान देकर पहली बार छपने का सुख दिया, समय-समय पर प्रोत्साहित किया और दिशा दिखाई।*

श्री अशोक महेश्वरी को – *1998 में सुरंग का पहला संस्करण 'राधाकृष्ण' से प्रकाशित करने के लिए और अब दो दशकों बाद 'राजकमल' से पुनर्प्रकाशन के लिए।*

'आजकल' व 'इंडिया टुडे' को – *'मध्यांतर' व 'खेल' के लिए।*

विवेकानंद जी, विद्यानंद जी, रवीन्द्र भारती, प्रेम कुमार मणि, राकेश श्रीवास्तव, भारती, रवि, सुकीर्ति, तातू दा, अब्दुल कादिर, रामजी एवं उन तमाम मित्रों को – *जिन्होंने एक-एक कहानी को शराफत के साथ कई-कई बार झेला है।*

राम चैटर्जी को – *कलकत्तावासी राम असल के ब्लैक-बेल्ट हैं व जिनकी मदद के बिना 'गिरफ्त' लिखना संभव न होता।*

नितेश शर्मा को – *प्रूफ रीडिंग में सहयोग के लिए।*

बर्बाद होते शहर गया को – *जिससे तमाम सुख मिले। प्यार, इज्जत, इज्जत की रोटी मिली– इस उम्मीद के साथ कि कभी न कभी तो घूरे तक के दिन फिरते हैं।*

सुरंग

शेषांत

जब तक मालगाड़ी खुली नहीं, किसी मरे हुए भीमकाय जानवर-सी नजर आती थी।

हरकत में आते ही गाड़ी चरमराई...चर्र-मर्र-क्रींऽऽ-चेंऽऽ-कड़-कड़—जैसे भूतहा सिनेमा में मुर्दा कब्र में जागता है। खासकर जाड़े की रात हो और मालगाड़ी मानपुर जैसे वीरान स्टेशन से खुले तब निश्चय ही ऐसा महसूस किया जा सकता है। थोड़े सस्पेंस के बाद उसका दमाग्रस्त इंजन और सत्तर बूढ़े डिब्बे एक-दूसरे को लंगड़ी लगाते स्टेशन पार कर गए।

"गाड़ी खुल गया।" आर.पी.एफ. का सब-इंस्पेक्टर बहुत दूर रेंगती बत्ती देखते अपने साथी से बोला।

"खुल गया तो का करें?" साथी चिढ़कर बोला, "साला कोई दम नहीं है। ...का बाबू साहब? ...ई कहाँ लाकर पटक दिया है...बेटीचो...!"

"हर चीज का समय होता है यादव जी। ...देखिए, सब लाइन पर आ जाएगा। ...पाँच साल पहिले भी थे न यहाँ पर, यहाँ के बारे में आपको आइडिया नहीं है...हमसे पूछिए तो ई जगह लाख गुना अच्छा है।"

"घंटा अच्छा है!"

"आप महाराज धीरज छोड़ देते हैं। अभी डी.आर.एम. से लेकर जी.एम. तक सब लोग आँख गड़ा दिया है, अकबकाने से कोई फायदा नहीं होगा।"

"मुँह मराए साला सब। अपने तो ठाठ से हीटर चलाकर मेहरारू के गोदी में बैठा होगा, ...यहाँ मारे जाड़ा के हड्डी तक जम गया है। ...बेफालतू का गुलामी करिए, ऊ भी रूखा-सूखा!"

"ओः हो, तो इसी जल्दीबाजी में न चल गया पिछलावाला सब। ...नया कमांडेंट को अभी नहीं न चीन्हें हैं आप! दू गो सस्पेंडेड हैं, याद रखिए! देखिए, छूटता है कि नहीं। हमको तो एक पाई का उम्मीद नहीं है। अब यूनियन कुछ करे तो करे!"

"आपका चेला चार बार से घूम जा रहा है...बात काहे नहीं करते हैं? ...कुछ हलका ही सही, सावधानी लेकर सुरू तो हो।"

"कौन? मथुरा? अरे बड़ा भारी हरामजादा है। धीरज रखिए। उपाय ऐसा होना चाहिए कि सब गोटी लाल पड़े...देखते तो जाइए!"

दोनों पटरी के किनारे रोड़ों पर चल दिए। उनके बूटों की टकराहट उनकी ढीठ सत्ता और उच्छृंखलता को बहुत देर तक गुंजाती रही...खटक-खड़ाक खटक-खड़ाक...

"सब काम, आराम से, धीरे-धीरे करने का आदत डालो।" फोरमैन सीताराम नए मिस्त्री को समझाते हुए बोला।

"हम ठहरे नया आदमी...मनेजमेंट खड़े निकाल देगा।" रामप्रवेश घबरा गया।

"अरे बुड़बक! ...फिटर को कोई निकालता है? थोड़ा और छोटा शहर रहता न बाबू तो मामूली वेल्डर भी मनेजमेंट के कपार पर चढ़कर मूत सकता था। ई कोई दिल्ली-कलकत्ता है कि जब चाहिए खट से नया मिस्त्री मिल जाएगा?"

"जो भी कहिए, लेकिन कुछ तो काम का हिसाब देना पड़ेगा न!"

"हिसाब? मिस्त्री से कौन हिसाब ले सकता है जी? और सुनो, हम तो भाई, कोई नया काम छूते हैं, उस पर पहले ही माल टान लेते हैं। जब काम फँसा हो, चार दिन एबसेंट हो जाओ। ...कह दो, जनाना बीमार है, पईसा के इंतजाम में लगे हैं, जब हो जाएगा तब ही आ पाएँगे काम पर। देखना, दो दिन में मनेजमेंट मदद के नाम पर पईसा भी देगी और मनेजर चार बार दौड़ेगा मनाने के लिए।" सीताराम दाँत दिखाते हुए बोला। "ड्यूटी में खाली टेप और कैलीपर लेकर नापी-जोखी किया करो। ...काम भूलकर भी मत छूना, नहीं तो ओ.टी. का सब मजा खतम।"

"मान गए आपको भी उस्ताद!" रामप्रवेश श्रद्धा के साथ बोला।

"अरेः चालू करो।" सीताराम ने हेल्पर को घुड़का।

"टाँका मारो...पहले टाँका मारो। वेल्डिंग कम से कम तीन बार में टानना चाहिए। नापी से आउट हो गया तब? जल्दबाजी क्या है?" सीताराम ने वेल्डर को हड़काया।

वेल्डर ने धुआँया शीशा आँख पर लगाया और वेल्डिंग राड को लोहे के अधूरे जंजाल में सटाया। दर्जनों फ्लैश-बत्तियों-सा प्रकाश अँधेरे को चीर गया।

"देखो, साला कैसे सटा है?" रामप्रवेश पचास गज दूर गुजरती मालगाड़ी देखते हुए चिल्लाया।

बेहयाई से शहर बनता कस्बा, और तीन-तीन विधानसभा क्षेत्रों पर धौंस जमाता हुआ कस्बा। और उसकी परिधि के एक टुकड़े पर पसरा यह कारखाना। और कारखाने के पिछवाड़े में रेलवे साइडिंग। और साइडिंग से सटे गुजरती थीं, ग्रैंड कार्ड लाइनें। बालुई नदी पर एक लंबा रेलवाई पुल और उससे लगा एक तीखा घुमाव, लगभग नब्बे डिग्री का, कारखाने को अपने छोर पर ही समेट लेता था। हर गाड़ी का धीरे हो जाना एक तकनीकी मजबूरी थी और वह घुमाव अपने से सटे उस छोटे, ऊबड़-खाबड़ कस्बाई हिस्से की अर्थव्यवस्था का एक छोटा मगर मजबूत हिस्सा था। ...हलका-फुलका फायदा तो सभी को होता रहता था। लेकिन मथुरा और उसके चेले, जब मिल-जमकर सक्रिय हो गए, यहाँ तक कि आर.पी. एफ. के जवान खुद ही माल पार करवाने लगे तो बात हद से गुजर गई। ऐसे भी भौगोलिक कारणों से यह जगह रेलवे की 'थेफ्ट-प्रोन एरिया' की लिस्ट में काफी ऊँचा स्थान रखती थी। सीनियर अफसरों की कोप दृष्टि पड़ ही गई, और आर.पी.एफ. की तीन वर्षों से बसी टीम रातोरात उजड़ गई। दो लोग सस्पेंड भी हो गए। काँछकर सोए हुए थे और ट्रक पर माल लद रहा था।

बचे हुए लोगों का फौरन तबादला हो गया था और दूसरे स्थान से आई आर.पी.एफ. की टीम ने अपना चार्ज ले लिया था। ...नए-पुराने सारे लोग सकते में थे। मथुरा उस काम में नहीं था, सो उसका अदना-सा साम्राज्य किसी हद तक सुरक्षित तो था, मगर बेरोजगार हो गया था। आशा की एक किरण जगी थी। नई आर.पी.एफ. टीम का सब-इंसपेक्टर आर.डी. सिंह! पाँच साल पहले तक इसी एरिया में था और मथुरा से खासा संबंध था उसका! लेकिन जब मथुरा के बहुत प्रयास के बावजूद उसने बातचीत में कोई रुचि नहीं दिखाई तो मथुरा चकरा गया था।

"बहनचो...फालतू में टाइम मत खराब करो।" आर.डी. सिंह ने बस इतना ही कहा था। और उसके बाद तो मिलने से भी इनकार कर दिया था उसने।

चेलों में बेसब्री बढ़ रही थी। ...चिंतित रहता था मथुरा।

"धड़ाक...!!!" सीताराम का कमेंट गोली के धमाके में दब गया।

गोली उसका कान छूते हुए निकली और सड़ते लोहे को छेदकर पार कर गई। वेल्डिंग की चौंध में वह अचक्के में धरा गया था। सोमर डिब्बे से और सट गया।

उसकी खाल ठंडे लोहे से रगड़ खाकर जवाब दे रही थी। कड़कड़ाते जाड़े में भी माथे पर पसीना चुहचुहा गया था। आर.पी.एफ. के जवानों की भद्दी-मोटी गालियाँ बढ़ती दूरी से उसका पीछा कर रही थीं। खैर था कि गाड़ी घुमाव काटने लगी थी। रोशनी भी यकायक गुप्प हो गई थी। तेज चमक के बाद अंधियारा और करिया गया था, नहीं तो बचना मुश्किल था। जब उसका डिब्बा घुमाव के बीच उगी झाड़ियों तक पहुँचा, सोमर कूद गया।

आधे घंटे तक वह झाड़ियों में दम साधकर घुसा रहा। जब आर.पी.एफ. वाले चले गए, सोमर निकला। सबसे पहले फैक्टरी से हिसाब बराबर करना है। गुस्से से उसका माथा टनक रहा था। पर आखिर कब तक ऐसे चलेगा? सारा धंधा चौपट हो रहा है।

"अरेः साला लाइट मारता है? बंद करो।" सोमर अँधेरे से चिल्लाया, "आगे रात में लाइट जलाया तो पीछे में बम घुसेड़ देंगे।" सोमर भद्दी गालियाँ जोड़ते हुए बोला, "आर.पी.एफ. वाला सब बहनोई लगता है का रे? ...बंद करो।"

वेल्डर ने हड़बड़ाकर काम रोक दिया।

"सामान समेटो!" सीताराम बोला, "हम तो भाई साफ कह देंगे...मनेजमेंट को नोट कमवाने के लिए जान और प्रतिष्ठा, दोनों को हम तो खतरे में न डालेंगे। सब लोग ओ.टी. रजिस्टर में आठ-आठ घंटा चढ़ा लो। अब देखना! कैसे मनेजमेंट का पेंच टाइट किया जाता है।" रामप्रवेश खी-खी करते नए गुरुदेव के पीछे चल दिया।

थका-हारा सोमर घर पहुँचा, कुंडी भीतर से बंद थी। खटखटाना चाहता था, पर भीतर से आती फुसफुसाहट सुनकर ठिठक गया। कुछ देर कान लगाकर सुनता रहा फिर उदास, सोचता हुआ, बाहर ही पुआल के ढेर में घुस गया। नींद ने कब उसे घेर लिया, उसे पता नहीं चला।

जितनी को पोछा लगाते-लगाते कुछ चमका। सोने की बाली बिस्तर के नीचे गिरी हुई थी। चमड़े का बटुआ भी टेबल पर से झाँक रहा था। साहब बैंक में अफसर थे। नई-नई शादी हुई थी। लापरवाही का मौसम था।

सोने का लालच तो बहुत उठा पर चोरी का सोना अपशगुन लाता है, उसकी माँ ने सिखाया था। बड़े लोगों का बनाया हुआ सगुन-अपशगुन तो मानना ही पड़ता है। उसने बटुआ खोला। सौ-सौ के दस-बारह नोट थे। उसने एक पत्ता

सफाई से पार कर दिया और बड़ी सावधानी से पेटीकोट की चोर जेब में, जहाँ दो पराँठे पहले से ही रखे थे, उसको भी छिपा लिया।

"क्या है जितनी?" मेम साहब अधीर होकर बोलीं। साहब और मेम साहब चुहलबाजी के बीच ड्राइंगरूम में चाय पी रहे थे। जितनी का आना मेम साहब को खल गया।

"आपके कान का गिरा हुआ था।"

"ईऽऽऽ-क" मेम साहब चीख पड़ीं। उनका हाथ उनके कान तक स्वतः चला गया। "एकदम शैतान हो तुम!" साहब पर बिजली गिराती, मेम साहब इतराईं।

जब जितनी चली गई, मेम साहब बोलीं, "छोटी जगहों पर कितनी ऑनेस्टी है न अभी भी? ...अपने यहाँ तो कब की गायब हो गई रहती। ...पर तुम्हारी नजरें...छीः कैसे घूरते हो तुम उसको...!"

"मैं! और उसे घूरता हूँ? तुम्हारे रहते? तुम जरूर पागल हो थोड़ी-सी!" साहब हकलाने लगे थे।

बाथरूम में घुसने से पहले मेम साहब को बटुआ दिख गया। उन्होंने धावा बोला, जैसा उनकी मम्मी ने उन्हें सिखाया था तो साहब घिघियाने लगे।

"अरे...रे...रे क्या करती हो? गजब हो जाएगा।"

"मम्मी ने कहा था मर्दों की चाबी इसी से कसी जाती है।"

"उन्होंने एकदम सही कहा था। ...पर यार, मुझे कितने सारे बिल चुकाने हैं? बाई गॉड।" साहब मिन्नत करते हुए बोले।

"चलो फिर आधा निकालो।"

"ऊपरी कमाई का रास्ता नहीं निकाला तो मुसीबत ही मुसीबत है।" साहब जब बुदबुदाते हुए नोट गिनने लगे, चकरा गए।

"दहेज के वक्त तो 'आई.ए.एस.' का रेट माँग रहे थे तुम्हारे घरवाले। कितने चर्चे हो रहे थे तुम्हारी ऊपरी कमाई के।" मेम साहब की खिलखिलाती आवाज दूर से आती सुनाई दे रही थी।

"एक मिनट जरा चुप करो!" साहब चिढ़कर बोले। खूब रगड़कर गिनने पर भी जब एक नोट पैदा न कर सके तब उन्होंने शक का इजहार किया, "कहीं तुम्हारी नौकरानी ने तो नहीं ले लिया?

"क्या कहते हो! ...अभी तो हजार रुपए का बुंदा वापस करके गई है।"

"तब कौन ले सकता है? मैंने रात में गिने थे–कम से कम पूछ तो लो।"

"यह लोग बहौत इमोशनल होते हैं...बुरा मानकर छोड़ गई तो आफत हो जाएगी। ...मुश्किल से मिली है।"

"कुछ भी हो! ...फिर मैं ही पूछता हूँ।" मेम साहब की अन्यमनस्कता देख, साहब बोले।

"बिलकुल नहीं, मैं पूछ लेती हूँ।" मेम साहब ने तुनककर कहा।

जितनी को खुसुर-फुसुर से अंदाजा लग गया था, मगर वह निश्चिंत थी। साहब-मेह साहब बहुत मुलायम चारा थे। समय सब सिखा देता है। शुरू में एक-दो मर्तबा लंठ लोगों के चक्कर में बुरी फँसी थी। सब लुटवाकर बची थी। फिर उसने सीख लिया कि कैसे लोगों के यहाँ नौकरी करनी चाहिए।

"सब काम हो गया...अब जाते हैं, दीदी।"

"जरा एक मिनट जितनी!" मेम साहब दरवाजे से निकलते हुए बोलीं। साहब भी दरवाजे पर खड़े जितनी के भरे बदन को निगाहों से टटोल रहे थे। बत्तीस साल की उमर में भी जितनी, बीस साल की मेम साहब पर इक्कीस पड़ती थी।

"अरे तुम्हारे साहब के बटुए में सौ का नोट कम है, तुमने देखा तो नहीं?" ...मेम साहब ने सँभलते हुए पूछा।

"आय रे बप्पा! ...हम ना लिए हैं, दीदी।" जितनी चीख मारते हुए बोली, "झूठ बोलें तो लड़का मूँ जाय हमरा...।"

"अरे तुमको कौन कह रहा है...मैं तो बस पूछ रही हूँ कि तुमने कहीं गिरा-पड़ा तो नहीं देखा?"

"हम सब समझते हैं दीदी...ई बात पूछने का का मतलब होता है। हम चोर ना हैं, बप्पा! ...अभी तो तुम्हारा गहना दिए, हम का सौ-पचास गो रुपया लेंगे? ...आही गे मइय्या...हाय रे भगवान।" जितनी लार बहाते बिफरने लगी।

"तुम्हारा तो ढंग ही अजीब है।" मेम साहब रुआँसी होती हुई बुदबुदाईं।

"लो तुम तलासी ले लो, देख लो! ...हम सब उघाड़ देते हैं! विधवा हैं...गरीब हैं...मेहनत-मजूरी करके पेट चलाते हैं। ...चोर ना हैं बप्पा!" जितनी अपनी अस्त-व्यस्त साड़ी जाँघों तक, उससे भी ऊपर उघारती जा रही थी, "नाः तलासी ले लो, मन साफ कर लो!" वह कलपते हुए बोली, "हाय रे गंगा मइय्या जो लिए हों, कोढ़ फूट जाय हमरे देह में...।"

मेम साहब को काठ मार गया। साहब नर्वस होकर दरवाजा भड़ाक से बंद करते हुए पीछे छिप गए।

"मुझसे ही गलती हो गई, ...अब बस भी करो! हाथ जोड़ती हूँ, माफी माँगती हूँ तुमसे!" मेम साहब की फटी-फटी आँखों से अविरल आँसू बह रहे थे, "अपनी इज्जत का तमाशा मत बनाओ।"

"ई इलजाम के बाद का इज्जत रह गया, दीदी? अब हम ना आएँगे। तनखा भी तुम्हीं रख लो...तुम्हारा संतोस जरूरी है...हाय रे करमवाँ... ।" जितनी बिलखते हुए साहब के घर से निकली। उसकी आवाज ज्यादा से ज्यादा लोगों की सहानुभूति आकर्षित कर रही थी। साहब जिस तरह दरवाजा बंद कर थरथरा रहे थे, शाम से पहले सुधार की उम्मीद नहीं थी। मेम साहब को आँसुओं के बीच लग रहा था कि जितनी उन्हें ही नंगा कर गई है, कि धरती फटे और उसमें समा जाएँ।"

और जितनी! ...जितनी जब मोड़ पार कर गई, उसकी हालत में चमत्कारिक सुधार हुआ। घर पहुँची तो कोई कह भी नहीं सकता था कि इधर पाँच सालों में जितनी कभी रोई भी है।

सोमर अभी तक पुआल में घुसा पड़ा था। उसने सोमर को जगाया और भीतर चली गई।

"पकड़ो-रोको..." भीड़ चिल्लाते हुए दौड़ी। एक मिनट के भीतर गाड़ी चारों तरफ से घिर चुकी थी। साहबनुमा ड्राइवर के पास कोई चारा नहीं था। कल्लू सामने हाथ में पत्थर तानकर खड़ा था। कमसिन मारुति आखिरकार रुक ही गई।

"का हुआ है?" कल्लू ने साथी से पूछा।

"अमीना का मुर्गा चाँपकर भाग रहा था।" सिराज फुसफुसाया, "बाहरी आदमी लगता है।"

"साला कहीं का! ...उतरो गाड़ी के नीचे!" कल्लू चिल्लाया, "ई लोग को किसी के जान का परवाह नहीं रहता है, ...उतरो!"

"अरे दोस्त, मुर्गा ही तो दबा है, पैसा ले लो, इतना हंगामा काहे बना रहे हो?" साहब नर्वसाकर बोले।

"सुन लो! क्या तो हम्हीं लोग हंगामा बनाए हैं, ...अब क्या हम लोग का लड़का, बच्चा जाँत कर संतोस होगा? ...और मुर्गा-मुर्गा मत बोलिए...मुर्गी था, ऊ भी अंडा देने वाला।"

"अरे, ऐसे नहीं बूझेगा रे, पहिले घींचकर उतारो तो इसको गाड़ी से।" भीड़ से सिराज ने भभकी दी।

"देखो भाई, यह पचास रुपया लो और झंझट छोड़ो...गलती किससे नहीं हो जाती है।" ड्राइवर साहब का कलेजा धक-धक कर रहा था। पूरा चेहरा लाल हो गया था।

"गरीब के पेट पर लात मारकर पचास ठो रुपया दे रहे हैं? ई तो मुँह पर थूकने वाला बात हो गया।" कल्लू ने भीड़ को उकसाया।

"बहनचो...को उतारो तो पहले। एक तो गलती करके भाग रहा था, ऊपर से चालाकी बतिया रहा है...साला।" सिराज लपकते हुए बोला।

"तुम्हीं कुछ कहो न भाई, ...अब बेइज्जत करके क्या मिलेगा?" ड्राइवर साहब घिघियाए।

कल्लू सिराज की तरफ कनखियाते हुए मुसकराया। "लाइए, एक सौ निकालिए।"

"लो...अब कहो सबको, जाने दें।"

"जरा आगे सावधानी से चलाइएगा।"

"लो अपना मुर्गा का पैसा।" जब गाड़ी बढ़ गई तो कल्लू ने अमीना को बीस रुपया बढ़ा दिया।।

"अरे चोट्टा, गाड़ीवाला से टाने एक सौ, उसमें से बीसे रुपया?"

"रखना है तो रख लो, ना तो ई भी नहीं मिलेगा।"

अमीना ने झक मारकर बीस रुपया ले लिया—कल्लू के मुँह कितना लगा जा सकता था।

"विधायक जी के जैसा पूरा गरीबी-उरीबी का डाइलोग मारने लगे हो।" सिराज हँसते हुए बोला।

"कोई दम नहीं है, यार, कब तक बैठा-बैठी चलेगा? ई मथुरवा का कर रहा है? इलेक्सन भी नहीं है कि बम-पड़ाका बना-बेचकर कुछ कमा लिया जाए...खर्चा चलाना मुस्किल हो गया है।"

"कोसिस में तो पूरा लगल है। आर.पी.एफ. का सस्पेंडेड पार्टी से पाँच हजार टानकर बाँटा ही था, विधायक जी से पैरवी कराने के नाम पर। ...कैसे तो उनको भी पता चल गया है! ...खोजवा रहे हैं उसको,...देखो क्या होता है!" सिराज अपने हिस्से के चालीस रुपए लेकर बढ़ गया।

जितनी ने खाने का हिस्सा लगाया। दोनों पराँठे और रात की दो रोटियाँ सोमर के हिस्से में। एक रोटी ललमुनिया के लिए, और दो रोटियाँ एक गिलास चाय के साथ अपने लिए। सोमर बेचारा भर-रात जी-तोड़ मेहनत करता है। जान पर खेलता है। उसका भी कुछ फर्ज है कि नहीं।

"मथुरा जी से पहले बात कर लो। ...सब ठीक हो जाए तब ही जाना। ...अपने मने काहे ल खेल रहे हो जान पर?" जितनी सोमर को खाना परोसते हुए बोली। मुनिया पराँठे पर ललचाई पर जितनी ने घुड़ककर उसको चुप करा दिया। आठ साल की नन्ही-सी जान सूखी रोटी टूँगती रही।

पंद्रह साल का सोमर कैसा भरा-पूरा जवानी की ओर बढ़ रहा था। अपने बाप से बिलकुल अलग।

बाप तो आधा क्रैक था। हाइड्रोसील उसका, किसी सेठ की थैली-सा लटकता रहता था। रिक्शा चलाता था और दारू पीकर झंझट करता था। जितनी का पैसा तो मनचाहे छीन लेता था। सनकता था तो अधनंगा बीच बाजार, गाली-गलौज करता दौड़ जाता था। फिर पिट-पिटाकर निढाल घर में पड़ा सो रहता था। एक दिन पिनक में आ गया गाड़ी के नीचे।

चाँपा पड़ने के बाद अगर ड्राइवर रुक जाता तो मालिक से माल टाना जा सकता था। पर चूँकि अब ट्रक का ड्राइवर इतना मूर्ख जंतु तो होता नहीं है और बगेसरी का भी कोई सामाजिक, सांस्कृतिक या राजनीतिक उपयोग नहीं था। लोग जल्द से जल्द उसे भूल गए। शायद घंटे भर की रिक्शा-हड़ताल हुई थी। कुछों ने अपने-अपने रिक्शे बीच सड़क पर कोतवाली के आगे उलट दिए थे। रिक्शा टाल के मालिक ने भरपूर सहयोग दिया था। बेचारे का रिक्शा फालतू में बगेसरी के साथ-साथ पिचपिचा गया था। लेकिन हर बात की एक हद होती है। जब पुलिस के डंडे घूमने लगे, सारा जोश छू-मंतर हो गया। अपना-अपना रिक्शा सँभालते आंदोलनकारी भाग चले। दो घंटे के भीतर कस्बा सामान्य हो गया था।

भला हो मथुरा का। जिसने ऐसे बुरे वक्त में जितनी को सहारा दिया। जितनी कितने दिन रोती? एक साथ दो-तीन घरों में दाई का काम भी करने लगी। जल्द ही सँभल गई जितनी। बगेसरी में याद रखने लायक कुछ था भी नहीं। मथुरा उसकी सारी जरूरतें पूरी कर देता था। अब तो सोमर को भी अपने साथ ही काम में लगा लिया था। पूरे पाँच सौ देता था मथुरा।

"मथुरा जी तो जान ही रहे हैं। ...फिर जाकर बोलेंगे। ऊ भी बेचारा का करें? नया-नया आया है सब, किसी से बात सेट नहीं हो पा रहा है। कहे थे, सावधानी से जाना...ई तो अचक्के लाइट में धरा गए। ...धंधा चौपट हो रहा है।" सोमर निराशा से कहता रहा।

"मथुरा बहुत उपाय वाला आदमी है...ऊ देर-सबेर कोई न कोई रास्ता निकालिए लेंगे। ...न तो एक बार हम भी पूछ लेंगे साँझ को।" सोमर की माँ बोली।

"तुम का कौनो अलग तरीका से पूछेगी? ...आँय?" सोमर अचानक बिफर पड़ा। जितनी सन्न रह गई।

"बड़ा पूछने वाली बनी है, ...सब जानते हैं...।"

थोड़ी देर तक की खामोशी जब बर्दाश्त के बाहर हो गई, सोमर थथम गया, बात सँभालते हुए बोला, "मथुरा जी का अपना काम है...ऊ तो कोसीस करिए रहे हैं...हर आदमी एक ही बात को बार-बार हूरेगा तो उनको भी खराब लगेगा कि नहीं...?"

जितनी भीतर तक कट गई। सोमर सब जान गया है। अब जानता है तो जाने। बात कब तक छिपाएगी। और काहे छिपाएगी। अच्छा या बुरा...जो मथुरा ने किया है घर के लिए, उतना तो बगेसरी भी न करता। खैर, कम से कम मथुरा के लिए सोमर को अभी भी श्रद्धा है। समझ जाएगा धीरे-धीरे—जितनी ने सोचा। पर वह खिसिया गई थी। कोई जवाब नहीं सूझा। चुप्पी साधकर बैठी रही।

जितनी और सोमर के बीच उभरे तनाव से बेखबर ललमुनिया तीन-चार दिन पहले घर में आए स्टेनलेस स्टील के गिलास पर खुदा नाम पढ़ने का प्रयास कर रही थी, आखिर स्कूल जाती थी। "म...म...मीरा—अ ग र—अगरवाल...!"

"ए मईय्या, का तो लिखल है गिलास पर...!" वह चिल्लाई।

"चोप्प!" सोमर गरजा।

जितनी ने भी सारी खीज निकालते तीन-चार तमाचे बरसा दिए। "हर बखत काँय-काँय करती रहती है, अपसगुनी कहीं की। ...एक दम चोप्प!"

मुनिया बेचारी सिसकते हुए, हिचकी बाँधकर रोने लगी। जब माँ ने पानी पिलाया तो थोड़ी देर बाद सँभलकर चुप हो गई।

"आज लगाकर पूरा दो महीना हो गया।" मथुरा ने ढेर सारी खखार थूकी। "कनकनी बेसी है।" उसने बैठे-बैठे चारपाई को छाँह से धूप की ओर सरकाया। "का समझते हो...कितना दिन ऐसे आदमी ठहेगा? ...लेकिन घबड़ाने का बात नहीं है, ...अब जल्दिये रास्ता निकलेगा।"

"बात किया कि नहीं?" सोमर ने उत्सुकता से पूछा। मथुरा के पास जाकर उसकी टूटी हिम्मत हमेशा बँध जाती है। खाली उसकी माँ काहे लटपटाने लगती है मथुरा जी के साथ? बस यही उसको अच्छा नहीं लगता है। रह-रहकर जितनी का रंग-ढंग कुढ़न पैदा करता है। लेकिन मथुरा जी के पास आने पर मिजाज फरेस (फ्रेश) हो जाता है। "खराब से खराब स्थिति में भी आस जगा देता है मथुरा।" सोमर ने श्रद्धा से सोचा। उसका हीरो है मथुरा...।

"सीधा सोचोगे तो कुच्छो बात नहीं किया। अ हमरे दिमाग से सोचोगे तो समझो कि बहुत बात किया। ...समझाते हैं। ...पहले तो बहुत कोसीस के बाद भी नहीं मिलता था। आज टीसन के बाहर चाय पी रहे थे तो एक ठो बुलाया

हमको...एस.आई. है। ...आर.डी. सिंह नाम है। पाँच साल पहले यहीं पर था। पूरा सेटिंग था उससे, उस टाइम में। साथे एक और था...यादव जी। पहले पूरा ईमानदार के जैसा नाटक किया। ...कहिस कि बहुत अतहतः हो गया है...रोकने में...मथुरा बाबू आप भी साथ दीजिए।" मथुरा जबरन अपने नाम को प्रतिष्ठा के साथ लेते हुए बोला। ऐसे आर.डी. सिंह बिना माँ-बहन की गाली के उससे बात भी नहीं करता था। "तो हम बोले कि–आय बाप...! इसमें हमरा क्या है जो कि हमरे वजह से चलेगा और रुकेगा? तो आर.डी. सिंह कोना में ले गया...कि देखिए, अभी ई सब का टाइम नहीं है। हम कहे कि अब का चूल्हा-भर कोयला पर भी आँख नहीं मूँदिएगा? ...त बोला कि कोयला से हाथ काला नहीं करते हैं! ...फिर एक सबद नहीं बोला...अपना साथी के साथ तुरंत चला गया...कुछ बुझाया? ...कोयला से हाथ काला नहीं करेंगे। ...वाह रे आर.डी. सिंह!" मथुरा ने खतरनाक हँसी हँसते हुए कहा।

"बाकी बिना पक्का बात के तो खतरा है।" सोमर बात पकड़ नहीं पा रहा था।

"जो रे लोल्हा...अरे तुमको जाने को थोड़े कह रहे हैं। ...ऐसे खतरा का तो पूरा काम ही है। अरे, हम कह रहे हैं, आगे-पीछे जरूर बतिआएगा। दो-चार-दस रोज का सवाल है। ...ऊ भी प्रीकासन लेकर चल रहा है...नहीं बूझे? छोड़ो... जितनी को सब बोल नहीं न दिया है रे? ...बेकारे घबरा जाएगी...कहेगी मथुरा जी कौन झंझट में डाल दिए हैं...?" मथुरा ने आँखें छोटी करते हुए पूछा।

"नः इतना बुड़बक हैं हम?" सोमर ने झूठ बोला।

"साब्बास! चिंता छोड़ो! जल्दिये सब लाइन पर आ जाएगा...खबर भेजेंगे...कल्लू और सिराज भी परेसान है। ...मामला सेट होगा...।"

कारखाना मैनेजर मिश्रा जी और सीताराम में कभी नहीं पटी। दोनों एक-दूसरे की शिकायत मालिक से करते रहते थे। मिश्रा जी की सिर्फ एक दिक्कत थी–उनकी क्वालिफिकेशन के बी.ए.–एम.ए. सड़क की भीड़ बन चुके थे और रुपए में दर्जन के भाव से उपलब्ध थे। लेकिन साला बिना पढ़ा-लिखा मिस्त्री सीताराम अपने हुनर के बल पर हर समय उन्हें चिढ़ाते हुए फायदा भी उठा ले जाता था और अकसर मिश्रा जी को मालिक से डाँट भी खानी पड़ जाती थी। अचानक आज का सुनहरा अवसर देख उनकी बाँछें खिल गईं, "तुम लोग तो गजब का तमासा बना लिए हो!" मिश्रा जी खूब पिनकते हुए बोले, "रात-भर में यही काम हुआ है? ...आँय? नाइट-सो (शो) देखने के लिए आए थे क्या?"

"नाइट-सो से कम खेला था? ...रहते तो बुझाता। ...अपने तो ठाठ से घर में सूतियेगा। यहाँ हम लोग झीलकटवन सब का माँ-बहिन का गाली भी सुनें, ऊपर से मनेजमेंट का रोआब भी बर्दास्त करें। कोई मतलब हुआ? ...कहिए कि जान भी दे दें।" सीताराम ने और पिनकाते हुए कहा।

"जान दे दें!! ...त सुन लो, ओवरटाइम हम नहीं कमाते हैं...समझे?...बड़ा जान देने वाला बने हो।"

"पूरे दुनिया में ओ.टी. में दुगना तनखाह मिलता है। यहाँ डेढ़ा देकर कोई अहसान नहीं कर रहे हैं मनीजर साहब। ...हम लोग इतना रिक्स (रिस्क) लेकर भी रात में काम कर रहे हैं...झीलकटवन को तो छोड़ ही दीजिए...साँप-बिच्छू, हर तरह का खतरा है। ...सोने के लिए एगो दरी-कंबल भी नहीं है जो कंडीसन मे काम हो रहा है भगवाने जानता है।"

"जाड़ा में साँप निकलता है? ...जादे चालाकी मत बतिआओ।" मिश्रा जी बौखलाते जा रहे थे।

"हमसे न सपरेगा!" सीताराम ने पाँसा फेंका, "किसी और से काम करवा लीजिए...।"

"ठीक है, एकदम जरूरत नहीं है काम छूने का। तुमसे तो मालिक ही फरिआएँगे...जाओ, हम रामप्रवेस से करवा लेंगे। मोनोपोली बनाए हो? हम समझ लेंगे!"

"बे-प्रोटेक्सन के काम होबे नहीं करेगा, मनीजर साहब।" जब रामप्रवेश बोला, मिश्रा जी का माथा ठनका। सीताराम का दाँव फिर भारी पड़ गया था।

"सुनो, ऊ तो परमानेंट है। ...तुमको अपना होस है कि नहीं? ...एक मिनट में गेट के बाहर चले जाओगे।"

"अब जे बुझाए, कीजिए, मनीजर साहब...बाकी इतना खतरा में हम से काम न होगा...।"

"अपना एक दिन का हाजिरी लीजिए और गेट के बाहर जाइए...एकदम बाहर–" मिश्रा जी आपा खो बैठे थे।

हल्ला सुनकर मजदूरों का घोल जुट गया। पुराना यूनियन लीडर बेचारा, बात सँभालना चाहता था। मैनेजमेंट से बरसों का संबंध था, पर सीताराम ज्यादा चालाक निकला।

"पिछले एग्रीमेंट के टाइम बोले थे न हम, ई एग्रीमेंट नहीं मिर्चाई का गोला है...कि खाने में तो बहुत चटपटा लगेगा, बाकी जब निकलेगा तब धुआं छूट जाएगा पिछाड़ी से...आज बुझा गया न आप लोगों को?" सीताराम ने पुराने

लीडर को पटखनी मारी, "एक तरफ झीलकट लोग का गाली, सामने से आर.पी.एफ. का गोली और अब पीछे से मनेजमेंट का डंडा, बाह रे बाह! अब जो कहिए आप लोग।"

"कहना क्या है...काम बंद...और का?" मजदूर हल्ला करते हुए बोले।

"देखे? देखे, सीताराम को, साला कैसे कनखियाते हुए गया है? ...सब उसी का बैठऊबाजी है। हँसी देखे उसका? हरामजादा कहीं का।" मिश्रा जी स्टोरकीपर से दाँत पीसते हुए बोले।

"तब?" स्टोरकीपर ने उकसाते हुए पूछा।

"तब क्या, मालिक को फोन कर देते हैं। वही माथा पर चढ़ाए हैं, अपने समझेंगे। हमको क्या है? अ सुनो जी, पेटी में आठ गो बल्ब कम होगा।" मिश्रा जी के हाव-भाव पल में बदल गए, "पूरा चढ़ा लेना जी, भोल्टेज इतना फ्लकचुएट करता है, रोज एगो-दूगो घर में उड़ जाता है। अपना पाकिट से कहाँ तक लगाते चलेंगे। अच्छा भाई, तुम्हारा टी.ए. बिल पास कर देंगे।" मिश्रा जी ने स्टोर कीपर के चेहरे पर उतरते भाव नापते हुए कहा।

मेम साहब गहन रूप से अपराधबोध से त्रस्त थीं और बैंक मैनेजर जितनी के भरे-भरे आकर्षण से ग्रस्त। अतः जब चपरासी एक बूढ़ी दाई खोजकर लाया तो तुरंत मीन-मेख निकालकर उसे भगा दिया गया, अंत में दोनों मियाँ-बीवी ने सोच-विचार कर जितनी को मनाने के लिए चपरासी को भेज ही दिया। वही तो लेकर आया था जितनी को।

"मईय्या काम पर नहीं जाएगी।" सोमर चपरासी को हड़काते हुए बोला, "गरीब आदमी का भी इज्जत-आबरू होता है कि नहीं?"

"ए भाई, ...अकबकाहट में आदमी कुच्छो बोल देता है, इतना तकलीफ मानने का बात नहीं है। ऐसे ऊ लोग तो ऐसा कुछ बोला भी नहीं है। मेम साहब बेचारी अफसोस से बीमार पड़ गई हैं। ...बुलाओ न जितनी को।" चपरासी लालची उत्सुकता से बोला।

"बेकसूर को चोर ठहराते समय अफसोस नहीं बुझा रहा था? अपने का हैं? ...कितना कमीसन खाते हैं, हमको नहीं पता है का? चले हैं दूसरे को चोर ठहराने।"

"देखो, अब फालतू बात मत बोलो। पूछ लो जितनी से ही, मेम साहब कितना रोने लगी थीं? इतना सरीफ लोग कम ही मिलता है। अब बोलो खीस छोड़ दे और चले काम पर। बीस रुपया महीना बढ़ाने को भी बोल दी हैं। कौन ऐसा बड़ा बात हो गया है?...बुलाओ न जितनी को!"

"सब सराफत जानते हैं। ठीक है मईय्या चली जाएगी, बाकी आगे ऐसा हुआ न तो ठीक नहीं होगा! समझा दीहो।"

चपरासी, मन मारते, जितनी को देखने का विचार त्यागकर चला गया।

"रोज-रोज कमांडेंट का इंसपेक्सन से तो खटिया खड़ा हो जाएगा बाबू साहब" यादव जी, आर.पी.एफ. की गुमटी पर आर.डी. सिंह से दुखित होकर बोले, "फेमिली-उमली नहीं है का इसका?"

"औरतिया भाग न गई है, ...ई पगलेट के साथ के रहेगा...?" आर.डी. सिंह ने खैनी ठोकते हुए उनका ज्ञान बढ़ाया।

"अब हम लोग का क्या होगा, बाबू साहब? बहिन के बियाह में अपना तरफ से पचीस हजार गछ दिए थे। हमको बुझाया कि बड़ा प्रीमियम पोस्टिंग हो रहा है, ई तो सजाय हो गया।"

"कहे थे न, मत अकबकाइए? बोली नहीं सुनते हैं कमांडेंट का? ट्रैक पर एकसन करके दिखाइए! रिजल्ट दीजिए! टेरर पैदा कीजिए!! साला साफ-साफ कहो न कि एगो लास चाहिए। ...बाप रे बाप, बड़ी टेढ़ा आदमी है।"

"कॉन्फीडेंस गेन करिएगा तभी न कुछ धंधापानी चलेगा...सोचिए बाबू साहब!"

"इतना आसान मत बूझिए यादव जी...सोचने और करने में बहुत फरक रहता है। ...हम पर छोड़िए न, उपाय करते हैं।"

सरकारी व प्राइवेट बाडीगार्डों और लालबत्ती वाली गाड़ी को जरा परेशानी से देखते हुए कारखाना मालिक नंदलाल अगरवाल अपने पुत्र समेत गाड़ी से उतरे ही थे कि मिश्रा जी, फोन पकड़े, ऑफिस की खिड़की से झाँकते दिखलाई पड़े।

"किसका फोन है?" अगरवाल साहब चिल्लाए।

"आई.टी.ओ. का है..." मिश्रा जी चोंगा ढकते हुए बोले, "और दूसरा पार्टी वाले विधायक जी मिलने के लिए बहुत देर से बैठे हुए हैं–" मिश्रा जी फुसफुसाए।

"अगरवाल साहब लपकते हुए ऑफिस में पहुँचे। "आई.टी.ओ. से कह दीजिए अभी नहीं हैं। जरा जल्दी से चाय-नाश्ता का इंतजाम कीजिए। देखिएगा, अभी डिस्टर्बेंस नहीं हो।"

"परनाम...परनाम...।" अगरवाल साहब खाँटी घाघ की तरह विधायक जी को अटेंशन देते हुए बोले।

"क्या महाराज, इतना देर से आते हैं? ...कम से कम एगो छोकरी रिसेप्सनिस्ट तो रख लीजिए, इंतजार भी करे आदमी तो कुछ मन लगता रहे।"

"हीः-हीः हुकुम किया जाए।"

"हुकुम-उकुम का फारमेल्टी छोड़िए। ...उत्तरवादी गाँव का समाचार तो मिलिए गया होगा?"

"राम-राम, का कहें! इस काम का जितना भी निंदा किया जाए कम है। पैंतीस आदमी को दिनदहाड़े रेत दिया, बताइए? हमको तो सदमा लग गया है।" अगरवाल साहब अपनी आवाज में दर्द भरने का असंभव-सा प्रयास किया।

"खाली अखबार ही पढ़ते हैं? अरे जरा असली दुनिया में रहिए, नहीं तो एक दिन फेरा में पड़िएगा। पैंतालीस ठो लास तो हम गिनकर आ रहे हैं। और कितना को तो एडमिनिस्ट्रेसन पार करवा दिया, बेइज्जती से बचने के लिए। ...चार ठो तो हमारा अपना कुटुम मारा गया है। सब गौरमेंट के सह पर हुआ है। ...खाली निंदा से नतीजा नहीं निकलेगा, बुझाया?" विधायक जी लगभग डाँटते हुए बोले, "आपका सहजोग चाहिए, पूरा तय्यारी से जवाब देना है।"

"जैसा आदेश दीजिए!" अगरवाल साहब ने नर्वस होते हुए कहा।

"उमेस को भेजेंगे, पचास हजार दे दीजिएगा।"

"बाप रे बाप...इतना कहाँ से होगा!"

"कहाँ से होगा? गजब का बात करते हैं महाराज? ...एक ठो ए.के. फौटी सेवेन भर तो टैक्स डाले हैं आप पर। ...माने कि हम भी दूसरा के जैसा टेढ़ा रास्ता पर आ जाएँगे तो खट से दे दीजिएगा! ...ई मत भूलिए की सेंटर का गौरमेंट हम्हीं लोग का है...।"

"ऐसा काहे बोलते हैं? आपसे अलग हैं क्या? एक रिक्वेस्ट है इसको दस रहने दीजिए अभी हालत एकदम ठीक नहीं है। आपके गौरमेंट वाला सुख इस गौरमेंट में कहाँ है।"

"चलिए, ठीक है उतना आप पर बाकी रहा। घबराइए मत जल्दिये स्टेट का सरकार गिरेगा—अतहतह कर दिया है सब। ...बताइए, छूटकर लूट और जात-पाँत का लंगटा नाच हो रहा है। ऐसे भला सरकार चलता है?"

"एक छोटा सा हेल्प चाहिए।" नंदलाल जी धीरे से बोले, "मथुरवा को तो आप चिन्हबे करते हैं...उसका गैंगवाला सब, नाइट सिफ्ट के लेबर को बहुत गाली-गलौज करते रहता है। इसी वजह से आज लेबर सब स्ट्राइक पर चला गया है। जरा उसको..."

"उस साले को तो हम अपने खोज रहे हैं। हमारे नाम पर पैसा ठग लिया है किसी से। समझा देंगे...चिंता छोड़िए।"

चाय पीकर विधायक जी ससुरक्षा विदा हुए।

"क्या लाइफ रह गया है? ...अब अपोजीसन के एम.एल.ए. को भी खुस रखिए। अरे गौरमेंट वाला को तो खुस रखना ही है। ...इसी सामूहिक हत्याकांड के केस में पंद्रह हजार वसूलकर ऊ सब भी ले गया है। ...बैकवर्ड को खुस रखिए, फारवर्ड को खुस रखिए! ...जे ससुर, आपसे में लड़-कटकर मर जाए सब वही ठीक रहेगा। ...इनका कौन सा तो कुटुंब रहता था उस मनहूस गाँव में! ...सब नोट झींटने का तरीका है..." नंदलाल भरे गले से अपने लड़के को देखते हुए बोले..."रंगदारी का कोई हिसाब है? यही जिंदगी है बेटा। ...ईमान नाम का चीज ही खतम हो गया है पौलटीसियन लोग में...।"

"मिश्रा जी!" नंदलाल चिल्लाए। "आई.टी.ओ. को फोन लगाइए। उनको भी कुछ चाहिए ही होगा। ...और निगोसियेसन का डेट फिक्स करिए सीताराम एंड कंपनी से। एकदम ईडियट हैं आप लोग। ...एक ठो छोटा-सा प्रॉब्लम भी साल्व नहीं कर पाते हैं...अ बिना ऊ सबके काम भी नहीं चलता है...जरा-सा ब्रेन लगाइएगा तो घट नहीं जाएगा...। बुलाइए...उपाय निकालते हैं। ...हर आदमीये बेईमान हो गया है।" नंदलाल जी परेशान से बोले।

"दस टन दू नंबर का अल्मुनियम मिल रहा है। आधा रेट पर...बिजली विभाग का आदमी है।"

"इसमें पूछना क्या है! खट से ले लीजिए।" कारखाना पहुँचने के बाद नंदलाल जी पहली बार मुसकराए, "और सुनिए, क्या नाम है झीलकटवा का? ...अरे मथुरा! ...उसको खबर दीजिए कि सावधानी से करेगा तो काम लायक माल हम्हीं लोग ले लेंगे...झगड़ा-झंझट भी नहीं रहेगा...क्या?"

"ठीक कहते हैं सर।" मिश्रा जी ने गिलपिलाते हुए कहा।

"यही एक ठो रास्ता है...बुझाया? आगे का सेटिंग हो जाएगा...बड़ा गोटी लगा तो चार आना तुम्हारा, बारह आना हम लोग का...बहुत तरह का खर्चा है छोटा-मोटा काम में आधा-आधा।" आर.डी. सिंह मथुरा की खैनी होंठ में दबाते हुए बोला। दोनों स्टेशन के बाहर नीम के नीचे अकेले खड़े थे।

"ई कौन रास्ता है? ...कौन फँसेगा इस जाल में? चूक गए तो फेरा में हम ही न पड़ेंगे। सब लोग पकठाया हुआ है जरा-सा में जान जोखिम में चल जाएगा।" मथुरा घबरा गया।

"तुम सब झीलकट-पॉकिटमार के जान का परवाह करते रहें तो चला धंधा! सरकार का आदेस है जहाँ देखो, पहिले मार दो! सीधे मार दो! हम चूतिआ हैं रे, जो तुमसे बात कर रहे हैं? साले दिक्कत बुझा रहा है तो काहे ल घुसे थे इस धंधा में?"

"ऐसा मत बोलिए बाबू साहब...पहले का संबंध भी कोई चीज होता है... उसको भी याद रखिए।"

"धंधा चालू रखना है तो जो बोले हैं, करना पड़ेगा...न तो ई लाइन छोड़ दो...कोई और धंधा देखो।" आर.डी. सिंह मथुरा पर आखिरी दबाव के लिए मूड बदलते हुए बोला, "और याद रहे जान का खैरियत चाहिए तो आगे भूलकर भी रास्ता में मत पड़ना। ई पहिला संबंध वाला डाइलोग काम नहीं करेगा...साले बैठकबाजी बतियाते हो रे? आँय रे माधड़चोद? कुल अकिल भूलवा देंगे। अभी चिन्हबे नहीं किए हो हमको!" आर.डी. सिंह का चेहरा अचानक विकृत हो उठा था।

"आप तो बेकारे नाराज हो गए...हमरा ई मतलब नहीं था...ठीक है, रास्ता निकालते हैं।" मथुरा घिघिआया।

"मतलब-उतलब हमको मत बुझाओ। अपने बूझने का कोसिस करो। सीनियर अफसर लोग पर जब तक बिस्वास नहीं जमेगा, ऊ सब ढीला नहीं पड़ेगा।" आर.डी. सिंह नरम पड़ते हुए बोला, "और, का हाल है तुम्हरी वाली का? साली क्या जबरजस्त माल थी...अरे, कभी डेरा पर भी भेज देल करो।"

"आप पाँच साल पहिले का चीज सोच रहे हैं। ...अब ऊ बात कहाँ हैं? खैर, आपके लिए बढ़िया इंतजाम करते हैं।" मथुरा दाँत निपोरते हुए बोला।

"अरे सार मथुरा...बहनचो...कहानी बनाते हो?" आर.डी. सिंह थेथरई से मुसकराया, "पाँच साल में कौन ऐसा फरक पड़ जाता है?"

"सोमर बड़ा हो रहा है, आगे उसको ठीक नहीं लगेगा।" जितनी कपड़े ठीक करते हुए बोली।

"कुछ बोला है का?" मथुरा खटिया पर लेटा बीड़ी फूँक रहा था। अचानक चिहुँक गया।

"आजकल हरदम खीस में बात करता है।"

"चिंता मत करो। सुरू-सुरू में ऐसा ही लगता है...हम जानते न हैं, आगे सब ठीक हो जाएगा। ...हमारे बारे में का बोलता है?" मथुरा ने आशंका से पूछा।

"तुम्हारे पर तो बड़ी आस्था है उसको, हम्हीं को खराब समझता है।" जितनी डबडबाई-सी बत्ती की ओर ताकती रही।

"तो बाप से बढ़कर जिम्मेवारी भी तो हम्हीं न पूरा किए हैं।" मथुरा ने बड़ा-सा अहसान लादा।

जितनी ने बिना मथुरा की तरफ देखे धीरे से गर्दन हिलाई।

"चलते हैं, टाइम बड़ी खराब चल रहा है। सोमरा भी सिनेमा का टिकट बेचकर आता ही होगा। आठ रुपया का दस-बारह तक जा रहा है कुछ तो कमाइए लेगा।" मथुरा खटिया से उठते हुए बोला, "आर.डी. सिंह खोज रहा था तुमको।"

"कौन आर.डी. सिंह?"

"अरे वही, तुम्हारा पुराना वाला।"

"का! फिर से आ गया है?"

"...तब का कहती हो? मथुरा ने दाँत चिहारे।

"रंडी हैं का हम?" अचानक जितनी बिफर गई, "हम ना जाएँगे ऊ जनावर के पास! कोई पतुरिया भेज दो। जब तुम्हारे पास कोई उपाय नहीं था, तुम जो कहे, हम कर दिए, पर अब हमसे ई सब नहीं सपरेगा।"

"आय बाप! तुम तो खिसिया गई।" मथुरा सिटपिटा गया, "उस टाइम का बात ही अलग था...तुमसे छुपा है कुछ? पर उसके बाद से जब जैसा बना, सब कुछ करिए रहे हैं तुम्हारे लिए।"

"का कर रहे हो! बियाह कर सकते हो हमसे? नहीं न! अरे जो आदमी अपने से हमको दूसरा के पास भेज दिया, ऊ का निबाहेगा? ई सब बतकही छोड़ो, जाए दो।" जितनी आँख पोंछते हुए बोली।

"अरे हम मजाक कर रहे थे। आर.डी. सिंह के लिए दूसरा इंतजाम कर दिए हैं तब! बाकी सब मन रखने के बाद भी कब पलटी मार देगा, कोई भरोसा नहीं है। ई सब का जात ही ऐसा होता है। चलते हैं। विधायक जी के पास भी जाना है। बहुत तरह का टेंसन है बाप रे बाप!"

सोमर खिड़की के पास खड़ा हाउस फुल का बोर्ड टँगने के इंतजार में था। मथुरा जी सच में बहुत उपाय वाला आदमी हैं। सब काट-कूटकर कभी दस, कभी-कभी पंदरह तब बच जाता है। ...मंदी में ई भी क्या कम है? उसने भीड़ पर नजर दौड़ाई...

"बतला तो दीजिए...अंग्रेजी का कॉपी कहाँ गया है सर?"

टिकट की लाइन में खड़ा रंगदार टाइप छात्र नौजवान लेक्चरर से मिन्नत करते हुए बोला।

"तुम काहे ल चिंता करते हो, खाली हमको रोल नं. सही-सही लिखकर दे देना। जहाँ भी जाएगा हम सँभाल लेंगे। हमको भी कुछ गट्स है कि नहीं? बोलो।"

"बेऽऽ...तेरे कि हाउस फुल हो गया सर।"

"ई कौन भारी बात है...देखो साला ब्लैक में जरूर मिल जाएगा।"

"सब जगह मॉर्निंग सो में मलयालम सिनेमा छा गया है, सर। वईसे पैराडाइज में लोनली-लेडी चल रहा है, सुनते हैं बीच-बीच में पूरा ब्लू जोड़ दिया है। उसी में चला जाय का?"

"कहाँ जाओगे? टाइम कहाँ है? इसमें भी पूरा खोलकर दिखलाया है, बड़ा धाकड़-धाकड़ सीन है जी! हिंदुस्तानी जिनिस के आगे बिलायती का कोई मुकाबला है?" प्रोफेसर साहब स्वदेशी आंदोलन की बागडोर सँभालते हुए बोले।

"हीः हीः हीः ठीक कहते हैं, सर! ऐसे भी जैसे मलयालम वैसे अंग्रेजी! डाइलोग तो कुछ समझ में आना नहीं है।"

"बे बुड़बक...ई सब सिनेमा डाइलोग के लिए देखा जाता है? देखो...ऊ लड़कवा से पूछो, जरूर मिल जाएगा।"

"बारह का एक!" सोमर धीरे से बोला।

"लूट है रे? ...दस में दे दो।"

"बारह से कम नहीं होगा। इसमें लूट का कौन बात है?"

"चुपचाप दे दो साले एक बार पकड़ाओगे न तो छह महीना के लिए भीतर चल जाओगे।"

"बारह का टिकट दस में। रंगदारी है? लंगटई वाला सिनेमा देखिएगा, ऊपर से लंगटई बतियाइएगा?" सोमर टेढ़िआया।

"अरे, होस में रहकर बतिआओ...चीन्हता है कि नहीं...?"

"का बात है?" सिराज लपककर पहुँचा। "अरे बुड़बक...दे दो दस में। ...भूसन बाबू का लड़का हैं। साथ में प्रोफेसर साहब हैं, जरा आदमी चीन्हा करो।" सिराज फुसफुसाया। "आइए सर, आपका ही बात रहा।"

"समझा दो इसको बहनचो चीन्हता नहीं है।"

"समझा देते हैं सर, जाने दीजिए...अभी लड़का है।" सोमर के आखिरी टिकट बिकवाते हुए सिराज ने कहा।

"मिल गया न टिकट...। ई ब्लैकियर सब एक मिनट में चिन्हा जाता है।" प्रोफेसर साहब बोले।

"एगो साथी का भी कॉपी गया है, उसको भी जरा देख लीजिएगा। ... स्वजातीय नहीं है, बाकी तब भी..."

"दूसरे का झंझट अपने माथा पर काहे ले लेते हो! अच्छा देखेंगे। तुम्हारा तो पक्का है, उसमें कोशिश करेंगे...अरे! साली बहुत दिन के बाद दिखाई पड़ी। देखे?" प्रोफेसर साहब सड़क पर गुजरते रिक्शे को देखते हुए हिनहिनाए।

"बड़ी लटपट मामला है, सर। सुनते हैं प्रेगनेंट हो गई थी!" गट्स वाले प्रोफेसर साहब के साथ हॉल के भीतर घुसते हुए उनका रंगदार शिष्य बोला।

जितनी के पुनः काम पर लौट आने से बैंक मैनेजर की पत्नी बहुत प्रसन्न थीं और अपनी तरफ से शिकायत का कोई मौका नहीं दे रही थीं।

"मम्मी आई हैं दिल्ली से! मैंने तुम्हारी बच्ची के लिए पुलओवर...मेरा मतलब है गरम कपड़ा मँगवाया है दिल्ली से। आओ मिलवाती हूँ।"

मम्मी जैसी मम्मियों को जितनी खूब समझती थी। सब की सब टेढ़ा मामला होती हैं। इन लोगों से सँभलकर ही बात करनी पड़ती है। जितनी सब जानती थी...।

"स्वेटर पसंद आया अपनी बिटिया का?" उतरे हुए हलके से स्वेटर पर रोआब लेते हुए वह बोलीं।

दोपहर में जब जितनी उनके सिर में तेल डालने लगी तब उन्होंने पूछा, "स्कूल भेजती हो कि नहीं अपनी बिटिया को?"

गफलत में जितनी खुश हो गई। इतने अपनत्व से शायद ही किसी ने बात की थी। पुलकित-सी कहानी सुनाने लगी, "जी जाती है...कलक्टर साहब की मेहरारू गरीब बच्चा सबका इस्कूल चलाती हैं...एक बार हम लोग के बस्ती में और बहुत-सी जनानी लोग के साथ आकर का-का तो भासन दी...फिर नाजिर बाबू एगो बड़ा-सा टोकरा लाया।" जितनी हँसते हुए बोली, "हम लोग बूझे कि लड्डू-पेड़ा कुछ बाँटेगी। सब लोग का लार चू रहा था...बाकी उसमें मोटा-मोटा गेंदा का माला था। हम लोग के हाथ से माला पहनीं...फिर फोटो-ऊटो खिंचाकर चली गईं। उसी टाइम हमारी बच्ची को देखी तो कही कि हमारे इस्कूल में भेज देना...तब से ललमुनिया इस्कूल जाती है...।"

"हाऊ मीन...! खैर छोड़ो, मुझे भी एक छोटी नौकरानी ले जानी है अपने साथ...बहू ने चलते हुए कहा था। थोड़ी पढ़ी-लिखी हो तो अच्छा है, पीछे में टेलीफोन वगैरह भी अटैंड कर लेगी और उसकी बिटिया को खिला भी दिया करेगी।"

जितनी का मुँह लटक गया। अब जाकर बात समझ में आई।

"ढंग से बात तो कर लेती है न तुम्हारी बेटी?" मम्मी जी अपनी पोती के लिए चिंतित हो रही थीं, "बस कहीं डॉली की भाषा न बिगड़ जाए उसकी वजह से...यही तो चक्कर है...वहाँ कोई नौकरानी मिलती नहीं। और यहाँ से ले जाओ तो दस तरह की चीजें देखनी-समझनी पड़ती हैं..."

जितनी भीतर से कुढ़ती जा रही थी और ऊपर से जी-जी करती जा रही थी।

"जी अभी तो एकदम बुद्धू है, छोटी है न..." मुश्किल से वह बोल पाई।

जब जितनी काम खतम करके निकल रही थी, अचानक मम्मी जी बेटी से बोलीं, "अरे वो रास्ते के बचे सूखे आलू फेंक मत देना...जितनी को दे दे...जरा से लिसलिसे हो गए हैं और क्या...?"

"ओ मम्मी...! अब वो आदमी के खाने लायक बचे हैं क्या?" बैंक मैनेजर की मेम साहब ने शर्म-सी महसूस करते हुए कहा।

"तू नहीं जानती है, ये लोग सब पचा लेते हैं। ज्यादा लिफ्ट देगी तो सुरसा-सा मुँह खुलता जाएगा इन लोगों का।" मम्मी जी फुसफुसाईं, पर जितनी ने सुन लिया।

"अरे जितनी...सुन, ये सब्जी अपने घर लेती जाना।"

"जी माई जी।" जितनी सब्जी बाँधते हुए बोली। घर से बाहर निकलती जितनी ने सब सब्जी घूरे में फेंक दी, मम्मी जी ने देख लिया।

"इसके रंग-ढंग मुझे अच्छे नहीं लगे...जरा सावधान रहना इससे।" अपनी बेटी को समझाते हुए उन्होंने चेताया था।

मथुरा बहुत बेमन से विधायक जी के गेट में घुसा। क्या करें...मजबूरी है। ज्यादा टालते रहने पर भी मामला बिगड़ जा सकता है कब से खोजवा रहे हैं उसको।

मथुरा विधायक जी के आगे हाथ जोड़े खड़ा रहा।

"ससुर, हमरे ही नाम पर पाँच हजार लील लिए? तुमको तो बाँधकर जूता से पिटवाएँगे, तबे सुधरोगे...।" विधायक जी चिढ़कर बोले।

"सरकार, भुखमरी चल रहा है। ...बहुत कर्जा में फँस गए हैं। ...ई का जरा धंधा सुरू हो जाए...बस...!" मथुरा थेथर के जैसा खी-खी करता रहा।

"बहनचो एकदम लतखोर हो, तुम्हारा कभी भला नहीं होगा...जरा-सा में नीयत खराब हो जाता है तुम लोग का।"

"नहीं हुजूर...भगवान कसम...न तो कहिए एकाध दर्जन कंट्रीमेड जुगाड़ कर देते हैं उसी के नफा में एडजस्ट कर लीजिएगा...।"

"ज्यादा झिलकटई मत बतिआओ...पिछला इलेक्सन में ला के दिए थे, सब का सब कंडम था।" विधायक जी झिड़कते हुए बोले।

"डी.एम. साहब लाइन पर हैं...बात कर लीजिए।" चमचे ने आकर खबर दी, मथुरा को छुटकारा मिल गया।

"नमस्कार!" विधायक जी फोन लेते हुए बोले, "आपको एक कस्ट देने के लिए फोन किए थे...रोड और बालू पट्टा का सब टेंडर पोस्टपोन करवा दीजिए जरा सुलह हो जाए...नहीं तो तीनों पार्टी आपस में लड़-भिड़ जाएगा आपका प्रोब्लम भी बढ़ेगा...।"

"देखते हैं–" डी.एम. साहब की आवाज सुनाई दी।

"ज्यादा नहीं, हफ्ता-दस दिन...। और ऊ बीस सूत्री के फंड से जो ऑडीटोरियम बनवा रहे हैं न आप अपने फादर के नाम पर, ओह सौरी कन्फ्यूज कर गए थे...फादर के नाम पर तो लॉजिंग हाउस है। अच्छा, ई वाला मदर के नाम पर है! बाह!! बहुत बढ़ियाँ। उसी के ठीका में, हमारा साला है–जरा एडजस्ट कर लीजिएगा। और पटना का हाल तो बेकारे है, लेकिन दिल्ली गए थे बहुत चर्चा था आपका होम मिनिस्ट्री में...।" विधायक जी दिल्ली को भंजाते हुए बोले, "पर्सनली मिलकर न बताएँगे...ओके...।"

"अब साले एगो लेटरीन या पेसाबघर भी बनवा लीजिए पब्लिक फंड से और अपने ग्रैंडफादर का नाम रख दीजिएगा! साला सब सनक गया है...।" विधायक जी फोन रखकर कुड़कुड़ाए।

"सर, डेट पोस्टपोन करने से हंगामा और बढ़ेगा।" माइनिंग ऑफिसर ने डी.एम. साहब को राय दी, "मंत्री जी का पटना से तीन बार फोन आ चुका है, अपनी पार्टी के विधायक के लिए।"

"तब फिर जैसा है, रहने दीजिए।" डी.एम. साहब ने कहा।

"देख रहे हो हाल? ...कोई ढंग से काम करो, तुरंत हंगामा मचने लगता है...। कभी इस विधायक की पैरवी आएगी, कभी उस मिनिस्टर की। समाज के लिए कोई कमिटमेंट बचा ही नहीं है।" डी.एम. साहब फोन रखकर लगभग 'बापू' की तरह बोले।

"कॉलेज में तो सुनने ही थे अब तो रोज फेस-टु-फेस होना पड़ता है सर...अनुराधा कहाँ है? यू.पी.एस.सी. के एक्जाम्स के बाद से देखा ही नहीं उसको...बड़ा बैडलक रहा उसका।" अभी तुरंत-तुरंत आए नए डी.डी.सी. ने पूछा। डी.एम. साहब की वाइफ का क्लास-फेलो रह चुका था।

"हाँ यार, प्रॉपर सोर्स नहीं लगा पाया!" डी.एम साहब ने मायूसी से कहा, "बट शी इज ऑल राइट, पता है...सोशल वर्क में लग गई है। लेडीज क्लब वालों ने प्रेसिडेंट बना दिया है। दिन में कोई काम नहीं था तो जानते हो, अगल-बगल के गरीब बच्चों के लिए फ्री में क्लास लगाती है...पीछे लॉन में...चलो दिखाता हूँ।"

सरकारी लॉन में अनुराधा जी आरामकुर्सी पर बैठी हुई थीं। पीछे क ख ग घ लिखा ब्लैकबोर्ड स्टैंड पर टँगा हुआ था। सामने दस-पंद्रह अधनंगे बच्चे खड़िया-स्लेट लेकर बैठे थे। अनुराधा देवी बड़ी तन्मयता से नाशपाती छील रही थीं। उन्होंने एक फाँक सफाई से तराशी और मुँह की ओर बढ़ाई। दो-तीन लोलुप निगाहें, बाल समूह से उनकी ओर उठीं।

"सब बच्चे ध्यान से पढ़ाई में मन लगाओ।" उन्होंने घुड़की दी।

"ई कौन फल है? सेब हई का रे?" लालच से घिरी ललमुनिया फुसफुसाई।

"कौन भिन-भिन कर रहा है, शरारत करोगे तो डाँट पड़ेगी।" अनुराधा ने फिर घुड़की दी।

"बाई गॉड...लोगों को तो तुमसे इंस्पायर करना चाहिए।" डी.डी.सी. लॉन में आते हुए बोले, "पूरा स्टेट सुधर जाएगा।"

"अरे रवि! तुम कब आए?"

"अभी-अभी पहुँचा हूँ।"

"अंदर बैठो प्लीज, मैं क्लास नहीं छोड़ सकती हूँ। पंद्रह मिनट में खतम करके आती हूँ।" अनुराधा ने घड़ी दखी, "अजी सुनिए, बड़ाबाबू को भेजकर अंडे, चीज और रसगुल्ले मँगवा लीजिए।"

"टेक योर टाइम" डी.डी.सी., डी.एम. साहब के साथ मुड़कर जाते-जाते बोले। "व्हाट ए डेडीकेशन! शी इज एब्सल्यूटली कमिटेड टु अ सेल्फलेस कॉज...। वाकई, यहाँ के लोगों को अनु से सीखना चाहिए, भई!"

"एकरा सायद नासपाती कहल जा हे।" दूसरा बच्चा धीरे से बुदबुदाया।

यादव जी मथुरा के टालमटोल से निराश होते जा रहे थे, "बे मर्दे...अब बात फाइनल करवाइए बाबू साहब।"

"ध्यान से सुनो...तीन रोज में फिर कमांडेंट का विजिट है। अबकी उसका सीनियर अफसर भी कलकत्ता से आ रहा है। बिस्वास जीतने का इससे बढ़िया मौका फिर नहीं मिलेगा। हाँ चाहे ना...आज पक्का जवाब दो।" आर.डी. सिंह मथुरा से बोला।

"का जवाब दें...? आगे-पीछे का भी तो सोचना पड़ता है। थोड़ा और टाइम दीजिए जरा-सा इधर-उधर हो गया तो परेसानी और बढ़ जाएगा...।"

"ऊ सब तुम्हारा प्रोब्लम है। साँझ तक जैसा हो बोल देना। तब तक खूब बढ़िया से आगे-पीछे का सोच लो।" आर.डी. सिंह बात को चबाते हुए बोला।

मथुरा आर.डी. सिंह की बात का मतलब खूब समझता था। चाहे उसकी बात पर चलिए...नहीं तो धंधे से हरदम के लिए अलग! करे तो का करे मथुरा? कल्लू, सिराज तो जरा से में तड़ लेंगे। एकदम चालू हो गया है दूनो! लेकिन कुछ न कुछ तो करना ही पड़ेगा। पैंतालीस साल के उमर में अब कौन नया लाइन धरे? झिलकटई के अलावा कुछ आता भी तो नहीं है उसको...।

"ई एस.आई. का अस्पताल में दवाई रहता है कहाँ?" निगोसियेशन टेबल पर सीताराम बोला, "कोई बीमारी हो, चोट लग जाए, वही दू गो टेबलेट देकर चला देता है। ...सब दवाई तो बेच देता है। प्राइवेट डॉक्टर का भी व्यवस्था होना चाहिए।"

"सब यूनियनबाजी यहीं बतियाते हो? वहाँ जाकर करिया काहे नहीं पोतते हो डॉक्टर के मुंह पर। तुम्हारा पैसा काटकर जमा करते हैं, ऊपर से मनेजमेंट अपना कंट्रीब्यूसन देता है–प्राइवेट का व्यवस्था कहाँ से करेंगे...?" नंदलाल जी चिढ़चिड़ाए।

"अब यहाँ अपना काम करें कि रोज जुलूस, धरना, घेराव करते रहें...बोलिए? काम का भी तो हर्जा है।"

"अ दस रुपइय्या दे-देकर डॉक्टर से झूठा सिक-लीव बनवा लेते हो त वही ई.एस.आई. बड़ा बढ़िया लगने लगता है? बड़ा साहब को का समझा रहे हो... खूब चीन्हते हैं तुमको।" मिश्रा जी पिनपिनाए।

"अच्छा सांत रहिए। ...देखो जी, तुम्हारे लिए तो बात तय होइए गया है...। अब जेनरल केस को छोड़ो...काम चालू करो...बहुत प्रेसर है।" नंदलाल जी ने मामला समेटा।

"ठीक है। रामप्रवेस को भी कुछ अलग से दे दीजिएगा। ...सब ठीक-ठाक करके कल रात तक चालू कर देते हैं...और का!" सीताराम ओवर-टाइम को ध्यान में रखते हुए बोला।

"आज अचानक काहे बुलवाया है, अपने कहाँ है?" कल्लू मथुरा के घर के सामने सिराज से बोला, "साला खाली फोकस दे रहा है। यहाँ भुखमरी चल रहा है...।"

"लो, आइए गए मथुरा जी।" सिराज चिहुँका।

"अब सिवाय बटमारी के गुजारा नहीं है...का कहते हैं बोस (बॉस)? न तो चलिए प्लेटफारम पर अलमुनियम का कटोरा लेकर भीख माँगा जाए!" कल्लू तीता होकर बोला।

मथुरा के चेहरे पर तुरंत कोई नया भाव नहीं उभरा। वह गंभीरता से सिराज और कल्लू पर आँखें घुमाकर देखता रहा। उसका भावहीन, कठोर चेहरा तनाव पैदा कर रहा था। कल्लू और सिराज दोनों सटक गए। अचानक वह धीरे से मुसकराया। वातावरण हलका हो गया।

"काहे इतना घबड़ा जाते हो तुम लोग? समझो कि बात लगभग तय है...।"

"वाह!" दोनों के चेहरे पर चमक दौड़ गई।

"लेकिन बात टेढ़ा है, बैठो...।" मथुरा ने जेब से बोतल निकाली।

"तब का कहते हो?" मथुरा ने पूछा। तीनों कमरा बंद करके बैठे थे। "आर.डी. सिंह का बोलना है कि अपना ही ग्रुप से–हम किसी को सेट कर दें! कम से कम एक ठो को भी मार के गिरा देगा ऊ सब, तबे अफसर लोग पर बिस्वास जमेगा और तभिए अफसर लोग का कड़ाई भी थोड़ा ढीला पड़ेगा। तब तो आगे का धंधा चल सकता है। अब तू दूनो समझदार हो, ...तुम लोग से का छिपाना है? जो सब राय-बात करके तय करो वही करेंगे।

थोड़ी देर सन्नाटा छाया रहा।

"हमको आप बताइए दिए, सिराज सुनिए रहा है, तब तो खाली...खाली सोमरा ही न बचा?" कल्लू बोला। मथुरा ने निर्णायक होकर सिर हिलाया।

"का कहते हो, बोलो–तय करो...।"

"और कोई रास्ता नहीं है?" सिराज ने चुप्पी तोड़ी, मथुरा ने सिर हिला दिया।

"सब कोसिस करके हार गए हैं, तब्बे ई बात कह रहे हैं। आगे जो तुम लोग तय करो...।" मथुरा हर हाल में बात उन्हीं दोनों के मुँह से कहवाना चाहता था।

"जब कोई उपाय नहीं है तो सोचना क्या है? तय कीजिए। ऐसे तो भुखमरी चल रहा है।" सिराज बोला।

"जितनी को पता चलेगा तब?" कल्लू ने सोचते हुए पूछा।

"उसका उपाय सोंच लिये हैं।"

"तब तय कीजिए...और का...।"

"मिलकर किरिया खाओ कि ई बात हम तीन से बाहर नहीं जाएगा।" मथुरा दोनों को घूरते हुए बोला।

"बहुत ठीक तो नहीं है। सोलह बरिस का लड़का को कितना बड़ा क्रिमिनल दिखाएँगे? कोई मानेगा? ...अरे साला! जवान आदमी नहीं है तुम्हरे पास?" आर.डी. सिंह ने चिढ़कर कहा।

"जवान आदमी फँसेगा इस जाल में? आप ही सोचिए...! और वागन-ब्रेकिंग पंद्रह-सोलह का ही उमर वाला जादे बढ़ियाँ से करता है, ई समझाना कौन भारी बात है..."

"जादे अकिल मत सिखाओ। ठीक है, उपाय निकाल लेंगे...तुम सेटिंग करके खबर दो–" आर.डी. सिंह बढ़ते हुए बोला।

"तुम लोग..., तुम लोग भी तेज हो...लेकिन सोमर के जोड़ का? ...ऊँहु...कोई नहीं है।" मथुरा ने सोमर की पीठ ठोकते हुए कहा।

चारों लोग घटिया से शराबखाने में, अलग हटकर बैठे थे।

"और हम लोग कुछ नहीं हैं?" सिराज रूसता हुआ-सा बोला।

"हो, लेकिन सोमर वाला फुर्ती है तू लोग में?"

सोमर के चेहरे पर गर्व से भरी लाली तैर गई। "बात बना कि नहीं?" उसने धीरे से पूछा।

"तुमको का बुझा रहा है रे बौड़ाहा? हाः हाः...!" मथुरा खुलकर हँसते हुए बोला। सोमर की मुसकान और फैल गई, उसकी आँखें चमक गईं।

"आज सोमरा भी पिएगा...अरे, एक जगह और लाओ...।" मथुरा चिल्लाया।

नः नः हम कभी नहीं पिए हैं...!! और आपके सामने..." सोमर हिचकिचाया।

"अरे, हमसे का छिपाता है? अब समझो आज से जवान हो गए। सोलह साल में तो बेटा भी बाप का दोस्त हो जाता है, पीओ-पीओ।

मथुरा को इतना खुश सोमर ने कभी नहीं देखा था।

"आज से सोमरा खाली महीना पर नहीं रहेगा। उसको हिस्सा भी बाँटेंगे।"

"का? अब हमनी के हिस्सा में भी कटौती हो जाएगा?" कल्लू ने चिढ़ने का अभिनय किया।

"मन तो यही करता है कि एक पाई नहीं दें तोहनी सब के, खाली डाह के मारे जरते रहते हो...।" मथुरा ने गुस्सा दिखाते कहा, "अरे, हम अपना हिस्सा में से बाँटेंगे। ...न काटेंगे तुम लोगों में से, बस...।"

"तब ठीक है।" कल्लू और सिराज खुश होते हुए बोले।

"ठीक है तो हाथ मिलाओ दोनों लोग सोमर से, आपस में डाह ठीक नहीं होता है...बुझाया?"

दोनों लोग गिलपिलाते से उठे–कल्लू ने सोमर का कंधा थपथपाया।

"साला बाजी मार लिए तुम...।" सिराज हँसते हुए सोमर का गाल छूते हुए बोला।

"कल से काम सुरू कर देना है, और का? बोहनी सोमर के हाथ से होगा।" मथुरा मुसकराया। "रात का गाड़ी में ताँबा का तार जा रहा है। ...गाड़ी और वैगन नंबर कल साँझ तक मिल जाएगा। खबर भेजेंगे...तय्यार रहना।"

"अभी तो पूरा चाँदनी किए हुए है, ...ठीक रहेगा?" सोमर ने शंका प्रकट की। मथुरा और बाकी दोनों लोग अचानक सीरियस हो गए। तीनों की परेशान आँखें एक-दूसरे से टकराईं।

"अरे बुड़बक, जब बाते सेट हो गया है तो चाँदनी रात.और दिन-दोपहर का होता है? आँय! बोलो? कम से कम दस हजार का हिस्सा बनेगा...तुम्हारा हो जाएगा अढ़ाई हजार!" मथुरा ने बात घूमा दी।

"अढ़ाई हजार रुपया!" सोमर को लगा वह आसमान में उड़ रहा है।

"एक बात ध्यान से सुनो...ई सब का पता अभी किसी को भी मत लगने देना। जितनी को भी नहीं। यहाँ का कोई बात नहीं। इतना दिन के बाद मौका लगने जा रहा है...कौन बात से जतरा बिगड़ जाता है, कौन जानता है? हम तो भाई ई सब सगुन-अपसगुन पर बिस्वास करते हैं।" मथुरा ने बाकी दोनों की तरफ देखा।

"हम भी! हम भी! दोनों ने हामी भरी।

"एक्के बार पईसा लेकर जितनी के हाथ पर धर देना...खुस हो जाएगी। अभी किसी से कोई बात नहीं।"

"भगवान किरिया...किसी को पता नहीं चलने देंगे।" सोमर विश्वास के साथ बोला।

"अढ़ाई हजार रुपया–" सोमर सपनों में खो गया।

सुबह सोमर उठा। माथा भारी हो रहा था। रात में चढ़ गई थी। कुछ पल तक उसे कुछ याद नहीं पड़ा फिर रात की बात दिमाग में खुले हुए दिन की तरह साफ उतर आई।

सोमर मुसकराया।

बाहर जितनी चिल्ला रही थी। रोज गाली-गलौज होता है, धंधा चल गया तो सबको दिखा देंगे। सोमर ने सोचा। बाहर से आती आवाज ज्यादा तेज होती जा रही थी। सोमर बाहर निकला।

"अरे हरामजादी...तुलसी जी के पास रोज तुम्हारी मुर्गी गंदा करती है। कै बार बोल चुके हैं। बाकी तुम एकदम बेहया हो," जितनी झाड़ू पकड़े अमीना पर बरस रही थी, "अब की बार से मुर्गा-मुर्गी आया है तो यहीं पर काट देंगे...।"

"बड़ा तुलसी पूजने वाली बनी है...राँड़ कहीं की।" अमीना छनककर बोली, "जब-तब तुम्हारा लड़का ऐसे ही मुर्गी चुरा लेता है, ...अब का छाती पर चढ़कर लेने का उपाय लगा रही हो...?"

अमीना की सहेली, धोबिन, भी बाहर लपकी, "जादे बोलो मत!" जितनी को धमकाते हुए धोबिन चमकी, "माँ-बेटा—पूरा खानदाने चोरकट है।"

"ए...तुम बीच में मत कूदो। ठीक नहीं होगा...। साली, दूसरा का कपड़ा चुरा-चुराकर पहनती है, चली है हमको चोर ठहराने! और जइसे मरद गया काम पर, खट से मोती डलाइभर के देह पर लद जाती है...। अपना आँख से देखे हैं, छिनार कहीं की...। एकदम चोप्प।" जितनी गरजी।

"अरे एगो मरद से फँसने का बात कोची बोल रही हो...? अपना को देखो, अपना को—बेसवा सब भी लजा जाएगी तुम्हारे चाल पर। रंडी कहीं की।" अमीना ने चोट की। जितनी चीखते हुए झाड़ू लेकर दौड़ी। सोमर ने दौड़कर उसको पकड़ लिया, मारे गुस्से के उसकी बोली बंद हो गई थी।

"ठीक बात कितना तीता लगता है।" अमीना जहर उगलते भीतर चली गई।

"सब सेट हो गया है। रात का तय्यारी रखिए...। बतलाइए कैसे का होगा...?" मथुरा आर.डी. सिंह और यादव जी की तरफ देखते हुए बोला।

"आज खाली हाथ नहीं लौटना है यादव जी।" आर.डी. सिंह ने अपने साथी से कहा।

"काम से होकर आते हैं।" दोपहर के समय जितनी बाहर जाने की तैयारी में बोली।

"ए मइय्या...सरकस!" ललमुनिया ने ठिनकते हुए कहा।

"चल आज सरकस दिखाइए देते हैं...चल।" तीखी सुबह के बावजूद सोमर बहुत दिनों के बाद अच्छे मूड में था। ललमुनिया खुश हो गई।

भर सर्कस मुनिया हँसती रही और सोमर सपने बुनता रहा। कब सर्कस खतम हो गया, उसको पता भी नहीं चला।

घर से आधा कोस पर कल्लू मिला। ललमुनिया अलग खड़ी दोनों को बातें करते देखती रही।

"कितना देर से खोज रहे हैं तुमको...डाउन में आगे से बीसवाँ वैगन में। टाइम से पहुँच जाना। मथुरा जी बड़ी उम्मीद से काम दिए हैं। देखना, चूके नहीं।"

"अपने कहाँ हैं?" सोमर ने पूछा।

"माल उतरने के बाद वहीं मिलेंगे। मइय्या से कुछ बोला नहीं न है?"

"हम पागल हैं? ई बात काहे ल पूछते हो?" ...चिंता मत करो, टाइम से पहुँच जाएँगे।"

कल्लू निश्चिंत होकर चला गया।

"जब सोमर डेरा छोड़ दे तो थोड़ा देर इंतजार करना, फिर जो समझाए हैं, जाकर जितनी को बोल देना। जरा होसियारी से।" मथुरा ने सिराज को चेताया, "हम बढ़ते हैं, आर.डी. सिंह इंतजार में होगा।"

जितनी ने गिलास में चाय भरकर सोमर को दी और एक स्टील की तश्तरी में चार-पाँच बिस्कुट ले आई। सोमर ने एक बिस्कुट उठाया और मुँह में डाला, फिर पिच्च से थूक दिया। "मेहराया हुआ है और गमक रहा है। जरूर ओभरसीयर साहब के घर से मारकर लाई हो।" जितनी ने मुसकराते हुए सिर हिलाया।

"कितना बार बोले हैं, उनके घर से कुछ मत लाया करो। परसों पूड़ी लाई थी, चमड़ा जैसा था। वही मैनेजर साहब के यहाँ का देखो, चाहे अगरवाल साहब के घर का देखो—सब चीज ढंग का रहता है। ओभरसीयर साहब को खाने का लूरे नहीं है।"

जितनी ने हँसते हुए बिस्कुट बाहर फेंक दिए। सोमर भी धीरे से मुसकराया।

"एगो बात बोलें?" सोमर ने जितनी का खिला मुँह देखते हुए पूछा। बहुत दिनों से दुखते हुए फोड़े को आज बहा देना चाहता था। फिर जितनी भी उसको आज कितनी अच्छी लग रही थी।

"का बात है? बोलो—"

"मथुरा जी से घर काहे नहीं बसा लेती हो?"

जितनी को झटका लगा, कुछ देर सोचती रही। फिर उसकी सपने से भरी आँखें सूख गईं। "ई बात काहे कहते हो?" जितनी ने धीरे से पूछा।

"लोग बात करता है। हमको अच्छा नहीं लगता है। बात तो सच ही है, मथुरा जी हमनी सबको घर के जैसा मानते भी हैं, ...दिक्कत का है?"

"तुम अभी लड़का हो–तुमको न बुझाएगा। हम मथुरा से बियाह कर सकते हैं का?" जितनी कड़वी हँसी हँसते हुए बोली।

सोमर का मिजाज गर्माना शुरू हुआ, "साथे सूत सकती हो तो बियाह करने में कौन हर्जा है?" सोमर ने साफ-साफ पूछ लिया।

"अपन मइय्या से अइसने बात किया जाता है रे मुँह-झौंसा...? तुम अभी का जानते हो मथुरा को?" जितनी चीखते हुए बोली।

"मथुरा जी को हम खूब जानते हैं। ...तुम्हीं को नहीं चीन्हते थे अब तक! अमीना ठीक बोली थी–तुममें और बेसवा सब में कोई फरक नहीं है।" चिल्लाता हुआ सोमर सनाके से निकल गया। जितनी फटी-फटी आँखों से देखती रही। फिर ललमुनिया को सटाकर फूट-फूटकर रोने लगी। इधर कई सालों में–पहली बार।

"बस यहीं पर रहा जाए। यहाँ से निसाना ठीक बैठेगा।" आर.डी. सिंह झाड़ी के पास रुक गया। यादव जी और मथुरा भी रुक गए।

"लेकिन सामने फैक्ट्री है!" यादव जी बोले।

"उसका चिंता मत कीजिए। ऐसे भी हड़ताल पर है।" मथुरा ने बताया।

"ट्रेन ज्यादे लेट मत हो जाए, ...बेटीचो जाड़ा बहुत है।" यादव जी दाँत कटकटाते हुए फुसफुसाए।

"सोमर कहाँ है?" सिराज ने पूछा।

"कहीं निकला है, काहे?"

"मथुरा जी कहलाए हैं कि आज रात भर आर.पी.एफ. वाला सब पूरा ऐक्सन में रहेगा। आएगा तो समझा दीहो। ...घर से मत निकले...। ई नहीं की काबिल बनने के फेरा में गाड़ी-ऊड़ी पर चल जाए...। जान का खतरा हो जाएगा! मथुरा जी खासकर यही बात कहने के लिए भेजे हैं।" सिराज जल्दी में बोलकर चला गया।

जितनी भय और आशंका से ग्रस्त उसको जाते देखती रही। कुछ देर बाद सोयी ललमुनिया को चादर उढ़ा, घर से निकल पड़ी। पटरी के किनारे-किनारे...

"अब मईय्या से कोई मतलब नहीं रखना है...छिनार साली!" गाड़ी के इंतजार में दुबके सोमर ने अपने आप को तीसरी बार समझाया।

"अढ़ाई हजार रुपया!" सोमर मुसकराया, फिर सोच में पड़ गया। "पूरा हिस्सा बाँटकर और खर्चा काटकर हमको अढ़ाई देंगे तो मथुरा जी को तो हमसे भी कम बैठेगा।" सोमर परेशानी में बुदबुदाया, "कुछ हिसाब में गड़बड़ी है।" अचानक दूर से आती रोशनी देखकर सोमर सतर्क हो गया।

"चलो रे–सब सामान लेकर पीछे पहुँचो। लोडिंग गैंट्री को आज फाइनल करिए देते हैं।" सीताराम हँसते हुए बोला। रामप्रवेश भी मुसकराया।

"उनइस...बीस–" सोमर सफाई से बढ़ती मालगाड़ी पर चढ़ गया। उसने लोहे का रॉड हाथ में पकड़ा और गाड़ी के दरवाजे से सट गया। ...कैसा भी ताला हो, सोमर के लिए बाएँ हाथ का खेल था। एक मिनट में ताला खुल गया। सोमर ने आँख मिचमिचाई और डिब्बे के अंदर नजर दौड़ाई।

"गाड़ी पहुँच रहा है। सावधान हो जाइए। काम भर लाइट है।" आर.डी. सिंह छिटकी चाँदनी नापते हुए बोला, "अ सुनिए, हम चूक गए तो आप तुरंत रिपीट कर दीजिएगा यादव जी।" साथी ने सहमति से सिर हिलाया।

"बीसवाँ नंबर बतलाए हो न जी?"

मथुरा ने गर्दन हिलाई।

"अरे, साला!" सोमर मुँह फाड़े डिब्बे में देख रहा था। पुरानी कुर्सियाँ, टेबुल, चारपाइयाँ और टाट से बँधे बेडौल बंडल उसको मुँह बिरा रहे थे। ...किसी तबादलाग्रस्त रेलवाई अफसर के फालतू के सामान से डिब्बा भरा हुआ था।

सोमर का दिमाग चकरा गया।

"डिब्बा तो ठीक गिने थे," उसने आगे-पीछे देखा–दोनों तरफ। "मथुरा जी को जरूर कोई झुठा खबर दिया, सब मेहनत बेकार चला गया। बोहनी का जतरा भी बिगड़ गया।" निराशा और क्रोध की बूँदें उसके माथे पर चुहचुहा गईं। "मथुरा छोड़ेगा नहीं उस आदमी को! ...जो भी चाल खेला है, ऊ मथुरा जी को चीन्हा नहीं है...। छोड़ेगा नहीं उस आदमी को मथुरा।"

"चालू करो–" सीताराम बोला। वेल्डर ने वेल्डिंग-ग्लास आँख से सटाया।

सोमर को मानो करेंट लग गया। वह घूमा। वेल्डिंग का प्रकाश, चकमक चकमक, चारों तरफ! वह जोर-जोर से चीखना चाहता था। अचानक उसको पाला

मार गया। उसने देखा, तीन काली आकृतियाँ झाड़ी के पास! पीछे से आता प्रकाश, तीनों को और उभार रहा था। क्या कर रहा है सब? दो आदमी पुलिसिया टोपी में, झुककर रायफल तान रहे थे। अ ऊ तीसरा कौन है?

"लाइट बंद करो साला–" तीसरा आदमी गरजा।

"मथुरा! मथुरा?" सोमर को अपने कानों पर विश्वास नहीं हुआ। उसका गड़बड़ हिसाब उसको मिल गया था।

धड़ाक!! सोमर कटे पेड़ की तरह डिब्बे के भीतर गिरा।

"बैठा कि नहीं?" अचानक जलती-बुझती तेज रोशनी से चौंधी आँखें मिचमिचाते आर.डी. सिंह ने पूछा।

"गड़ गया–गड़ गया।" दोनों लोग खुशी से चिल्लाए।

जिस कुर्सी पर वह गिरा था वह टूट गई थी। टूटे हुए फट्टों के बीच उसका जहाँ-तहाँ से छिला बदन खून टपका रहा था और शरीर लोथ की तरह पड़ा हुआ था। मगर कलेजा जोरों से धड़क रहा था।

वह हिम्मत बाँधकर उठा और दरवाजे से बाहर झाँकते हुए पूरी ताकत से गरजा।

"अरे साला! कमीना का औलाद। हरामी का बच्चा–मथुरा, बहनचो, भड़ुआ, कुत्ता, दोगला कहीं का!"

"बच गया साला।" यादव जी बोले।

"ई बच गया तो गजबे हो जाएगा!" ...मथुरा घबड़ाहट में चिल्लाया। गाड़ी अब स्पीड पकड़ने लगी थी। "ठहरिए, हम जाते हैं गाड़ी पर–"

"बच के जाएगा कहाँ?" मथुरा जेब से नरकटहा निकालते हुए गाड़ी की तरफ लपका।

आर.डी. सिंह लाचारी से जाती हुई रेलगाड़ी को देख रहा था। शिकार हाथ से हर क्षण दूर निकलता जा रहा था। मथुरा लड़खड़ाते हुए गार्ड के डिब्बे के पीछे दौड़ रहा था। पर सब बेकार था। पसीने की मोटी-मोटी बूँदें आर.डी. सिंह की पेशानी पर उतर आईं। अचानक उसकी आँखें चमक उठीं।

"टोटल मेहनत बेकार चला गया।" यादव जी ने निराशा में कहा, "आय बाप!!" उनको काठ मार गया।

धड़ाकऽऽ!! सन्नाटा फिर गूँजा।

"आज खाली हाथ नहीं लौटना था यादव जी।" आर.डी. सिंह रायफल झुकाते हुए बोला।

और तब यादव जी ने देखा–मथुरा रोड़ों पर फिसलता हुआ नीचे लुढ़क रहा है।

"ई का किए बाबू साहब?" यादव जी हकला गए।

"ऊ कौनो चीज था? अरे जिसके पीठ पर हाथ धर देंगे न, वही मथुरा बन जाएगा। कल दिखलाने के लिए डेडबोडी नहीं रहता तो सब बेकार न हो जाता।" आर.डी. सिंह ने यादव जी को तीखी नजरों से देखते हुए कहा।

जब रेलगाड़ी सामने से पूरी की पूरी गुजर गई, तब जड़ खड़ी जितनी ने देखा, लाइन की दूसरी तरफ उसका बेटा जिंदा खड़ा है।

[हंस, अगस्त 1994]

मध्यांतर

रेलगाड़ी की सीटी, टिटहरी की तीखी टिटकारी और लगातार भौंकते कुत्ते की आवाज के साथ गाँव की सुबह भी सुगबुगाने लगी। जैसा कि हर गाँव में होता है–सुबह यहाँ भी मुर्गे की बाँग से पहले ही कुड़कुड़ाने लगती है। लोग जनेऊ चढ़ा, पीतल का लोटा लिए गाँव के बाहर खेतों में नित्य कर्मों से निवृत्त हो, सूरज का स्वागत करते हैं

डॉ. बाँकेलाल रात-भर की जहमत को माँ की गाली देते हुए उठे, गाड़ी का वैक्यूम काटा और फिर बैठ गए। कहाँ चेन खींचने से गाड़ी उनके गाँव के सबसे नजदीक रुकेगी, इस बात का कुछ नहीं तो कम से कम दस साल पुराना अनुभव जरूर था।

सूरज दिखने तक, बाँकेलाल गाँव के छोर पर बने बोरिंग तक पहुँच गए। जैसा कि उनका विश्वास था, बोरिंग चल रहा था और औरतें नहा रही थीं। काफी दूर से आँख गड़ाए-गड़ाए वे उनकी खुली पिंडलियों को ललचकर देखते रहे। मगर चूँकि वे चल रहे थे और पीछे सिर घुमाकर चलने में, गंदगी में पैर पड़ जाने की संभावना अटल थी, उनकी सनसनीखेज चहलकदमी कुछ पल में ही समाप्त हो गई और बोरिंग से सटी गली से, ठंडी साँस भरते हुए वे गाँव में घुस गए।

बाँकेलाल डॉक्टर कब बने, यह रहस्य कोई नहीं जानता। लोग सिर्फ इतना जानते हैं कि उनके द्वारा दी गई होमियोपैथी की दवाइयाँ असरदार होती हैं। इससे बड़े क्वालीफिकेशन की उन्हें जरूरत भी नहीं थी।

उन्होंने अपना क्लीनिक झाड़ा, जो उनके कुछ कच्चे–कुछ पक्के मकान के आगे का बरामदा था, जिसे बोलचाल की भाषा में दुअरा कहा जाता है। वैसे भी बाप-दादा की कमाई, पान-सुपारी और ठर्रे में उड़ाने के बाद उनके पास सिर्फ एक कमरे का टुच्चा-सा घर बचा था जो पत्नी और बच्चों द्वारा परित्यक्त एक अकेले अधेड़ आदमी के लिए काफी था।

बाँकेलाल के बाप पढ़-लिखकर गाँव से शहर में बस गए थे। वकील थे और फौजदारी के मुकदमे लड़ते थे। केस उलझाकर खूब खींचते थे, बहस भी खासी कर लेते थे और आजकल के वकीलों की तरह जजों को फूल-पत्र या माल-पानी—जो भी कहिए—चढ़ाने में भी माहिर थे। प्रैक्टिस अच्छी चली। शहर में पक्का मकान बनवाया, और बाँकेलाल को जमकर बर्बाद होने दिया। बाँकेलाल दो बार मैट्रिक में और तीन बार आई.ए. में लुढ़कने के बाद गाँजे, शराब व अन्य नई-नई बुरी आदतों में कामयाब ग्रेजुएट बनकर अच्छी-खासी जिंदगी गुजार रहे थे कि माँ ने लड़-झगड़कर हाथ पीले कर दिए। दो महीना भी नहीं बीता होगा कि दहेज में आया स्टोव फट गया और एक-दूसरे को बचाते, माता-पिता इस दुनिया से कूच कर गए। पत्नी के साथ ससुराल बैठे बाँकेलाल को जब समाचार मिला तो 'कहर' कर रोए पर भीतर से काफी हलका महसूस हुआ। निकट संबंधियों में ऐसा कोई नहीं था जो उनकी पत्नी को कहता—'कुलच्छिनी आते ही सास-ससुर को खा गई...।' लिहाजा जिंदगी कुछ साल आराम से कटी। फिर फटेहाली का दौर शुरू हुआ। पत्नी ने सुविधानुसार रक्त-चाप, अध-कपारी और नए-पुराने देवी-देवताओं के उपवासों के तहत, बिस्तर से ज्यादा हिलने-डुलने से इनकार कर दिया। झक मारकर बाँकेलाल घर भी सँभालने लगे और जीविका हेतु वही काम करने लगे जो अकसर सफल वकीलों के आवारा बेटे एक उम्र में पहुँचने के बाद किया करते हैं—होमियोपैथी की प्रैक्टिस! खैर, किसी तरह आजीविका चल रही थी और समय गुजर रहा था कि एक दिन घर से निकाल दिए गए। इस बनवास में शहर वाला पक्का मकान, उसमें जवान होते तीन बेलिहाज बेटे, एक बदमिजाज पत्नी और अचानक गर्भवती हो गई पंद्रह बरस की नौकरानी के चटपटे किस्से शामिल थे। नौकरानी की शैतान माँ काफी हल्ला उड़ा चुकी थी, सो बाँकेलाल को शहर में अन्यत्र रहने में भी थोड़ी शर्म-सी महसूस हुई। लिहाजा, पुश्तैनी गाँव में जो कुछ बचा था, उसी पर आकर रहने लगे। और कोई ठौर भी नहीं था। गाँव में अफवाह उड़ी कि दिवाकरलाल वकील का बेटा समाज-सेवक होकर आया है। चार-छह महीने बीतते-बीतते गाँव वाले इस सर्वोदयी असलियत से वाकिफ हो गए और डॉक्टर साहब के साथ एडजस्ट कर गए। बुरी आदतों का शिकार करने वालों की गाँव में कोई कमी नहीं थी।

अब दस सालों के बाद डॉ. बाँकेलाल गाँव में बड़े-बुजुर्ग-सी हैसियत रखते थे, अकसर उपदेश भी दे डालते थे, परंतु लगभग एक बाहरी व्यक्ति की तरह ही गाँव की समस्याओं के प्रति तटस्थ रहा करते थे। कुछ पुरखों का नाम, कुछ उनकी

तटस्थता और एक अदद डॉक्टरी आवश्यकता उनकी अनेक कमजोरियों पर, फटे ही सही, लेकिन पर्दे का काम करती थी।

मेज पोंछकर दवा के बक्से और हैनीमैन की किताबें दुरुस्त करने के बाद उन्होंने बड़ी सावधानी से पटना से लाया एक रंगीन पोस्टर अखबार से निकाला, जिसका आधा भाग नारी शरीर की भीतरी जटिलताओं का और आधा भाग उसकी बाहरी मांसलता का खुलासा कर रहा था। कुछ देर पोस्टर घूरने के बाद उन्होंने उसे दीवार के बीचोबीच टाँग दिया और मुँह में पान डालकर दिन गुजरने का इंतजार करने लगे।

गाँव की दिनचर्या चोटी पर थी। अलग-अलग टोलों से विभिन्न रंगों की आवाजें हर गाँव को विशेष चरित्र प्रदान करती हैं। जैसे–खेत जोतते और बैल की माँ से संबंध जोड़ते किसान की टिटकारी, सास-पतोहू की झोंटा-झोंटी और तमाम जगह से उठती भद्दी गाली-गलौज।

बाँकेलाल को फीस की चिंता कभी नहीं रही, फीस वे लेते भी नहीं थे। गाँव-भर के तमाम लोगों के साथ चच्चा से लेकर बबुआ तक का नाता रखते थे। अतः फीस लेना गोमांस-भक्षण से कम वर्जित नहीं था। हाँ, उनकी दवाएँ उनके कथनानुसार, जर्मनी से 'डायरेक्ट' आती थीं और पूरे प्रांत में सबसे खालिस होती थीं, अतः रुपए की एक खुराक सब लोग बड़ी कृतज्ञता के साथ हाथ पसारकर स्वीकार करते थे। सिर्फ कुछ गिने-चुने लोग ही जानते थे कि बाँकेलाल का भूगोल बहुत कमजोर है और उनकी जर्मनी की दवा-दुकान पटना सिटी की किसी गली में स्थापित है। एक बार जगलाल अहीर जान गया था तब से वह भी उनकी पियक्कड़ पार्टी का स्थायी सदस्य हो गया था।

बाँकेलाल, रामजतन से गप्पें मार रहे थे, अचानक जगलाल की छुनमुन मेहरारू को आते देख उनकी बाछें खिल गईं। बहुत दिनों से ताक में थे।

"सुने, कल रातवाला पी.जी. आज भोरे पहुँचा? लोग बतलाया कि मजिस्ट्रेट चेकिंग हो गया था। पसिंजर सब तो कूद-कूदकर, गोरू लेखा भागा होगा?" रामजतना हँसते हुए बोला।

"बेऽ...लेट तो इंजन फेल के वजह से हुआ। लेकिन मजिस्ट्रेट चेकिंग भी जबरदस्त था।" बाँकेलाल अनजान बने जगलाल बो की हथेली सहलाते रहे।

"आप कैसे बच गए?" रामजतन ने पूछा।

"कैसे बचे? अरे हमरे पास टिकट था, सो बच गए।"

बाँकेलाल का हाथ जगलाल बो की हथेली से ऊपर बढ़ता जा रहा था।

"आप और टिकस! गाँव का नाम हँसवाइएगा का डॉक्टर साहब?" रामजतन ने अचरज से कहा।

"अरे, बुड़बक! पटना जंक्सने पर पता चल गया था तो टिकट नहीं कटवाते, बोलो?" बाँकेलाल मुसकुराए। अचानक जगलाल बो ने छनककर हाथ छुड़ा लिया।

"ठीक से दिखलाओगी नहीं तो इलाज कैसे होगा?"

"जितना समझे हैं, उसी पर दवाई दे दीजिए।" जगलाल बो चिढ़कर बोली।

डॉक्टर साहब ने कुढ़ते हुए दवाई बनाई और कहा, "देखो, असर कर जाए...सायद!"

"राधे और बलेसर बाबू कहाँ हैं जी?" डॉक्टर साहब ने रामजतन से पूछा।

"बलेसर बाबू तो गया गए हैं, राधे बाबू को थोड़ा देर पहले देखे थे। यहीं कहीं होंगे।"

दोपहर का टाइम हुआ तो बाँकेलाल को भात-दाल-चोखा की चिंता हुई। रोज कोई न कोई इस बेगारी के लिए पकड़ा जाता था। आज बेचारे रामजतन का जतरा खराब था सो ग्यारह बजे तक बाँकेलाल के क्लीनिक में रुके रहने की महा-मिस्टेक कर बैठा।

"कौन है रे?"

चंदेसरा को केतारी के पीछे आलू के खेत में कुछ हिलता दिखाई पड़ा। वह लपका।

दस वर्ष के सरजू के लिए लगभग दो सेर आलू एक साथ पार करना संभव नहीं था। चालाकी में उसने निक्कर खोल दी और उकड़ूँ होकर बैठ गया।

"हरामजादा कहीं का, हगने का और जगह नहीं मिला रे? भागता है कि नहीं...इसकी माँ की...।" चंदेसरा लपका।

अभी तक मौका था, आलू छोड़ भाग जाता तो सरजुआ बच सकता था। पर लालच में सब लोग अपने को अधिक काबिल समझने लगते हैं। एक मिनट में चंदेसरा माथा पर सवार था।

"अरे साला! चोरी करता है? आँख के सामने चोरी करता है!"

चंदेसरा भौंचक हो देखता रहा। फिर सरजू राम को घसीटते हुए ले चला। सरजू राम दुर्गति के कगार पर पहुँच रहे थे कि घनश्याम ने आकर चंदेसरा का हाथ पकड़ लिया।

"चार ठो आलुइया के लिए जाने मार दोगे क्या?"

"तुम बीच में मत पड़ो घनस्याम, बोल देते हैं, ठीक नहीं होगा।" चंदेसरा आँखें लाल करते हुए बोला।

"एऽह, ...ढेर आँख गोल-गोल कइला से हम पर असर नहीं पड़ेगा, बुझाया...एगो तुम्हरे ही देह में खून बढ़ गया है का? सार...चार ठो आलू नहीं, लग रहा है, तुम्हारी मेहरिये को चुराकर ले जा रहा था...।"

"का बोला रे...?" चंदेसरा लाठी लेकर लपका।

"आओ रे साले, आओ, मारकर कपारे फोड़ देंगे।" घनश्याम भी दो पकइठा (ईंट के टुकड़े) उठाकर तैयार था। सरजूराम मौके का लाभ उठाकर लापता हो गए।

बात काफी बिगड़ती, तभी गुजरते हुए बाँकेलाल ने बीच-बचाव कर स्थिति सँभाल ली।

घनश्याम बाँकेलाल के पीछे-पीछे चला। बाँकेलाल ने उपदेश झाड़ा, "ई सब कायदा ठीक नहीं जा रहा है घनस्याम, अभिओ चेत जाओ।"

"इसमें चेतने-चेताने का कौन बात है! मान लीजिए इतना बड़ा खेत से चार ठो आलू लेइए लिया तो कौन बड़ा गुनाह कर दिया।"

"तुम्हारे बाप का खेत है रे...जो लेइए लिया!...आँय? जादे चोरी-चमारी को सिद्धांत में बदलने का जरूरत नहीं है—बुझाया? अपने तो होइए गए हो, अब दूसरा के लड़का-बुतरू को बरबाद मत करो।" बाँकेलाल घनश्याम को हड़काते हुए आगे बढ़ गए।

"देवकी सिंह के खेत में तुम्हारा सूअर हेल गया है...मंगरा पूरा नौटंकी कर रहा है...जल्दी जाओ।" अचानक गनौरी ने आकर घनश्याम को खबर दी। घनश्याम भी लपककर बढ़ गया।

ओवरलोडेड ट्रक तेजी से भागा जा रहा था। सुरेश सिंह मोटरसाइकिल निकालने के लिए जोर मार रहे थे। लेकिन एक तो भारी इंजन की गड़गड़ाहट में फटफटिया की मिमिआहट उभर नहीं पा रही थी, दूसरे ट्रक ड्राइवर को दोनों गाड़ियों के भौतिक अंतर का भरपूर एहसास था। हाँ, चालकों का अंतर अगर वह जानता तो संभवतः उसका विचार बदल जाता।

हाइवे पर इमली के विशाल दरख्त के पास तीखा घुमाव था। यहाँ पान की दुकान के अलावा पाँच-छह बड़े-बड़े गति-अवरोधक भी थे। इमली के पास खड़े राधे बाबू पान का चूना तालू में सटाने ही जा रहे थे कि सड़क के कच्चे किनारे से फटफटिया साँय से निकली और मजबूरी में रेंगते ट्रक के आगे रास्ता छेककर रुक गई। सुरेश सिंह कूदकर ड्राइवर के गेट पर चढ़ गए।

कुछ देर ड्राइवर के चौखटे से गर्दा उड़ाने के बाद सुरेश ने अपना ध्यान उसके शरीर के दूसरे हिस्सों पर केंद्रित किया।

"ट्रक का हैंडिल पकड़कर धरमेन्दर बन जाता है रे, हरामी?..."

ड्राइवर की पिछाड़ी पर एक लात जमाते हुए सुरेश बोले। राधे बाबू भी कुछ-कुछ सहम चले थे।

"एकदम ठीक किए हैं सुरेश बाबू...साला सब एकदम हवाई जहाज के जैसा उड़ाता है। किसी का जान का परवाहे नहीं है, बे लात-जूता के नहीं मानेगा...जो है सो कि थूककर चटवाइए साला से, तभी इनसान बनेगा।"

"चाट साला...चाट...!"

ड्राइवर से थूक चटवाने के बाद उसकी जेब से रुपया और कलाई से घड़ी उतरवाकर सुरेश सिंह ने उसको बकस दिया। राधे जल्दी से सुरेश बाबू के लिए पान लेकर पहुँचे।

"बाह, सुरेश बाबू, बाह! साले का दिमागे दुरुस्त कर दिए आप...बाह!"

"लौंडा-नचनियाँ का नाच हो रहा था जो बाह-बाह किए हुए हैं—आँय? जादा लटक-दलाली करने का जरूरत नहीं है।"

मोटरसाइकिल स्टार्ट करते हुए सुरेश ने गुस्से से कहा। राधे सिटपिटा गए।

"जरा भी इनसानियत नाम का चीज नहीं है सुरेस बाबू में...बताइए, बिना गलती के धुन दिए ड्राइवर को। क्या रंगदारी है!" राधे पान वाले से बोले।

"क्या जी, राधे बाबू, अभी तो आप सुरेस बाबू की बाहबाही में लगे थे। थूक चटवाने का आइडिया आप ही न दिए थे जी?" पनवाड़ी पान पर कत्था लपेटता रहा।

"अरे! तो सुरेश बाबू के आगे और क्या कहते हम? ...गजब का बात करते हो।" राधे झल्लाए।

"छोड़िए...कुछ गया का समाचार मालूम है?...आज भोरे किसन गुंडा काउंटर में मरा गए।" पनवाड़ी बोला।

"क्या?"

धीरे-धीरे शाम हो गई। लोग गाँव के बीच बने मंदिर के कुएँ पर हाथ-पैर धो, घंटा बजाकर दीया-बाती करने घर चले और बाँकेलाल की अकुलाहट समाप्त हो गई। उन्होंने अपना बक्सा-किताब अंदर किया और बोतल लेकर आ गए। बलेसर पहले ही से बैठे थे। थोड़ी देर बाद राधे भी पधार गए।

"का बलेसर बाबू, कहाँ गायब रहे भर दोपहर? कुछ सुने? किसुनआ मरा गया। सुने कि एक घंटा पुलिस के साथ काउंटर होते रहा...बाकी भारी भेटनर (वेटरन) था। केतना मर्डर-रेप-डकैती, क्या-क्या नहीं किया था!"

"बेऽ, फालतू का बात है। हम दिन-भर गया में ही थे। गोली-ऊली चलने का बात सब झूठ है। अरे, नया एस.पी. को मारना था सो राते पकड़कर मँगवाया था। भोरे चार बजे जीप में बैठाकर सहर के बाहर ले गया और हाथ-पैर बाँधकर आराम से मार दिया...एनकाउंटर वाला बात सब ड्रामा है। बाकी ठीके किया, एकदम टेरर हो गया था...।" बलेसर गर्व के साथ फर्स्ट हैंड इन्फार्मेशन देते रहे।

"कोर्ट-कचहरी का जो हालत है, उसमें तो यही उपाय न बचता है जी।" राधे बोले।

"जो भी हो, तरीका ठीक नहीं है।" बाँकेलाल गुटगुटाए।

"कैसा रहा पटना...?" बात को अधर में झुलाते हुए बलेसर ने अर्थपूर्ण मुसकान बिखेरी।

बाँकेलाल भी धीरे से मुसकराए। मटमैले शीशे के गिलासों में दारू ढालते हुए बाँकेलाल ने कहा, "कुछ कचहरी का हाल सुनाइए...।"

तीनों गिलास उठाएँ, तब तक जगलाल बगल में कुछ दबाए पहुँच गया।

"आज लासा लगाकर तीन गो चिड़िया पकड़े हैं, यहीं पर भुँजाए।"

"भुँजाए?...साले लाट साहब हो गए हो? ...होस में रहके जगलाल, होस में!"

बाँकेलाल जगलाल को उसकी औकात में लाते और एक गिलास थमाते हुए बोले, "चूल्हा-ऊल्हा जला के भूँजो बेटा। अब रात में खाने का यहीं इंतजाम हो।"

जगलाल खी-खी करता चूल्हा में लग गया।

"जरा जनानी को फिर नहीं देख लीजिएगा, डॉक्टर साहब?" जगलाल ने गोयठा सुलगाते हुए चिरौरी की। "पेट का दरद खतमे नहीं हो रहा है।"

"न भाई! हमसे नहीं सपरेगा...जनाना अस्पताल में देखला लो, गया चाहे जहानाबाद में।" डॉक्टर साहब ने जाल फैलाया।

"का कहते हैं, डॉक्टर साहब? ...अस्पताल का तो धंधा हो गया है...आपरेसन टेबुल पर पेट चीरकर पैसा नोचती है डॉक्टरनी लोग।"

"न भाई, कह दिए सो कह दिए...अरे, हाथ छूने में तो लाजवंती बनने लगती है...यहाँ भीतरी जाँच का सवाल है...!" बाँकेलाल ने जाल समेटा।

"न...बहुत डाँटे हैं तब। कहे कि अरे, डॉक्टर साहब से लजाने का कौन बात है बोलिए भला...?" जगलाल खुद ही लजाए-सा बोला, "माने कि गाँव-भर की जनानी लोग को तो देखते ही हैं..."

"खैर, ई सब तुम समझो।" चुस्की लेते हुए बाँकेलाल ने कहा।

अहीर टोले में धीरे-धीरे कोई होली गा रहा था।

"सोमरा है, बड़ी साध के गाता है।" बात पलटते हुए जगलाल बोला।

कोर्ट-कचहरी, दुनिया-जहान को डुबाते-उतराते दस बज गए। सब लोग खा-पीकर घर गए। बाँकेलाल भी किवाड़ बंद कर खटियानशीन हो गए।

बाँकेलाल के यहाँ भीड़ कुछ ज्यादा थी। कुल मिलाकर आठ आदमी। उसमें हालाँकि पाँच पुराने केस थे, पर जैसा कि सर्वज्ञात है, बाँकेलाल को फीस की चिंता कभी नहीं रही।

"आँय भाई...फोटो तो बहुत धाकड़ है डॉक्टर साहब!" बलेसर पोस्टर देखते, मुसकराते हुए घुसे, "कल तो नजरे नहीं पड़ा था।"

डॉक्टर साहब भी झेंपते हुए मुसकराए।

"का भाई...तब आखिर कमीसन कौन लिया?" अखबार के ऊपर माथा निकालते हुए राधे किचकिचाकर बोले, "ई अखबार वाला सब भी गजब का कैबरे करने लगा है। कभी लगेगा कि पूरा उघाड़ ही देगा, तब तक ले देखिएगा कि खोलते-खोलते फिर खट से तोप (ढक) लिया...भला कोई बात हुआ? एकदम कन्फ्यूजिंग (कन्फ्यूजन) कर दिया है...।"

"दूध से धोया कोई आदमी बचा है जी? ई सब कमीसनखोरी पहले भी चलता था, आगे भी चलेगा...कौन नया बात है!" बलेसर ने विषय पर अपना निर्णय दिया।

बाँकेलाल ने लगातार तीसरे आदमी को नक्स-वोमिका-30 की एक-एक खुराक देकर तीन रुपया बक्से में डाला और राधे, बलेसर पर नजर दौड़ाई, "छोड़िए, पोलिटिक्स में का रखा है। कुछ गाँव का भी हाल सुन रहे हैं!"

"हाँ, भाई! कल भी हुआ था और आज सुबह, फिर एक राउंड हो गया है हरिजन टोला में। रोज ऊ सबका सूअर देवकी सिंह के खेत में घुस जाता था तो मँगरा आज गारी दिया। बाकी हरिजनवों साला सब सनक गया है, अगनू दुसाध का बेटा को देखिए...घनस्यमवा को...ऊ भी मँगरा को माँ की–धी की कर दिया...।" राधे बाबू एक साँस में कह गए, "जान से मारने का धमकी भी दिया है।"

"मँगरा को भी औकात से ज्यादा बात नहीं बोलना चाहिए। ऊ भी तो अपने ही को देवकी सिंह समझने लगता है।" बलेसर ने कहा।

"समझेगा नहीं? ...सुनते हैं कि देवकी बाबू ऊ पुराना वाला दो कट्ठा जमीन भी मँगरा-भेखा—दूनों भाई के नाम कर दिए हैं।" राधे जलन के साथ बोले, "माथा पर इतना चढ़ाइएगा तो परिकबे करेगा।"

"मामला बढ़ेगा।" बाँकेलाल ने ब्रायोनिया की बूँदें मीठे पाउडर की पुड़िया पर टपकाईं।

तभी दरवाजे पर देवकी सिंह का भतीजा सुरेश आता दिखाई पड़ा और उसकी लंठई से परिचित राधे-बलेसर गाँव की राजनीति छोड़ मूली के गुणों की चर्चा में लग गए।

"ई जौनपुर का मूली देखे हैं? साला हाथी के औजार जितना बड़ा-बड़ा होता है।" राधे भीड़ को देखते बहुत भद्रता से बोले।

"बाकी बेकार है। अरे जो तासीर छोटका मूली में है, समझिए कि अमृत है। मूली खूब तीता होना चाहिए तब, खाली बड़ा होने से का होता है?" बलेसर न जाने क्यों कुछ ज्यादा रिऐक्ट कर गए।

'प्रणाम चाचा' की रस्म अदायगी के साथ वहाँ खड़ी भीड़ दो फाँक में बँट गई और सुरेश सिंह बाँकेलाल के सामने राधे को थोड़ी टेढ़ी नजर से देखते हुए बैठ गए।

"कुछ फायदा है कि नहीं?" बाँकेलाल सतर्क हो गए।

"है, बाकी जड़ से नहीं है।"

"हो जाएगा, होमियोपैथी में थोड़ा टाइम तो लगता ही है।" हमेशा की तरह फ्री में दवाई देते हुए बाँकेलाल ने कहा, "देवकी भइया का चसमा लेते आए हैं।"

"आपको खोज रहे थे। साँझ तक समय निकालकर मिल लीजिएगा।" सुरेश ने दवा जेब में रख ली।

"सुने कि कुछ झमेला हो गया है?" राधे उत्सुकता जताते हुए पूछने लगे।

"झमेला का होगा, ऊ सब एक राउंड जमकर खोजता है। उपाय हो रहा है।" सुरेश चिढ़ गए थे।

"बाकी...राम-राम! सूअर सब खेत गजब का न बरबाद कर देता है जी...।" अतिरेक सहानुभूति जताते हुए बलेसर ने कहा।

"सूअर तो खैर ऊ लोग तुरंते हटा लिया। अगनुआ बोला भी है कि आगे सूअर घुसेगा तो जो चाहे सजा दीजिएगा, बाकी उसका बेटवा...घनस्याम और उसके साथ का तीन-चार गो जो लोग है, ऊ सब बे दवाई खाए सीधा नहीं होगा।"

"देखिए, साहब! क्या हिसाब है घनस्याम का...साला हर साल बाबाधाम जाता है, सालों-भर बोलबम का गमछा ओढ़े रहता है और बोली नक्सलाइट लोग का बोलता है।" राधे ने मिर्च लगाई, "ठीक कहते हैं, ढेर दिमाग चढ़ गया है सबका।"

"का हाल है, डॉक्टर साहब?" गाँव के बाहर बनी पुलिस चौकी के दारोगा अंबिका शरण सिंह रोआब के साथ घुसे। बाँकेलाल समेत सभी लोग कुर्सी छोड़ खड़े हो गए। सुरेश सिंह बाँकेलाल और दारोगा जी को नमस्कार कर विदा हो गए। दारोगा जी बाँकेलाल की कुर्सी पर तो बैठ नहीं सकते थे, लिहाजा सुरेश की कुर्सी पर टोपी और बलेसर की कुर्सी पर डंडा रख राधे की कुर्सी पर विराजमान हो गए।

दारोगा जी के इशारा करने के पहले ही बाँकेलाल ताड़ गए कि वे कुछ अकेले में बतियाना चाहते हैं। सो सुबह से खड़े मरीजों को शाम पर टाल और राधे-बलेसर को बहाने से हटाकर वे दारोगा जी की तरफ मुखातिब हुए। अंबिका शरण सिंह का रोआब अचानक छू-मंतर हो गया। चेहरे पर हवाई उड़ रही थी। अपनी फुल पैंट समेटते हुए कातर स्वर में बोले, "देखिए का हो गया है डॉक्टर साहब!"

बाँकेलाल कन्फर्म थे कि यह एक्जीमा का केस है। उन्हें भी एक बार हो चुका था, पर दारोगा जी के हाव-भाव कुछ ज्यादा गंभीर थे।

"अरे-रे-रे-रे, ई तो बड़ा कड़ा बीमारी है। ...ई कहाँ पकड़ा गया आपको?"

दारोगा जी लगभग रो दिए, "का बताएँ, छौ महिना पहले लाइन में थे...तो बेटीचो...यार-दोस्त का संगत! ...अब आपसे क्या छुपाना है! ...आप तो जानते ही हैं...कैसे ठीक होगा सो बतलाइए।"

"केस तो बहुत खराब है। कोई एलोपैथी वाले डॉक्टर को गया ही में काहे नहीं दिखा लेते हैं...आधा घंटा का तो रास्ता है।" बाँकेलाल ने शिकार फँसाया।

"का कहते हैं डॉक्टर साहब, भारी बदनामी हो सकता है। गया में बेटी का ससुराल भी है, आप तो जानबे करते हैं...और आपका दवाई पहले भी बड़ा फायदा किया है, कोई उपाय लगाइए।" अंबिका सिंह दीनता से बोले।

बाँकेलाल ने ग्रेफाइटिस का कड़ा डोज दारोगा जी को बनाकर दिया। फिर भीतर जाकर एक खाली शीशी में एंटीफंगल क्रीम भरकर ले आए"ई बहुत खास मलहम है,...बिलायत का है, वहाँ पर सिफलिस-उफलिस ज्यादे होता है न! इससे फायदा जरूर होगा। दवा खाने का कायदा तो आप जानते ही हैं...रोज सुबह एक खुराक...न-न, क्या बेइज्जत कर रहे हैं...अरे हम भला आपसे पैसा लेंगे...हें...हें!"

घनश्याम तमतमाया हुआ अपने घर के आगे खड़ा था। जीतन, गनौरी भी साथ थे। अगनू परेशानी में पड़ा लाचार-सा उसको समझाने का प्रयास कर रहा था।

"न, अब बर्दास्त के बाहर है। मँगरा को छोड़ना ठीक नहीं है। आज ही बात करते हैं...क्या कहते हो?" घनश्याम ने गुस्से में पूछा।

जीतन व गनौरी दोनों ने समर्थन में गर्दन हिलाई।

"ठीक नहीं कर रहे हो घनस्याम, जैसन तकदीर में लिखा है बर्दास्त करना चाहिए। बाहरी लोग को ज्यादे हवा देना ठीक नहीं है। एक बार भागते हुए तुम्हरे घर सब ठहर गया है, उस पर ज्यादे मत कूदो, ऊ लोग का संगत ठीक नहीं है...बर्दास्त करना सीखो।" अगनू ने उसे ठंडा करना चाहा।

"आप बर्दास्त कीजिए...अरे हथजोरी करते-करते तो आपके तकदीर का लाइन भी खिया गया है...परतिष्ठा कौन चीज होता है, आपको का बुझाएगा?" घनश्याम कड़वाहट के साथ बोला।

"जे हो, ठीक नहीं कर रहे हो घनस्याम!" अगनू ने बेबसी में हथियार डाल दिए।

पिछले महीने की ही तो बात थी। यहाँ से आठ-दस कोस पर बीहड़ में कहीं नक्सली अदालत लगी हुई थी। कुछ के नाक-कान काटने के और कुछ को ऊपर से छह इंच छोटा करने के फैसले सुनाए ही जा रहे थे कि पुलिस ने बड़े पैमाने पर धावा बोल दिया। कमजोर पड़ते नक्सली अलग-अलग टुकड़ों में बँटकर सफाई से सरक गए थे। चार लोग घनश्याम की मड़ई पर रात दो बजे पहुँचे थे, तीन आदमी और एक लड़की...बाईस-तेईस साल की!

'हर आदमी के बारे में पूरा खबर रखते हैं ई लोग...हमारे घर रुकने में कोई बाधा नहीं होगा, आखिर कैसे जान रहा था सब?' घनश्याम ने सोचा था।

कितना ललक-ललककर बात पूछता रहा था घनश्याम लेकिन ऊ सब खाली चुपचाप ताकता था। कुछ बोला ही नहीं उससे। खाना खाया, फिर तीन बजे भोर में निकल गया। चलते हुए लड़की घूमकर देखी थी...और उदास-सी मुसकराई थी, जैसे धन्यवाद दे रही हो...तब अचानक एक आदमी ने पलटकर अपना बहुचर्चित नाम बताया, 'मिलकी भगत एरिया कमांडर...!' और फिर खास जरूरत पड़ने पर संपर्क साधने का जरिया बतलाया। उसके बाद अँधेरे में खो गए थे वे लोग।

तब से घनश्याम भारी फेरा में पड़ गया था। अचानक कितना कुछ कहना चाहता था—फीके पड़े काले कपड़े पहने, मटियाले-धुँधले चेहरे वाली उस लड़की से।...कैसी थी वह? ...कुछ माँ जैसी...कुछ नन्ही-सी बच्ची की तरह...और कुछ साथी की तरह...कुछ-कुछ और भी...पूरे जगत की संपूर्णता लिए कुछ और भी!

और मिलकी भगत से परिचय के बाद कुछ ज्यादा ही परिक भी गया था ससुरा!

"का सोच रहे हैं, डॉक्टर साहब?" बलेसर डॉक्टर साहब को देखते हुए बोले। बाँकेलाल बहुत सीरियस मूड में थे।

"ना, कोई बात नहीं है।"

"कुछ परेसानी में लग रहे हैं।" बलेसर ने थाह लेनी चाही।

"वाइफ का लेटर आया है...मँझला का नौकरी लगाने के लिए दस हजार घूस माँगता है। कोई दलाल है। ...हमसे माँग रही है।" बाँकेलाल धीरे-धीरे बोले।

"आँय जी? ...एतना मिसबिहेव करने के बाद भी आपसे पैसा माँगने का बात लोग सोचता भी कैसे है?" बलेसर चिढ़ गए।

डॉक्टर साहब बलेसर को चुपचाप ताकते रहे। फिर दीर्घ श्वास छोड़ते हुए उन्होंने कहा, "देखिए, कुछ उपाय करेंगे,...जिम्मेवारी तो हमरा ही न है...मारिए गोली, दूसरा बात किया जाए।"

तीन बजे के करीब देवकी सिंह से मिलकर बाँकेलाल लौट रहे थे तो पाया मँगरा और उसका बड़ा भाई भेखा उनके दवाखाने पर इंतजार कर रहे हैं। दोनों के हाथ-पैर मिट्टी में सने थे और भेखा के हाथ से खून बह रहा था।

किसी आशंका से ग्रसित बाँकेलाल लपककर पहुँचे, "का हुआ जी, फिर कुछ झगड़ा-झंझट लगा का?"

"नहीं, कौन साले में हिम्मत है जो हम दोनों भाई से लगेगा? जरा घर में एगो दीवार उठाने के लिए माटी फुलाकर कोड़ रहे थे, उसी में पिछुलकर गिर पड़े।"

बाँकेलाल को दोनों के शरीर पर पड़े मिट्टी के छींटों का राज समझ में आ गया, वरना वे परेशान थे कि अप्रैल के महीने में इतना कीचड़ किसी पर कैसे पड़ सकता है।

मंगल शर्मा उर्फ मँगरा और भेखा देवकी सिंह के खास आदमी थे। हालाँकि गौना कराकर लाने की आर्थिक स्थिति में नहीं था, पर दो साल पहले शादी होने के बाद से भेखा बहुत शांत हो गया था और सोच-विचार में डूबा रहता था, लिहाजा देवकी सिंह के लिए बहुत काम का नहीं बचा था। मगर उससे चार साल छोटा मँगरा पूरा हथछुट था, और कहीं भी गाली-गलौज के लिए हरदम तैयार रहता था। देवकी सिंह के खेत का रखवाला भी था। दोनों भाइयों की पुरानी सेवाओं

के एवज में बाबू देवकी सिंह ने अपने परदादा के समय की बनी एक कोठरी, जिसका लगभग खँडहरनुमा रूप बचा था, रहने के लिए दे दी थी। गाँव में पूरा हल्ला था कि देवकी सिंह ने दोनों भाइयों के नाम रजिस्ट्री कर दी है लेकिन इसमें सत्य से ज्यादा डाह का पुट था।

मरहम-पट्टी करके बाँकेलाल ने भेखा को एक डोज दवाई दी और शाम को चिलम के लिए चेताते हुए बोले, "इस दवा के बाद चिलम-सराब चौबीस घंटा तक वर्जित है और आधा घंटा तक नमक भूलकर भी मत खाना...।"

"मिलकी भगत? ...हम कौनो मिलकी भगत-उगत को नहीं चीन्हते हैं...।" जहानाबाद में चाय-दुकान वाला घनश्याम से बोला।

घनश्याम चकरा गया, "पता तो यहीं का दीहिन थे...।" वह इधर-उधर देखता रहा।

"घर कहाँ है?" चायवाले ने पूछा। घनश्याम ने गाँव का नाम लिया, फिर कुछ आस के साथ अपना नाम भी बतलाया।

"हियाँ तो किसिम-किसिम का आदमी आते-जाते रहता है...कोई बात है तो बोल दो...उस नाम का कोई आदमी तुम्हारे बारे में पूछेगा तो याद रहने पर कह देंगे...।" दुकान वाला सावधान हो गया था।

घनश्याम समझ नहीं पाया, "न, कोई बात नहीं है...।" उठते हुए उसने कहा।

'अब तो अपने ही उपाय सोचना होगा...मँगरा साला भोंसड़ी का...।' गाँव लौटते हुए बहुत निराश था घनश्याम।

भेखा ने पुआल का आखिरी बोझा कोने में सरकाया और मँगरा की तरफ मुड़ा। मँगरा कुर्ता डालकर निकलने की तैयारी में था।

"कहाँ! ...कहाँ जा रहे हो?" भेखा ने आशंकित मन से पूछा।

"रखवाली पर जाना है कि नहीं?" मँगरा ने तर्रेट अंदाज में जवाब दिया।

"अभी से?" भेखा ने खिन्न होकर कहा।

"इतना जिरह करने का कौन बात है!" मँगरा चिढ़कर बोला, "हर समय हूरते रहना ठीक नहीं लगता है, हमको और भी काम हो सकता है कि नहीं...आप अपना आराम कीजिए।"

"ठीक तो नहीं लगता है, बाकी तुम जरा से में कूदने-फाँदने लगते हो, लंद-फंद साथी लोग के साथ रहते हो, कभी भारी फेरा में पड़ जाओगे। ...इसी से समझाते हैं, और का? अब समय देखकर चलना जरूरी है।"

मँगरा घर से निकला, रामधारी चला आ रहा था। रामधारी और मँगरा में गहरी छनती थी। रामधारी का नाम चोरी-चकारी व छिनतई से अकसर जुड़ा रहता था।

मँगरा को देखते ही रामधारी बोला, "का रे,...कहाँ जा रहे हो?"

"मुँह मराने जा रहे हैं...चलोगे?" मँगरा झल्लाया। रामधारी ठिसुआ गया, "जाओ, रे साले! जाओ...कब तुम ठीक रहते हो, और कब टेढ़ियाते हो, कुछ पते नहीं लगता है।" रामधारी दूसरी तरफ मुड़ गया।

बीहड़ सन्नाटा था गाँव में, पर रात नौ बजे बाँकेलाल के यहाँ पार्टी पूरे जोरों पर थी। ट्रांजिस्टर के पास बैठे राधे बोले, 'देखिए, फिर दंगा हो गया, कहता है दस आदमी मारा गया है। ...अब दस है कि सौ है, भगवाने जानता है...सरकारी खबर और अखबार, दोनों खेला हो गया है।"

"हम लोग को भी कान से सुनाई देता है।" बलेसर, राधे बाबू को भक्काटा कर गए, "दू-चार का फर्क पड़ सकता है, राधे बाबू, लेकिन दस को सौ बोलिएगा तो र्‌यूमर ही फैलाने वाला बात न हुआ महाराज!"

"काहे ला दंगा करता है बुड़बक सब...गाय और सूअर का चर्बी मिला तेल समूचा देस तो खा लिया...अब तो कय करने से भी नहीं निकलेगा जी..." बाँकेलाल ने हँसते हुए कहा, "चला है लोग खाँटी हिंदू और मुसलमान बनने।"

"पूरा मिलीभगत से कोई सरकारी कॉरपोरेसने इंपोर्ट कीहिस था...और सेठ लोग मिलाया था...कुल-धरम नोट के आगे भुला जाता है।" बलेसर ने गिलास भरा।

"धरम-उरम बोका लोग के लिए होता है...चालाक आदमी का धरम नोटे है बलेसर जी...पावर, चाहे नोट..." बाँकेलाल गिलास उठाते हुए बोले।

बीच रात में कुत्ता बहुत जोर से भौंका। बाँकेलाल गाली देते हुए उठे। उसके बाद दो घंटे तक सो नहीं पाए। फिर पानी पीकर सोए तो समय का होश नहीं रहा, जब जागे तो दिन चढ़ गया था और माथा टनटना रहा था। खटिया से उठने पर उनको अहसास हुआ कि कोई जोर-जोर से किवाड़ पीट रहा है। दरवाजा खोलते ही राधे का बदहवास चेहरा दिखलाई दिया, "उठिए डॉक्टर साहब, गाँव में आखिर कतल हो हो गया...गला रेत के मारा है नक्सलाइट सब मँगरा को...। घनस्यामवा और उसका दो साथी को पुलिस सुबहे पकड़कर ले गई है...।" राधे की साँस धौंकनी की तरह चल रही थी।

देवकी सिंह के खेतों में मचान के नजदीक जहाँ पुलिस ने लाश को बरामद किया था, भारी भीड़ जमा हो गई थी। इसी मचान से मँगरा खेतों की रखवाली करता था। पुलिस कागज-पत्तर कंपलीट कर मँगरा के शव को पोस्टमार्टम के लिए भेजने की तैयारी में थी। रक्तरंजित निर्जीव गँड़ासा बाकी की कहानी कह रहा था।

"धोखा से मारा है...नहीं तो किसी में मजाल था कि मँगरा से दाँव लेता..." भेखा कलपते हुए बोल रहा था, "बेचारा रात चढ़ते ही घर से निकला था...कहा कि कुछ यार-दोस्त के साथ बैठेंगे, फिर खेत पर चले जाएँगे...हे भगवान! ई का हो गया? ...अरे, ऊ का जानता था कि बात-बात का झंझट में ऐसा हो जाएगा!" भेखा फूट-फूटकर रो रहा था।

देवकी सिंह उसको दिलासा देने का प्रयास कर रहे थे, पर उनका खुद का चेहरा क्रोध और प्रतिहिंसा की तस्वीर बना हुआ था। अंबिका सिंह को किनारे ले गए और दस मिनट तक कुछ-कुछ बातें करते रहे।

गाँव के दक्खिन छोर पर बसे हरिजन टोले के अगनू दुसाध के पेट में थरथरी हो रही थी और आने वाले खतरे के भय से पूरे टोले की साँस अ८की हुई थी। कुछ लोग दबे मुँह से घनश्याम और उसके संगतिया सब को कोस रहे थे।

"ई आग इसी टोला पर बरसेगा।"

"अब जो होगा देखा जाएगा, बाकी ई होना नहीं चाहिए था।"

"आगे भगवाने मालिक है।"

दोपहर तक पूरे गाँव में घनश्याम, जीतन और गनौरी की आलोचना हो रही थी।

"बताइए, जरा-सा बतखुच्चन के लिए ऐसा काम?"

"अब नतीजा भोगेगा..."

"अभी से ई रंगत है? बाप रे बाप! कभी पावर में चहुँप गया सब तो 'जालिम सिंह' को भी लजा देगा।"

"कल तक साले रोज डंटा होता था तो कुछ नहीं, अब जरा-सा छूट का मिला है कि गारी भी बर्दास्त नहीं होता है...साले हरिजन हो कि कौनो लाट साहब हो?"

"कर्पुरिया सबको बर्बाद कर दिया..." किसी ने कहा और बात उछलकर गाली-गलौज पर पहुँच गई।

"छूट मिलने वाला बात में आप कौन चीज पर इसारा कर रहे हैं?..." रामजतन छनका, "न-न–जरा खोलकर बोलिए।"

"इसमें समझाने के लिए कुछ बचा है? ...अरे, आसमान के जैसा साफ बात है...अपने समझ लो।" जानकी पांडेय ने चोट की।

"ढेर बैठकबाजी मत बतिआइए बाबा, न तो बात बढ़ जाएगा...कह देते हैं...बहुत ज्यादा बढ़ जाएगा..." रामजतन बात दुहराते हुए बोला।

"हाँ, अब तो आदमी बोल भी नहीं सकता है–अरे ऊ सब...ऊ सब से ज्यादा तो तुम ही लोग परिक गए हो...एक बात जान लो, पावर मिलने पर सनकना नहीं चाहिए।...आगे अच्छा नहीं होता है।"

"अपने बखत ई सब नहीं बुझाता था?" नंदू बीच में कूदा।

"तुम कोची जादव का लटक-दलाली कर रहे हो? कोइरी और जादव में कभी पटा है। एगो फसल उगाने वाला और दूसरा फसल चराने वाला...बुझाया? बुड़बक कहीं का!" जानकी पांडेय ने चाल चली।

"देखिए, बाबा! घर के सामने बोल दिए, सो बोल दिए–और कहीं रहते न तो कमर में हाथ देकर गनौरा में मूड़ी धाँस देते...खबरदार! जो एक सबद भी बोले तो... ।" रामजतन लहक गया।

"तुम लोग से बात करना भी गुनाह है..." जानकी पांडेय खिसियाहट में बोले।

"भौजी बुला रही है... ।" भाई ने आकर रामजतन को खबर दी।

रामजतन तमतमाते हुए घर के भीतर चला गया–जानकी पांडेय भी गुस्से से आगे बढ़ गए।

उस दिन की दोपहरी जैसे रामजतन की औरत के लिए ठीक नहीं थी, वैसे ही जानकी पांडेय के बेटे का भी दिन खराब था। बहस-मुबाहिसे के बीच पकपकाया हुआ रामजतन घर के भीतर पहुँचा और इंतजार करने लगा कि रामदुलारी कुछ भी बोले। खतरे से अनभिज्ञ रामदुलारी पूछ बैठी, "का हुआ है?"

"हरामजादी कहीं की, पूछती है, का हुआ है? ...देख यही हुआ है।" इसी मौके की ताक में बैठा रामजतन बाघ के जैसा उछला और पाँच-छह तबड़ाक रामदुलारी पर बजा दिया। रामदुलारी चीखते-चिल्लाते नेटा बहाकर रोने लगी, तब कहीं जाकर रामजतन का मूड कुछ ठीक हुआ।

कुछ ऐसा ही हादसा पांडेय जी के बालक के साथ गुजरा, जब वह बाप को बताने आया कि बाछी गर्मा गई है और अचक्के में थुरा गया।

"समूचा गाँव टेनसन में है।" बाँकेलाल बुदबुदाए।

दो बजे दारोगा जी थाने से निकले। देवकी सिंह, सुरेश और तीन-चार आदमी थोड़ी दूर खड़े थे।

"हरामजादा सब एकदम सीजंड है। केतना हू धमकाए, मगर बेटीचो...गछता ही नहीं है। अब का कहते हैं देवकी बाबू? ...यहाँ पर दूसरा दवाई का इस्तेमाल ठीक नहीं रहेगा।"

"ना-ना, यहाँ पर एकदम ठीक नहीं है। गया ही ले चलिए, वहीं ठीक रहेगा...यहाँ बहुत तरह का बात है।" देवकी सिंह दबी जुबान से बोले।

शाम तक सभी कैदी गया में संबद्ध थाना के हाजत में पहुँच चुके थे। सोच-विचारकर अगनू को भी पुलिस ले गई थी। शाम की पार्टी में बाँकेलाल को सिर्फ राधे का साथ मिला। चारों ओर निस्तब्धता छाई थी...पूरे गाँव को पाला मार गया था।

रात को हाजत में क्या हुआ, यह ठीक-ठीक कोई नहीं जानता, पर सुबह तक घनश्याम राम न तो ठीक से चल सकते थे, न बोल सकते थे। बाकी लोगों की हालत भी बेकार ही थी, मगर घनश्याम के नजदीक नहीं। हाँ, घनश्याम को छोड़कर, अगनू समेत तीनों मुलजिम अलग-अलग इकबाले जुर्म कर चुके थे और इसलिए अंबिका सिंह और उनके वरीय अफसरान का शक, विश्वास में बदलता जा रहा था कि कातिल घनश्याम के अलावा कोई नहीं हो सकता। लेकिन सब हथियार इस्तेमाल करने के बाद भी पट्ठा एक ही बात बोलता था, "हम कुछ नहीं जानते, एकदम बेकसूर हैं माई-बाप!"

अगनू दुसाध के पिटने की खबर से गाँव में थोड़ी सिमसिमाहट शुरू हो गई। अगनू चाहे जो भी थे, लेकिन गाँव में प्रतिष्ठा रखते थे। अपने शांत स्वभाव और दीन-हीन मुद्रा से सबकी 'जी-हुजूरी' करते थे और बालों में सफेदी आने के बाद से यदा-कदा बुद्धिमानी की बात भी कर दिया करते थे। हरिजन टोले के मुखिया भी थे। सो उन पर पुलिस का जुर्म लगभग सभी को तीता लगा।

'ई तो सरासर बेइनसाफी है, बेटा के काम का सजा बाप भोगेगा?' ...'इतना मार-पीट से तो कोई कुच्छो गछ लेगा।' ...'देवकी सिंह ठीक नहीं कर रहे हैं।'... 'इसी सब चाल से न भगवान निर्बंस कर दीहीस है...।' जैसे वाक्य लगभग हर टोले में उठे।

"विधायक जी तो बीच में पड़ेंगे नहीं।" कोइर टोला में जगलाल यादव बोला, "चुनाव में केतना समझाए कि उन्हीं को वोट दिया जाए...बाकी सब लोगों पर धुन सवार था...साला, हारने वाले ढाल-मसाल छाप कंडिडेट को वोट दे दिए...त अब नतीजा भोगिए। तुम लोग के चलते हमनी सब भी बदनाम हो गए...!"

"काहे नहीं स्यामनंदन भइया के पास पटना खबर भेजा जाए, आखिर होम कमिस्नर हैं–सुनते हैं, रोजे चीफ मिनिस्टर से भेंट होता है...ऐसा-ऐसा दस ठो विधायक पैरबी में उनके आगे-पीछे घूमते रहता है।" नंदू उत्साह के साथ बोला।

"स्यामनंदन बाबू हम लोग का बात सुनेंगे?" जगलाल ने संदेह व्यक्त किया।

"अरे, क्या बात करते हो! घर तो इसी गाँव में न कहलाता है–भले बीस साल से नहीं आते हैं, पर आखिर घर-जमीन सब है कि नहीं यहाँ?" नंदू ने शंका का निवारण किया। "जानते हो, पिछले साल बाबूजी आम का पैसा लेकर गए थे तो कितना खातिर किए थे–भौजी तो तुरंत बाजार से पेड़ा मँगवाकर खिलाई थी...और स्यामनंदन भइया चलते समय पच्चास ठो रुपया दिए थे...लाल बत्तीवाला सरकारी गाड़ी से टीसन छोड़वाए थे...गाँव से बड़ा मोह है स्यामनंदन भइया को।"

"खैर, दुखन जी को तो बहुत मानते हैं स्यामनंदन बाबू..."

"इसमें कोई सक है?" दो-तीन आवाजें उठीं।

"रामजी साव का पोता भी तो रहता है पटना में...कोई चीज का एजेंसी लिया है...ऊ भी पूरा धाक जमाए हुए है।" रामजतन बोला, "बलेसर बाबू गए थे पिछली बार तो जबरदस्ती पकड़कर बहुत खिलाया-पिलाया था।"

"बे बुड़बक! कहाँ होम कमिस्नर और कहाँ सावजी! तुमको भी मरदे जरिको लूर नहीं है।" नंदू ने रामजतन को ठिसुआ दिया।

"बाबूजी तो लास-पार्टी के साथ गया गए हैं। सोचते हैं, हमंहीं अगनू के भतीजा को लेकर स्यामनंदन भइया के पास, भोरे पटना निकल जाते हैं।" नंदू के इस फैसले के बाद मीटिंग बिखर गई।

शाम की गाड़ी से बलेसर गाँव पहुँचे और सीधे अड्डे पर चले गए। बाँकेलाल और राधे मक्खी मार रहे थे। बलेसर को देखकर दोनों में फुर्ती आ गई।

"क्या खबर लाए?" दोनों के कंठ से एक साथ फूटा।

"बेल होगा कि नहीं?" राधे बेसबर हो रहे थे।

"वकील साहब से पूछे थे–बेल तो हो जाएगा, लेकिन कहे कि केस बहुत टेढ़ा है, खर्चा-पानी ढेर लगेगा।" बलेसर बोले, "पोस्टमार्टम बढ़िया से हो गया लेकिन बहुत लेट कर दिया, लास को उधरे से मसान घाट लेकर चला गया सब, कल तक आएगा।"

बाँकेलाल ने गहरी साँस ली, राधे भी खाली गिलास की तरफ ताकने लगे।

"खैर मरने वाला तो मर गया।" बलेसर ने वातावरण को हलका करने का प्रयास किया, "लेकिन उसको तकलीफ नहीं बुझाया होगा।"

"काहे भाई?" बाँकेलाल के मुँह से निकला।

"वहाँ वाला डॉक्टर से थोड़ा जान-पहचान है, वही ई बात बोला...कहिस कि मँगरा जम के पीये हुए था।"

पटना स्टेशन पर नंदू, अगनू के भतीजे भोला के साथ एक कोने में सटक कर खड़े थे। उनकी निगाहें बड़ी तेजी से भीड़ को छाँट रही थीं। थोड़ी देर बाद उनकी तलाश खतम हुई और प्लेटफार्म ड्यूटी पर तैनात उनके दूर के रिश्ते के टी.सी. फूफा भीड़ से उभरे।

"परनाम फूफा!" कहते हुए नंदू उनके पैर पर झुका। फूफा झुकने के पहले ही ताड़ गए थे, सो ज्यादा वक्त बरबाद किए बिना बोले, "राम जी..."

"आय बाप! भाजपा जौईन कर लिए हैं का?" नंदू भकुआया।

"दुर, रे बोका! ...'जय सिरी राम' नहीं,–खाली राम जी..." फूफा आखिरी बार बोले और गजगति से आगे बढ़ गए।

दोनों लोग जब गेट तक पहुँचे तो तीन-तीन टिकट चेकर देखकर 'नर्वसा' गए।

"इससे तो ठीक रहता कि भीड़ में ही धक्का-धुक्की में निकल जाते, जितना देर फूफा के लिए रुके उतना देर में भीड़ भी निकल गया और गजेंदर बाबू निकालना तो दूर, ठीक से बातो नहीं किए...।" भोला रुआँसा हो चला था।

"ज्यादा भचर-भचर मत करो, उपाय करते हैं...।"

दो मिनट तक दिमाग पर जोर देने के बाद अचानक नंदू ने पाया कि तीनों टी.सी. उन्हीं की तरफ खतरनाक इरादों से घूर रहे हैं। अब कोई चारा नहीं बचा था। सो हिम्मत साधकर उनके पास गए।

राम...जी! उसके मुँह से अचानक कैसे निकला, खुद उसे ताज्जुब हुआ।

तीनों टी.सी. दोनों आदमियों को ऊपर से नीचे तक बिना कुछ जताए घूरते रहे। दोनों का दम अटकता जा रहा था।

"कैसा-कैसा अंड-बंड टाइप आदमी सबको कोड दे देते हैं, अपने गजेंदर बाबू...जाइए भागिए जल्दी से..."

बाहर आकर पाँच मिनट दोनों की साँस सुधरने में लगे।

"अभी भी धड़धड़ी लगा हुआ है..." भोला बोला।

अफसरों के लिए बने घरों की वास्तुकला में इतनी भद्दी समानता थी कि श्यामनंदन बाबू का घर खोजने में तीन घंटे लग गए। गेट पर सिपाही देखकर नंदू घबरा रहा था, पर हिम्मत बाँधकर उसने सिपाही को परिचय दिया, "हम साहब के गाँव से आए हैं...दुखन महतो के लड़का हैं...जरा मिलना है भाई...।"

सिपाही ने हिकारत-भरी नजरों से देखा लेकिन खबर करने अंदर चला गया। थोड़ी देर बाद आकर भीतर जाने के लिए गेट खोल दिया।

श्यामनंदन भइया घर पर नहीं थे। दोनों व्यक्ति पोर्टिको के नीचे खड़े रहे। थोड़ी देर बाद श्यामनंदन प्रसाद (आई.ए.एस.) के साहबजादे बैगी पतलून में, वाकमैन के तामझाम समेत बाहर निकले, "क्या बात है जी?"

"हम लोग गाँव से आए हैं, भइया से मिलना है...।" नंदू बोला।

"भइया! कौन भइया? ...ओह! अभी नहीं हैं, थोड़ी देर में आ जाएँगे। आप लोग बाहर इंतजार कीजिए।"

पोर्टिको के नीचे, उकड़ूँ बैठे इंतजार करते-करते दोनों को भयंकर प्यास लग आई थी। नंदू के साथ-साथ भोला भी पेड़े की आशा छोड़ चला था।

"मलकीनी को खबर तो होइए गया होगा? बड़ी जोर प्यास लगा है।" भोला बेसबर होकर बोला।

"एकदम बेकूफ के जैसा बतियाते हो...अरे, खबर होता तो कुछ आता नहीं? भौजी बेचारी बिजी में होगी।" नंदू बिगड़ा।

"कुछ-कुछ भूख भी लग रहा है।" भोला फिर बोला।

"चोप्प, भुक्खड़ कहीं का...! न्योता खाने आए थे रे? ...साले, तुम्हारे साथ आना ही बुड़बकाही था...यहाँ इतना सीरियस काम का चिंता है और तुमको खाना ही दुनिया का सबसे भारी चीज लग रहा है?" नंदू चिढ़चिड़ाकर फुसफुसाया।

थोड़ी देर और इंतजार के बाद प्यास बर्दाश्त से बाहर हो गई तो सिपाही जी से आज्ञा लेकर लॉन पटाने वाले नल से दोनों ने भरपेट पानी पीया, फिर इंतजार में लग गए। "बाकी पानी में थोड़ा गमक था...!" भोला ने डरते हुए कहा था।

शाम को श्यामनंदन बाबू घर लौटे तो पहले अंदर चले गए। करीब एक घंटे के बाद बाहर निकले और आते ही लॉन चेयर में धँस गए।

"कैसे आए नंदू?" बड़ी मिठास से उन्होंने पूछा।

भोला दूर खड़ा विस्मय से सब देख रहा था। नंदू ने जल्दी-जल्दी सारी कथा सुनाई, "कम से कम अगनू तो एकदम बेकसूर है...उसको जरा देख लिया जाता।"

"एक तो नक्सलाइट और ऊपर से मर्डर का मामला, इसमें अब हम क्या कर सकते हैं? वहीं थाना-कचहरी से देखो तुम लोग...आम कैसा बौराया है?"

श्यामनंदन बाबू ने उत्सुकता से पूछा।

"अच्छा है।" नंदू बेमन से बोला।

"पिछले बार दुखन जी भी यही बोले थे, बाद में बहुत कम पैसा पहुँचाए... ये सब ठीक बात नहीं है, अबकी जरा ख्याल रखना, गड़बड़ नहीं हो...बाबूजी से कह देना कि कमिश्नर साहब बहुत नाराज थे।"

नंदू अच्छी तरह जानता था कि उसके बाप दुखन जी से श्यामनंदन बाबू तक आम और पइसा, दोनों पहुँचते-पहुँचते सिकुड़कर एक-तिहाई रह जाता है, पर उसका पूरा परिवार मुफ्त में रखवाली से लेकर आम बेचने तक की समूची जिम्मेवारी भी तो लेता है। आखिर गाँव के संबंध के जोर पर ही, उनको कम ही सही, कुछ तो पहुँच रहा है। ऐसे बँटइया पर भी देते तो पैसा तो दूर, खाने के लिए भी आम मिलना दूभर हो जाता। अतः उसको श्यामनंदन बाबू के बात करने का ढंग अच्छा नहीं लगा, फिर भी लिहाज में हाँ-हूँ करता रहा। हिम्मत करके उसने फिर अगनू का मामला उठाया तो श्यामनंदन बाबू ने टालते हुए कहा, "अच्छा देखेंगे।"

चलते समय श्यामनंदन भइया ने दस रुपए का नोट निकाला और नंदू को देने लगे। नंदू को नोट लेना कुछ-कुछ भीख जैसा लग रहा था, पर उसने ले लिया। स्टेशन जाते हुए उसी पैसे से भोला को भरपेट पूड़ी-तरकारी खिला दिया, "हमारा पेट ठीक नहीं है।" उसने भोला को समझाया, "आज घर में सब लोग उपासे थे...सत्नारायन भगवान का कथा न था...स्यामनंदन भइया बड़ी जोर दे रहे थे कि आज तो रुकना ही पड़ेगा, फिर बोले कि परसादी लेकर ही जाना। लेकिन रेलगाड़ी छूट न जाता, इसलिए हम मना कर दिए...तो जबरदस्ती पइसा देकर बोले कि तुम लोग जरूर खाना खाते हुए जाना..."

"स्यामनंदन बाबू तो बोले कि देखेंगे।" पूड़ी-मिठाई खाकर नंदू से कम चेतनशील भोला, गिलपिल हो गया था। भोला को पोटकर नंदू आश्वस्त हो गया। आखिर गाँव में और गाँव की, दोनों ही तरह की इज्जत का सवाल था। यहाँ का रूखा व्यवहार बताकर गाँव में अपनी हँसी नहीं उड़वाना चाहता था। सबसे ज्यादा क्रोध उसे अपने बाप पर आ रहा था। रामजी साव के पोते से मिलने का विचार त्याग, नंदू भोला को लेकर बिना टिकट ट्रेन में बैठा और वापस गाँव लौट गया।

गया से लौटते ही दुखन महतो को नंदू के पटना जाने का समाचार मिला तो... टेनसन में आ गए, "गजब का चोंधर औलाद दिया है भगवान भी...!"

दुखन महतो दुअरा पर बैठे बीड़ी फूँक रहे थे। नंदू पहुँचा तो जहरबुझा तीर फेंकते हुए बोले, "बड़ा जल्दी चले आए!"

नंदू चुपचाप घर में घुस गया। बाहर नौटंकी नहीं करना चाहता था। दुखन भी उठकर अंदर चले।

"अब ई आम-ऊम का झमेला छोड़ दीजिए।" नंदू किचकिचाकर अपने बाप से बोला। "लगता है कि हम्हीं लोगों को गरज है।"

"कौन कहा था कि पटना जाइए...हमसे पूछकर गए थे?" दुखन ने उतना ही टेढ़ियाकर कहा, "पटना क्या स्यामनंदन लाल के बाप का है?" नंदू अब सोचने-समझने से ऊपर उठ चुका था।

"नहीं तो का आपके बाप का है?" जहरबुझे लहजे में दुखन बोले। हालाँकि एक आश्वस्त-सी मुसकान उनकी आँखों से होती, धीरे-धीरे उनके चेहरे पर उतर रही थी। "लगता है, दिन में ढेर लड्डू-पेड़ा मिल गया है, अब बचा हुआ जगह में दस-बारह रोटी डाल लो। तब कुछ मिजाज सुधरेगा।"

खाना खाकर नंदू बाप के पास जाकर बैठ गया। पेट भरने के बाद चिढ़चिड़ाहट समाप्त हो गई थी, मगर विचार नहीं बदला था।

"का सोचते हैं? हजार-पाँच सौ के लालच के लिए इतना मिजाज सहना ठीक नहीं लगता है। अबकी बार से मना कर दीजिए।"

"बुझाता है, आप कुछ सनक गए हैं।" दुखन थोड़ी देर चुपचाप बीड़ी फूँकते रहे, "साल में दो हजार से ऊपर का आमदनी...घर-भर के खाने के लिए लंगड़ा आम अलग! बड़का लाट हो गए हैं कि छोड़ दिया जाए! अरे, पच्चास ठो आदमी दाँत पैजा के बैठा है गाँव में, बगीचा का जिम्मेवारी लेने के लिए! उस पर से कहते हैं, मना कर दीजिए..." दुखन नंदू का मजाक उड़ाते हुए बोले।

"आपको तो पेड़ा न मँगवाकर खिलाते हैं! ...जरा आज जैसा व्यवहार आपके साथ होता तो आप भी यही बात बोलते।" नंदू अभी तक गफलत में था, "रंग-ढंग तो बड़का जमींदार लेखा दिए। बाकी दिन-भर बैठे रहे, एक चुल्लू पानी के लिए भी कोई नहीं पूछा। एगो काम के लिए कहे तो टाल दिए। ऊपर से चार ठो बात भी सुनाए...खाली कहाने के लिए बड़ा आदमी हैं, और बूझते हैं—पूरा गाँव उनके बाप का नौकर है।"

दुखन ने नंदू को बेचैनी से देखा। पच्चीस साल का नौजवान इतना नासमझ हो सकता है, यह बात उनको विचित्र लगी, "जब सब देख ही लिए हो तो थोड़ा ध्यान से सुनो—हम बीस साल से जानते हैं कि स्यामनंदन लाल कितना घटिया आदमी हैं। जब से हम पटना जा रहे हैं, हमको याद नहीं कि कभीओ उनके घर कोई पानी के लिए भी पूछा हो। गाँव में आकर बाँधना पड़ता है—स्यामनंदन लाल यह खातिर किए, वह खातिर किए। लेकिन ई सब के बाद भी ऊ बड़ा आदमी

है...है अगल-बगल के गाँव में कोई उसके जोड़ का? कमिस्नर है बाबू, कमिस्नर! और हम लोगों को नुकसान का है, मुफ्त में रुपया मिलता है, आम मिलता है, और सबसे बड़ा बात जो तुम्हरे खोपड़ी में अब तक नहीं अँटा है कि हम लोग स्यामनंदन लाल के आदमी कहलाते हैं...दूसरा आदमी इसी रोआब में हम लोग से नहीं उलझता है। अरे, लोग तो स्यामनंदन बाबू से बात करने के लिए गेट पर ठड़ा रहते हैं, तुमको अंदर घुसने दिया, इसको कम मत बूझो। जरा-सा कड़ा बात सुन लिए तो तुम्हारे देह से सट नहीं न गया...अ कि तुम्हारा चमड़ा झोलस गया... आँय? तुमको पटना जाने के पहले रुककर हमसे बिचार करना चाहिए था, कम से कम इतना परेसानी से बच जाते!" दुखन ने एक साँस में नंदू को जीवन का गूढ़ मंत्र दे दिया और उठकर चले गए।

"कुछ सुने हैं? हवा है कि देवकी सिंह के तरफ से पूरा तैयारी हो रहा है। ...सुनते हैं, सुरेस बाबू जमकर तरह-तरह का आर्म्स जुटवा रहे हैं...सब भेखा के घर में धरा रहा है।" राधे बाबू फुसफुसाते हुए बोले, "देख रहे हैं भेखा को, मँगरा के मरला के बाद एक तो घर से निकलता नहीं है और जब निकलता है तो भारी ताला ठोककर। दू-दू गो हथियार हरदम साथ रखता है। कुछ बुझाया?"

"सुनिए, राधे बाबू! जब जान पर बन जाता है न, तब कोई भी आदमी कम से कम इतना प्रिकासन जरूर लेने लगता है...छोड़िए, फालतू अफवाह को ज्यादे हवा देना ठीक नहीं है...जरा समय की नाजुकता को पहचानिए।" बाँकेलाल ने कहा।

राधे ने बेमन से मुंडी हिलाते हुए सहमति जताई। "खैर, आज गाँव में जबरदस्त मीटिंग होने वाला है।"

"किस चीज का मीटिंग?"

"पिछड़ा-दलित एकता जिंदाबाद! सब जगलाल का 'ब्रेन' है...सब लोग चंदा करके अगनू का बेल कराने के लिए सोच रहा है। पाँच हजार माँगा था वकील, बाकी किसी से कहिएगा नहीं, बलेसर जी बड़ी कह-सुनकर तीन हजार पर बात तय कराए हैं। कहते हैं, सबको बेल हो जाएगा।"

"का हुआ पटना में?" बाँकेलाल ने पूछा।

"स्यामनंदन लाल भी पूरा इंटरेस्ट ले रहे हैं, दुखन जी बोले रहे थे। नंदू गया था न भोलवा के साथ, सुने कि जाँतकर पूड़ी-मिठाई खिलाए। भोला बता रहा था। ...बाकी कोर्ट से बेल तो लेना ही होगा।"

कोइर टोले के मुखिया रामबालक महतो ने पीपल के पेड़ के नीचे से चादर समेट ली और चंदे का हिसाब करने लगे, 'दू सौ सात रुपया पैंतालीस पैसा'। लगभग सौ कुशवाहा परिवार, दस घर यादव और बीस हरिजन परिवार का मिला-जुला चंदा तथा बेल की रकम के बीच गहरी खाई थी और रामबालक महतो को उतना ही गहरा अफसोस...कि शुरुआत में बड़े ताव से पाँच का नोट काहे फेंके थे। उन्होंने बहुत कोशिश की कि नजर बचाकर पाँच का नोट उठा लें, लेकिन बहुत लोग आँख गड़ाए हुए थे। सो थेथरई पर उतरना मुनासिब समझा।

"ए भाई, सब लोग के तरफ से औसत सवा-सवा रुपया होता है तो हमारे तरफ से भी उतना ही माना जाए।" उन्होंने पौने चार रुपया उठाते हुए कहा, "ऐसे भी सवा रुपया बहुत अच्छा सगुन होता है, समझिए कि कोई तरीका से बेल हो ही जाएगा।"

"अट्ठाईस सौ रुपया आसमान से नहीं न चूएगा? ...कुछ तो उपाय सोचना ही पड़ेगा।" जगलाल यादव बहुत परेशानी में बोला।

"कौनो घनस्याम के बाप का कर्जा खाया है का?" रामबालक महतो चिढ़चिड़ाए–"जो भी मिल रहा है उसको कम मत बूझो!"

थोड़ी देर बाद भीड़ छँट गई। आठ-दस खास लोगों के साथ रामबालक जी पेड़ के नीचे बैठे रहे।

"अगनू का चार कट्ठा जमीन है, उसको कोई ले ले तो पाँच-छह हजार में कोई दिक्कत नहीं होगा।" नंदू बोला।

"बेकार का बात मत बोलो। कोई नहीं लेगा! ...तुम लोगे हरिजन टोला में जमीन?" दुखन ने नंदू को झड़प दिया। नंदू सटक गया।

"सूअर सब हम ले सकते हैं, पाँच सौ में।" अगनू का भतीजा भोला बोला, "मगर आप लोग बीच में रहिएगा तब, नहीं तो छूटने के बाद घनस्याम झंझट करेगा।"

"झंझट करेगा? ...बेल नहीं होगा तो सूअर बचेगा का? ...नहीं तो सड़ते रहिए जेल में।" रामबालक जी ताव खा गए।

"गनौरी और जीतना के घर से भी पाँच-पाँच सौ मिल जाएगा। गनौरी का बाप चोरी-चमारी करके कुछ पैसा रखा है। जीतना का बाप भी रिक्सा रेहन पर रख दिया है छौ सौ में..." भोला बोला।

"हाँ, रेहन ठीक रहेगा..." रामबालक जी ने सोचते हुए कहा, "अगनू के जमीन का भी रेहन पर पाँच हजार तक तो मिल ही जाएगा? का जी, बदरी बाबू?"

"पाँच हजार कहाँ से मिलेगा? पर्चावाला जमीन का कोई भाव होता है? खतिआनी रहता तो एक बात था, तब है कि आप लोग बीच में रहिएगा तो डेढ़ हजार तक हम दे सकते हैं।"

"ऐसा कीजिए, आप खाली दू कट्ठा रखिए हजार रुपया में...नहीं तो अगनू बेचारा रहेगा कहाँ? और आगे भी तो खर्चा है।" रामबालक जी ने बद्री साव को दबाया। बद्री के पास कोई चारा नहीं था। पइसा-वसूली में रामबालक जी से हमेशा मदद लेते थे, सो मन मारकर तीन हजार की चीज का हजार देने पर तैयार होना पड़ा। ऐसे रुपए की चीज चवन्नी से ज्यादा में नहीं रखते। "ठीक है लेकिन अगनू से पहले लिखवा लीजिए, पाँच रुपया सैकड़ा माहवारी सूद रहेगा...और वसूली आप ही लोग कराइएगा। ...भला मर्डरर लोग से कौन पैसा वसूलेगा!" बद्री साव रुआँसे से बोले।

"अब कितना हुआ?"

"सत्ताईस सौ। तीन सौ घटता है।" जगलाल ने कहा।

"इतना में ही काम चलाना होगा। बेसी का गुंजाइस तो नहीं दिखता है।"

"देखिए...वकील साहब मान गए तो ठीके है।" जगलाल बुदबुदाया।

बाँकेलाल खाली बोतल को घूर रहे थे। "याद ही नहीं रहा—जगलाल को भेजकर मँगवाया जाए।" वे राधे से बोले।

"जगलाल कहाँ भेंटाएगा? ऊ तो मीटिंग में लगा होगा।"

"तब?"

"तब का चलिए, हम्हीं लोग चलकर ले आते हैं। साँझ को टहलना बड़ा सेहतमंद होता है।" राधे ने जोश दिखाया।

"न, हम्हीं जाकर ले आते हैं, आप कुछ चिखना का प्रबंध कीजिए।" बाँकेलाल प्रस्थान करते हुए कहते गए।

गाँव से बाहर एक कोस पर जहाँ स्टेट हाइवे गुजरती थी, वहीं सीताराम की मसालेदार शराब की दुकान थी। ट्रक ड्राइवरों के साथ-साथ अगल-बगल के गाँव वाले भी इस गैर-सरकारी संस्थान का पूरा लाभ उठाते थे।

बाँकेलाल एक बोतल नारंगी के लिए जेब से पैसा निकालने लगे।

"अहा, डॉक्टर साहब आज बिलायती ले जाइए, चार बोतल लाए थे आखिरी बचा हुआ है।" सीताराम पीटर स्कॉट की बोतल दिखाते हुए बोला। बाँकेलाल ललचकर बोतल को देखते रहे। पर सौ रुपए खर्चने की औकात और हिम्मत, दोनों नहीं थे।

"न, ई बिलायती-सिलायती बेकार है...तुरंते लिवर पर असर करता है।... हमको तो एक बोतल नारंगीये दो–जरा इस्पेसल वाला!"

"नारंगी तो नहीं है...कल लाएँगे...आज इलायची ले जाइए, एक नंबर का चीज है।"

"न-न, नारंगी देखो–खोजो, सायद पड़ा हो..." बाँकेलाल आतुर हो रहे थे।

"क्या कहते हैं? अरे, रहे और आपको मना कर देंगे! नारंगी चार रोज से नहीं है। दू बोतल आप ही के लिए रखे थे, बाकी चार रोज पहले मँगरा...राम-राम...ऊहे दूनों खरीदकर ले गया था। उसके बाद मँगवाने का मौका ही नहीं लगा।"

"दू बोतल नारंगी...और मँगरा? ...अच्छा-अच्छा, सुरेस सिंह के लिए कीना होगा।" डॉ. साहब ने इलायची का पैसा देते हुए कहा।

"नहीं जी, अपने लिए कीना था तब! देखिए होनी का बात, यहाँ आया था तो क्या जोस में था...और उसी रात! ...ई सब भाग्ये का न खेला है।"

बाँकेलाल के माथे में सुरसुराहट चालू हुई। इस पूरी बातचीत में उन्हें कोई चीज जबरदस्त रूप से खटकी थी, पर वह क्या थी, उसे वे पकड़ नहीं पाए।

जैसे ही जानकी पांडेय खबर लाए, सुरेश ताव में आ गए। मीटिंग की खबर सुनकर आपा खो बैठे थे, "साला सब चंदा करके मर्डरर लोग का बेल कराएगा? ...यही लोग के सह पर तो ऊ सब सनका है...बाँधके हरामजादों को जीप से घिंचवा नहीं दिए तो हमारे नाम पर थूक दीजिएगा..."

"सांत रहिए!" देवकी सिंह झिड़कते हुए बोले।

"जरूर बलेसरा वकील से बात कीहिस होगा। उस ताईद बहनचो... का लादे फाड़ देंगे।...होने दीजिए बेल, वहीं छूटते के साथ कचहरी में ही सबका गर्दा उड़वा देंगे।" सुरेश की उत्तेजना बढ़ती जा रही थी।

"चोप्प!" अबकी देवकी सिंह गरजे, "एक घंटा से बकर-बकर किए जा रहे हैं, बात ही नहीं समझ में आ रहा है। नक्सलाइट से लड़ेंगे! ...मारेगा गोली इस पार से उस पार निकल जाएगा...सब फुटानी यहीं रह जाएगा।"

"घड़ी-घड़ी का होते रहता है?" सुरेश की चाची चिंतित होकर बाहर निकली।

"चुपचाप भीतर जाओ...एक सबद भी बोली तो ठीक नहीं होगा।" चाची घबराकर भीतर चली गई। सुरेश भी मुँह फुलाकर उठे और देवकी सिंह के भाषण के बीच चल दिए। "दिन पर दिन मऊग होते जा रहे हैं...इस पर कै दिन चलेंगे!" सुरेश बुदबदाते हुए सीढ़ियाँ उतर गए।

गया कचहरी में भीड़ और धूल के बीच, जगलाल और बलेसर चाय की दुकान पर बैठे वकील साहब के संदेशे का इंतजार कर रहे थे। दुकान वाला गरम-गरम प्याजू उतार रहा था, "का बलेसर बाबू प्याजू चलेगा?" गुलाबजामुन के शीरे से लगभग दो दर्जन हड्डे (ततैये) छानकर निकालते हुए दुकानदार बोला।

"दे दो!" प्याजू खाते-खाते मुंशी आ गया। बलेसर जगलाल को छोड़, मुंशी के साथ वकील साहब के पास चले गए। बार लाइब्रेरी में कई वकीलों के बीच वकील साहब भी आराम फरमा रहे थे। बलेसर को देखा तो उठकर कोने में चले आए, "कल तारीख पड़वा दिए हैं।"

बलेसर ने नोट की गड्डी निकालकर मुंशी के हाथ पर धर दी।

"कितना है?" वकील साहब ने पूछा।

"डेढ़ हजार।" मुंशी बोला।

"डेढ़ हजार! ...पगला गए हैं?" वकील साहब लहक गए, "हाफेडेविट (एफिडेविट) कराने आए हैं का जी? ...अरे! तीन सौ दो का मामला है कि खेला है?"

"हुजूर, जरा ई तो देखिए कि गाँव-भर से चंदा करके आया है। कोई हमारा अपना केस थोड़े है। ...सामाजिक काम है। ...कुछ तो रियायत दीजिए...।" बलेसर गिड़गिड़ाए।

"वही तो कह रहे हैं, कोई आपका केस है? ...आपका रहता तो रियायत कर देते। ...वैसे देवकी सिंह भी पूरा खर्चा-पानी के लिए तैयार हैं, ई तो कहिए कि जज साहब अपने मन लायक आदमी हैं, नहीं तो केस में कोई दम है? ...साफ मर्डर का मामला है।"

मन मारते हुए बलेसर जी ने पाँच सौ और निकाला और मुंशी के हाथ पर धर दिया।

"आप लोग तो महाराज, खाली कोढ़ का खुजली बन जाते हैं, जाइए, एफ.आई.आर. का सैटिस्फाइड कॉपी (सर्टिफाइड कॉपी) निकलवा लीजिए और मुंशी जी का हिसाब भाई अलग से कर दीजिएगा।"

मुंशी भी पूरा लीचड़ था। एक घंटा के बतखुच्चन, चार समोसा, छह रसगुल्ला और दो प्लेट प्याजू के बाद कहीं जाकर तीन सौ रुपए पर बलेसर जी का पिंड छूटा।

बलेसर ने डेढ़ सौ रुपया जगलाल के हवाले किया जो बहुत देर से मन ही मन सत्ताईस सौ का हिसाब जोड़ रहा था, और नाश्ते का बिल चुकता करने के

बाद बचे दो सौ बीस रुपए अपनी अंदरूनी जेब में डाल दिए। इस प्रकार पूरे सत्ताईस सौ की इहलीला समाप्त कर बलेसर लाल वापस गाँव लौट गए।

क्लीनिक में दवाई देते-देते बाँकेलाल ने पाया कि रामधारी भी छोटी-सी भीड़ में मौजूद है। डॉक्टर साहब ने उसको आखिर तक लटकाए रखा। जब सब लोग चले गए तो रामधारी को देखते हुए फुसफुसाए, "अच्छा-भला आदमी था। क्या कहा जाए? ...सब ऊपर वाले का खेला है।"

"हीरा था डॉक्टर साहब, हीरा। एक पैसा भी जेब में रहता था तो पहिले खर्चा करता था...दोस्ती में जान पर खेल जाता था। बाकी मिजाज का भरोसा नहीं था...एक पल में नरम, एक पल में गरम...।" माथा मुड़ाए रामधारी भरे गले से बोला।

"सुने कि...अऽऽ...उस दिन साँझ को खूब पिलाइस था तुम लोग को?" डॉक्टर साहब ने अँधेरे में तीर छोड़ा।

"किस दिन? ...का बताएँ, उस दिन तो साँझ पहर घर से निकलते भेंटाया था, मगर तरीका से बात भी नहीं किया। ...हमको थोड़ा खराब भी लगा था। ...कहे न कि उसके मिजाज का भरोसा नहीं था।"

"न, कोई कहा कि खूब नारंगी और माल्टा क्या-क्या सब तो चला था उस दिन।" बाँकेलाल लापरवाही जताते हुए बोले।

"नारंगी और हम लोग! ...का मजाक करते हैं डॉक्टर साहब। गरीब आदमी को नारंगी नसीब में लिखा है? ...कोई और साथी के साथ बैठकर पऊआ चढ़ाया होगा तो कह नहीं सकते हैं।"

रामधारी चला गया, पर डॉक्टर साहब बहुत देर, अकेले चुपचाप बैठकर सोचते रहे।

कचहरी में जब सबके बेल होने का फैसला सुनाया गया तो पूरी गर्माहट बढ़ गई। हल्ला था कि सुरेश सिंह बेलयाफ्ता लोगों को छेकेंगे। पर कचहरी के सामने भारी भीड़ जमा थी। अतः बाकी लोगों को छोड़, सुरेश सिंह अपने आदमियों के साथ बलेसर लाल को खोजते रहे, मगर बलेसर इतने बेवकूफ नहीं थे कि आसानी से दिख जाएँ। वे ठाठ से गाँव में बैठे जानकी पांडेय को समझा रहे थे।

"बेल हो जाएगा, तो एगो अचरज का ही बात होगा...नहीं बाबा?"

"आप भी तो लगे थे वकील से तय कराने में।" जानकी पांडेय ने शक जाहिर किया।

"का बाबा, कहाँ का खबर सुनते हैं? ...अरे जगलाल कहा कि जरा वकील से भेंट करा दो, सो करा दिए। अब इससे आगे लेना-देना रहता तो हम अभी यहाँ पर रहते कि कचहरी में सब तमासा देखते? बताइए भला!"

इस प्रकार देवकी सिंह के कैंप में थोड़ा क्रेडिट सुधारकर बलेसर डॉक्टर साहब के अड्डे पर चले। उनको पूरा विश्वास था कि शाम तक देवकी सिंह को जरूर जानकी पांडेय के माध्यम से उनकी तटस्थता की जानकारी मिल जाएगी, अन्यथा उन्हें कोई और बेहतर उपाय सोचना पड़ेगा। सुरेश के हत्थे चढ़ गए तो क्या हाल होगा, यह वे भली प्रकार जानते थे।

डॉक्टर बाँकेलाल उस समय ताम-झाम समेट रहे थे, जब खासी भीड़ के बीच बेल पर छूटे चारों लोग गाँव पहुँचे। कुछ औरतें कुएँ पर से सहमी, सशंकित भीड़ को घूर रही थीं।

"झमेला फिर बढ़ेगा।" जगलाल की औरत चिंतित होकर बोली, "ई गाँव ही बाढ़ में दह जाता तो ठीक रहता–इतना डर-भय से तो छुटकारा मिलता।"

"देखो, मुँहझौंसा घनस्यमवा को देखो–देह कुचा गया है, बाकी ऐंठ के चलने का आदत नहीं छूटा है।" रामदुलारी बोली, "पूरा गाँव के बरबादी का असली जड़ है। ...कब अकिल आएगा सब लोग को, भगवाने जानता है।"

अगनू पर सभी सहानुभूति छितरा रहे थे, पर घनश्याम पर लोगों की कड़वाहट बढ़ती जा रही थी। चिढ़चिड़ाहट से भरा घनश्याम खुद ही एक वाजिब वजह था। उसका थुराया चेहरा और तेजाबी बड़बड़ाहट झेलने को कोई तैयार नहीं था। साले ने पूरे गाँव को डिस्टर्ब कर दिया था।

बाँकेलाल रात में खेत से लौटते हुए भेखा की मड़ई पर रुक गए। भेखा का गमगीन चेहरा, उसकी आँखों में तिरता विषाद, लालटेन की फीकी रोशनी में एक अजीब एकाकीपन का एहसास दिला रहा था।

"क्या हाल है, भेखा?" मुँह से शब्द फिसलते ही डॉक्टर साहब को अपनी मूर्खता का एहसास हो चला।

"अरे, अब क्या हाल पूछते हैं, डॉक्टर साहब? अब कुछ बाकी है। आप लोग तो मिलकर हत्यारा सब को छोड़वा दिए, हम गरीब का हाल बतलाएँगे? ...मँगरा बेचारा के लास पर भी जरीको करेजा नहीं न काँपा आप लोग का...?"

"देखो भाई, हमको बीच में मत घसीटो।" डॉक्टर साहब ने हलके से प्रोटेस्ट किया।

"बलेसर बाबू तो उन्हीं लोगों के साथ न हैं!"

"एकदम गलत बात है। बलेसर को ई सब से क्या मतलब?" बाँकेलाल कुछ और पूछना चाहते थे, पर बातचीत का एप्रोच गलत हो जाने से खुद को गरियाते वापस लौट गए।

सुबह तक घनश्याम दुसाध अपनी माली हालत से रू-ब-रू हो चुके थे।

बाप से बोलचाल बस काम-भर की ही थी। उसकी मूर्खा माँ बौड़ाहिन के नाम से विख्यात थी और दुनिया के अलावा अगनू और घनश्याम की भी गालियाँ सुनते-सुनते बहरी हो चली थी। शायद इसीलिए पूछताछ के दरम्यान पुलिस की अधिकृत भाषा का उस पर कोई खास असर नहीं पड़ा था।

पर कुछ बातें वह बखूबी जानती थी। जैसे कि उसके सूअर अब उसके नहीं, भोला के कब्जे में हैं; आधी जमीन रेहन पर है और माथे पर पूरे गाँव जितना विस्तृत अहसान का बोझ–जिसकी वजह से वह कुछ गूँगी भी हो चली थी–अगनू की तरह। और घनश्याम पर लगे आरोप सच हो सकते हैं, इसमें दोनों को कोई संदेह नहीं था।

सुबह घनश्याम 'बोलबम' का गमछा ओढ़े घर से निकला। बिला नागा चार साल से डाक काँवर लेकर सावन में बाबाधाम जाता था, फिर सालों-भर वही गमछा ओढ़ता था।

घर से निकलते ही रामबालक जी का चेहरा दिखाई पड़ा तो उसका मिजाज भिन्ना गया। बद्री साव और दुखन भी साथ ही थे। शायद रेहन का कागज-पत्तर दुरुस्त कराने आ रहे थे।

"का घनस्याम, क्या फायदा हुआ? ...अपने तो फँसे ही साथ में सबको समेट लिए न इस जंजाल में...ठीक लग रहा है, बोलो?" रामबालक लगभग फुसफुसाते हुए बोले।

"हजार बार बोल चुके हैं–सरासर गलत इलजाम है। ...अरे! ऐसा चोर जैसा कोची देख रहे हैं? ...हम झूठ बोल रहे हैं क्या? ...ई फुसफुसा के बोलने का कौन बात है भला?" घनश्याम जल उठा था।

रामबालक जी का पारा चढ़ा, "न-न, राजा हरिस्चंद्र के बाद तुम ही तो पैदा लिए हो।"

"आप लोग...आप लोग अपने सुविधा के हिसाब से सच और झूठ का नाम देते हैं। जरा-सा झंझट का वजह का बना कि ऊ आदमी, साला झूट्ठा, कमीना हो जाता है। ...और मन लायक बात होते रहे तो लुच्चा-गिरहकट भी साधु बना रहता है आप लोग के लिए।"

"जरा-सा झंझट...!" रामबालक बौखला गए, "कहता है, जरा-सा झंझट!...लाज नहीं लगता है रे,...देखिए भला, अरे, पूरा गाँव मिलकर ई लोग के लिए चंदा किया, तब कहीं जाकर बेल हुआ और भी क्या-क्या हुज्जत मोल लिया गया...ऊ सब तो भूल ही जाइए...उस पर से इसका बात करने का तरीका तो देखिए! ...अरे, दिमाग-उमाग ठीक है कि चेहरा के जैसा ऊ भी गड़बड़ा गया है? ...जरा औकात में रहकर बात किया जाता है।" रामबालक भौचक्के से बोले।

धीरे-धीरे भीड़ इकट्ठी हो गई। कुछ लोग दबे मुँह से घनश्याम को गरिया रहे थे। कुछ उसके सूजे करिआए चेहरे की नकल उतारक़र आँखों-आँखों में हँस रहे थे। औरतें अलग घोल बाँधकर पूरा सीन देख रही थीं।

"गंगा जल छूकर कसम खाओगे?" किसी ने पूछा।

"छूकर! अरे, गंगा जी में हेलकर भी कसम खाते हैं कि झूट्ठा हों तो कोढ़ फूट जाए!"

"एकदम पकठाया क्रिमिनल के जैसा कसम खाता है जी।" रामबालक अपने साथी से बोले।

"ठीक कहते हैं...सक का कोई गुंजाइस नहीं है...ई मर्डर करबे किया है।"

अगनू पहले दिन से ही भयभीत था। बेटे की कारस्तानी में उसे कोई संदेह नहीं था। अब उसके व्यवहार से गाँव-भर को खिलाफ जाता देख बिलकुल घबरा गया। इसी घबराहट में बहस के बीच लड़खड़ाता हुआ-सा पहुँचा और किसी के भी समझने से पूर्व, घनश्याम को गर्दन से खींच, उन्मादित-सा थप्पड़ पर थप्पड़ जमाने लगा..."चोप्प, हरामजादा कहीं का। ...एक तो गलत काम करता है, ऊपर से बहस लड़ाता है। अरे, इन्हीं लोग के दया पर आज यहाँ खड़ा है। ...बोल हरामी—तुम्हारा बाहरी लोग के साथ उठना-बैठना है कि नहीं...बोल रे झुट्ठा...बोल कमीना, बोल...।"

अगनू के मुँह से अब फेन गिरने लगा था।

टलते-टलते अचानक होनी घट गई। घनश्याम ने दोनों हाथ खोलकर अगनू को जोरदार झटका दिया। वह छिटककर दूर जा गिरा और कराहने लगा।

"खबरदार बुढ़ऊ!" घनश्याम पूरी ताकत से गरजा, "अबकी जो हाथ उठाया तो यहीं पिंडदान कर देंगे।" घनश्याम किसी घायल जानवर की तरह हिंसक हो चुका था, "और सुनो, तुम सब मौगड़ा लोग—हमारा छप्पर, जनावर—सब बेचवाकर ऊपर से अहसान लादते हो? अभी कुछ नहीं देखे हो...अब जब लास पर लास गिरेगा तब देखना! ...जब रायफल का गोली सुरेस सिंह का लेदा फाड़कर

निकलेगा और देवकी सिंह के हलक में अटक जाएगा तब देखना तुम सब कमीना लोग...छोड़ेंगे नहीं किसी को...!"

सुरेश सिंह को जैसे ही खबर मिली, सिर पर खून सवार हो गया। रायफल उठाई और लपके। पीछे-पीछे उनके दो साथी भी बिरनी की तरह उड़ते नजर आ रहे थे।

'राम-राम इतना देर से बोलबम का गमछा ओढ़कर झूठ बोल रहा था–कीड़ा पड़ेगा देह में।'...'तुम सब को छुड़ाना ही चूतियापा था–आख़िर असलियत पर उतर ही न आए।'...'जात का असर कभी जाता है।'...'देखते क्या हो, मार के बिधुन दो साले को।'

कौन क्या बोल रहा था, घनश्याम को कुछ सुनाई-दिखलाई नहीं दे रहा था। वह तो बस अचरज और ज्ञान के बीच खड़ा देख रहा था कि अगनू कैसे रामबालक जी के आगे हाथ जोड़े, घिघियाते, रोते हुए झुकता जा रहा था–झुकता जा रहा था, कोई नई बात नहीं थी, तो भी न जाने क्यों, एक झटके में पहली बार उसको अपने बाप की बेबसी समझ में आ गई। अगनित प्रश्नों के उत्तर उसकी डबडबाई आँखों में तिर आए। उसको बस लग रहा था कि कोई स्नेहिल हथेली उसकी पीठ सहला दे और वह गला फाड़कर रोए।

भीड़ के बहुत पीछे उसको तीन दौड़ती आकृतियाँ दिखाई दीं और अचानक ही घनश्याम वास्तविकता के धरातल पर उतर आया। उसका सारा जोश छू-मंतर हो गया। "भाग रे जीतना...भाग गनौरिया!" वह अपनी आवाज की हद से गुजर गया।

"हमारा बाप, कमीना, आज से मर गया हमारे लिए।" अगनू की तरफ घूमकर चिल्लाते हुए वह आखिरी बार बोला। भीड़ को फाड़ते हुए तीनों भागे। भागते हुए कनखियों से घनश्याम ने देखा, तीर निशाने पर बैठा था। सुरेश सिंह का मिजाज परखते रामबालक महतो और जगलाल यादव अगनू को अपने पीछे छिपा रहे थे। "तुमको तो इसी कीचड़ में न जीना है बुढ़ऊ...माफ करना।" काँपते गले से वह बुदबुदाया या शायद उसे ऐसा लगा, मानो वह बुदबुदाया हो।

भीड़ ऐसे भी छितरा चली थी। सुरेश सिंह की रायफल दो बार बोली, मगर कारतूसों पर चढ़ते ब्लैक ने उनके रियाज पर रोक लगा रखी थी, सो निशाना चूक गया। तीसरी गोली पर घनश्याम लुढ़का, पर तुरंत सँभला, गोली बाँह छीलते निकल गई थी। किसी भी ओट की तलाश में, काँटो की परवाह किए बिना तीनों बबूल की घनी झाड़ियों में कूद गए। देह छिला रहे थे, कपड़े उलझकर फट रहे

थे, लेकिन कोई अहसास नहीं था। देखते ही देखते झाड़ियों की ओट लेकर तीनों लापता हो गए।

शाम को जब खपड़ैल की छतों पर धुआँ लटकने लगा, डॉक्टर साहब अगनू से चुपचाप मिले। बहुत देर तसल्ली देने के बाद उन्होंने अगनू को टटोला, "घनश्याम कहाँ था उस रात?"

"उसका कोई ठिकाना कभी रहता था, डागडर साहब? अरे, बस कहाने के लिए हम बाप थे। कोई नाता ऊ रखा ही नहीं। और अब हमारे तरफ से भी कुछ नहीं बचा है।" निराशा-भरी आवाज में कहा अगनू ने।

"घर पर नहीं था का?"

"बहुत कोसिस किए कि उसको बचा लें। ...कुछ तो मोह रहता ही है।... लेकिन अब का बचा है?" अगनू थोड़ा ठिठका। डॉक्टर साहब टकटकी बाँधकर देख रहे थे। कुछ तय-सा करते हुए अगनू बोला, "तो सुनिए, उस दिन मँगरा से गाली-गलौच के बाद ऊ तीनों लोग घर में मीटिंग किया कि मँगरा को सबक सिखाना जरूरी है। घनस्याम को दू-तीन महीना से कुछ नक्सलाइट लोग से भी मेल-जोल बढ़ रहा था। उस दिन दोपहरिया में घनस्याम उन्हीं सबसे राय-सलाह के लिए निकला था...और देखिए, रात में क्या कर दिया।" अगनू अब रोने लगा था।

"लेकिन जब कांड कर दिया त गाँव में रुका काहे रहा?" डॉक्टर साहब ने पूछा।

"इतना अकिले रहता त पढ़-लिखकर कहीं चपरासी-उपरासी नहीं बन जाता? ...उसका बुद्धि भरस्ट हो गया था...और का कहें।" अगनू का सिर नीचे लटक गया।

डॉक्टर साहब आश्चर्यजनक रूप से मानसिक स्तर पर हत्या के प्रकरण से जुड़ते चले जा रहे थे। संभवतः गाँव की राजनीति से कतराकर रहने का ही फल था कि वे भीड़ का हिस्सा बने बिना, चीजों को निष्पक्ष दृष्टिकोण से देख पा रहे थे।...'कहीं कुछ गड़बड़ है...गड़बड़ है...। एक—मँगरा की पोस्टमार्टम रिपोर्ट, दो—मँगरा का औकात से महँगी दारू खरीदना। तीन—कतल के बाद घनस्याम का गाँव में बने रहना।' ...डॉक्टर साहब इतनी परेशानी में थे कि पूरी बोतल चढ़ा गए, तब जाकर नींद आई।

अगले दिन भोर में ही डॉक्टर बाँकेलाल देवकी सिंह के खेत में मचान के नजदीक खड़े थे। इसी मचान पर बैठा मँगरा खेतों की रखवाली करता था। उसकी लाश भी इसी के नीचे बरामद की गई थी। मचान पर पुआल बिछा हुआ था। बाँकेलाल ने वहीं से भाग्य-आजमाइश शुरू की। उनका अनुमान ठीक निकला। पुआल के भीतर से दो खाली बोतलें झाँक रही थीं। उन्होंने सावधानी से बोतलों को बाहर निकाला। लेबल पढ़ने की कोई जरूरत नहीं थी–खासकर बाँकेलाल के लिए। बाँकेलाल बोतलों को देखते रहे। समानधर्मी बोतलों में एक मामूली अंतर था। एक बोतल का ढक्कन गायब था। बाँकेलाल कुछ देर ढक्कन खोजते रहे, पर कोई लाभ न हुआ। अंत में दोनों बोतलों को वापस रख, लौट गए।

"आँय जी बलेसर जी! एगो बात बताइए?" बाँकेलाल ने पूछा, "अगर आपसे कोई बोले कि मँगरा जैसा आदमी दू बोतल नारंगी खरीदा था त आप क्या कहिएगा?"

"मतलब?"

"मतलब कि आप ही न खबर लाए थे जी कि मँगरा मरने से पहले पूरा दारू पीये हुए था। ...तो अगर आपको यह पता चले कि मँगरा उस दिन कोई साधारण चीज नहीं, बल्कि नारंगी खरीदा था–ऊ भी दू बोतल–तो आप क्या कहिएगा?"

"बेकार बात है, हम कहेंगे कि सुरेस सिंह के लिए कीना होगा–अपने ठर्रा-उर्रा चढ़ाइस होगा जमके। ...आप भी कमाल करते हैं। ...डाउट है तो सुरेस सिंह से पूछ लीजिए।"

"छोड़िए सुरेस सिंह को!" डॉ. बाँकेलाल मुसकराए, "लेकिन मान लीजिए कि अपने ही लिए खरीदा हो तब?"

"अरे, मान कैसे लें? उस साले को औकात था नारंगी कीनने का? ...आप इतना पोख्ता होकर कैसे कह सकते हैं कि मँगरा अपने लिए ही नारंगी कीना था?" बलेसर का स्वर ऊँचा हो गया।

बाँकेलाल का दिमाग तेजी से दौड़ गया। भीतर तक उद्वेलित हो गए, "बाह...क्या बात पूछे हैं बलेसर जी! मिजाजे गनगना गया।"

"आपका तबियत ठीक है ना?" बलेसर भकुआकर उन्हें देख रहे थे।

"एकदम ठीक है भाई! ...अरे, यही बात तो सीताराम से बातचीत करते हुए हमको खटका था। मगर हम समझ ही नहीं पा रहे थे कि क्या खटक रहा है। आप तो प्रोबलमे सौल्भ कर दिए...आखिर सीतारामवा साला इतना बिस्वास से कैसे बोला कि मँगरा अपने ही लिए नारंगी खरीदा था!"

“क्या बोल रहे हैं, डॉक्टर साहब...?” बलेसर नर्वस हो चले थे। डॉ. बाँकेलाल ने दारू-दुकान पर हुई बातचीत से लेकर बोतलों की प्राप्ति तक का सारा हाल सुना दिया।

“हूँऽ...तब मँगरा साला कहीं सेंध मारा होगा...छोड़िए, ई सब में अब क्या रखा है।” बलेसर लापरवाही से बोले।

“जो भी हो, लेकिन सीतारामवा जरूर कुछ न कुछ और भी बात जानता है।” बाँकेलाल ने सोचते हुए कहा।

हाट के दिन सीताराम कलेजी खरीदते भेंटा गया।

“हें-हें, क्या हाल है!” बाँकेलाल ने घिसा-पिटा सवाल किया।

“परनाम डॉक्टर साहब! ...चलिए आज हमारे यहाँ कलेजी खाइए...जरा बचवा को भी देख लीजिएगा। हरदम बीमार रहता है।”

बाँकेलाल गिलपिल से तैयार हो गए। हालाँकि सीताराम बगल के गाँव में रहता था और खाने के बाद बाँकेलाल को दो कोस का चक्कर पड़ जाता, मगर भुनी हुई मसालेदार कलेजी का स्वाद सोचकर लार चू गई, ‘अच्छा मौका है...मँगरा वाला बात भी पूछ लेंगे।’ उन्होंने विचारा।

भात, दाल और कलेजी खाते बाँकेलाल जब काफी तारीफ कर चुके तब अचानक उन्होंने वार किया, “अजी सीताराम जी, एक बात बताइए–आप कैसे जान गए कि मँगरा अपने ही लिए दारू खरीदा था?”

सीताराम गंभीर हो गया, “मँगरा खुद ही कहा था...पूछा कि कौन ज्यादा बढ़ियाँ होता है? ...त हम कहे कि ई सब तो पसंद-पसंद का बात है, त बुरा मत मानिएगा, बोला कि गाँव में डॉक्टर साहब से बढ़कर दारूबाज कोई नहीं है...ऊ जो पसंद करते हैं, वही हमको दे दो।”

“मगर मँगरा जैसा आदमी नारंगी कीना तो आपको सक नहीं हुआ?”

“काहे नहीं हुआ, लेकिन हम तो समझ गए कि जरूर सेंध मारा है।”

“नहीं भाई, ब्रेन है आपका भी। ...मानना पड़ेगा।”

हाथ-मुँह धोकर उन्होंने सीताराम के लड़के को देखा, “कोई खास बात नहीं है। इसके पेट में जोंक है, दवाई भेजवा देंगे। ...ओह, बड़ा फाइन कलेजी बना था न...।” मुँह में पान डालते हुए वह फिर बोले।

“आपका घर है डॉक्टर साहब! जब मन करे बतला दीजिएगा, न तऽ हम बनवाकर कभी-कभी आपके घर पर भी भेज दे सकते हैं।” सीताराम ने श्रद्धा से कहा।

"अच्छा भाई, बताइए तो आप कैसे अकिल भिड़ाए कि मँगरा सेंध मारा होगा?" बाँकेलाल उस दिन की गलती फिर नहीं दुहरा सकते थे। सीताराम थोड़ी देर उनको चुपचाप देखता रहा, "किसी से कहिएगा नहीं तो एक चीज दिखाएँ आपको?" ऊहापोह की स्थिति में उसने पूछा।

"राम-राम हमको किसी से क्या कहना है।"

सीताराम अंदर से मुट्ठी में कुछ दबाकर लाया। "देखिए, इसी से हम समझे कि मँगरा सेंध मारा था।" उसने अपनी हथेली खोल दी। बीचोबीच एक मटमैला-सा भारी सिक्का था। डॉक्टर साहब ने उसे उठाया और ध्यान से देखा। जॉर्ज पंचम की तस्वीर साफ दिख रही थी, "चाँदी है!" वह बोले।

"जी...और यही मँगरा दिया था हमको। हम पूछे कि कहाँ मिला रे, तो बोला कि छोड़िए, आपको ई सब से का मतलब है। सत्तर-पचहत्तर रुपया का चाँदी था तो हम भी खोज-खबर नहीं लिए...उसको दारू दे दिए। दारू लेकर बोला कि अग़ला बार बिलायती ले जाएँगे। ...अब आप इतना पूछ रहे थे तो हम बतला दिए...और किसी से मत कहिएगा।"

"बाकी भाई आपके बुद्धि का जोर मानना पड़ेगा। ...क्या दिमाग पाए हैं। ...अच्छा अब चलते हैं, दवाई हम भेजवा देंगे, तीन खुराक दे दीजिएगा।"

बाँकेलाल को लौटते-लौटते अढ़ाई बज गया। राधे-बलेसर दरवाजे पर अड्डा जमाए हुए थे। "आज का खबर मालूम है? मिलकी भगत का चिट्ठी आया है, देवकी सिंह के नाम...छौ इंच छोटा करने वाला! ...कहाँ चले गए थे?"

"अरे, सीताराम कलेजी का दावत दिया था...उसी के यहाँ बैठे थे।"

"ई तो सरासर धोखाधड़ी हो गया डॉक्टर साहब!" दोनों के कानों तक लार चू गई।

"चलिए, जरा दारोगा जी से मिलकर आते हैं।"

"कोई खास बात?"

"चलिए, तब बताएँगे।" बाँकेलाल सहज भाव से उठ खड़े हुए।

अंबिका सिंह थाना के बाहर ही कुर्सी डालकर छाँव में बैठे हुए थे।

"आइए, डॉक्टर साहब...बहनचो...लाइने नहीं रहता है। ...सब साला चोर-डकैत भर गया है बिजली बोर्ड में। ...बाहर कम से कम खुला हवा तो मिलता है।"

राधे-बलेसर जब कुर्सियाँ निकाल रहे थे तब अंबिका सिंह फुसफुसाए— "एकदम सूख गया, डॉक्टर साहब!"

"आगे सावधान रहिएगा।"

"कान पकड़ते हैं...अब यार-दोस्त के चक्कर में कभी न पड़ेंगे बाप।" अंबिका सिंह कान छूते हुए बोले। अचानक राधे-बलेसर को आते देख फिर कड़क हो गए, "कैसे याद किए?"

तीनों लोगों के बीच कसम-वसम खिलाकर, डॉक्टर साहब पूरी कहानी कह गए।

"देखिए भाई, सीताराम को कोई परेसानी नहीं होना चाहिए।" अंत में उन्होंने जोड़ा।

"तो इससे क्या निकलता है?" ..."किया होगा चोरी!"..."अब उसको तो पकड़ा नहीं न जा सकता है।" बाँकेलाल की बात तीनों के सिर के ऊपर से गुजर गई थी।

"देखिए, जरा सोचिए...एक तो एक बोतल में ठेपी (ढक्कन) नहीं था, दूसरे घनस्याम मारता तो गाँव में काहे रुका रहता...हमको लगता है कि मँगरा चोरी-चमारी में रहता ही था, कोई लंबा हाथ मारा होगा, और उस रोज अपना गिरहकट साथी लोग के साथ बैठकर कहीं पर खाया-पिया होगा। ...बाद में वही सब उसको मारकर खेत पर लाकर डाल दिया और बोतल भी प्लांट कर दिया, जिससे सब लोग समझे कि मँगरा मचाने पर बैठकर दारू पीया था। ...बोतल दूसरे जगह से लाने में खुला हुआ बोतल का ढक्कन छूट गया होगा। ...सक तो घनस्याम पर जाना निश्चित ही था। असली खूनी लोग उसका फायदा उठा लिया।"

"मारने का कारण?" अंबिका सिंह ने पूछा।

"बहुत-सा हो सकता है। ...माल बँटवारा में झंझट..."

"अच्छाऽऽ..." अंबिका सिंह व्यंग्य से मुसकराए, "और मारने के बाद पूरे गाँव में लास का जुलूस निकालते हुए खेत पर ले जाकर फेंक दिया। ...बाह, डॉक्टर साहब, बाह!"

"कौन बड़ा बात है? ...याद कीजिए उस दिन बीच रात में कुत्ता जोर से भौंका था। ...पूरा गाँव तो सो रहा था, किसी को का पता चलता।"

"वारदात के जगह बलड देखे थे? ...नाद-भर से कम नहीं था। ...डेड बोडी दूसरा जगह से लाने का बात सोचना भी मूर्खता है। ...चाँदी का सिक्का,... बोतल का ठेपी! का लइकन जैसा बात करते हैं महाराज! अरे ठेपी है कि हाथी है, जो खेत में भुला नहीं सकता है? कोई बच्चा भी खेल-खेल में ले जा सकता है। ...दस दिन के बाद ठेपी खोजिएगा तो मिलेगा? ...और घनस्याम के बारे में

बोल रहे थे आप? ...घनस्याम अपना चालाकी में गाँव में रुका था कि रुकने से उस पर कोई संदेह नहीं करेगा...।" अंबिका सिंह ने डॉक्टर साहब को धराशायी कर दिया।

"हो सकता है जी कि मँगरा, सुरेस सिंह के लिए ई सब गलत काम करता हो...उनका सब भेद जान गया हो...इसी में...!" बलेसर ने शक का बीज बोया। सुरेश सिंह से हिसाब बराबर करना चाहते थे, "सुरेस सिंह का भी ठीक लोग से मेल-जोल नहीं है।"

"आप बात को हद से ज्यादा बढ़ा रहे हैं बलेसर बाबू..." अंबिका सिंह लहके, "औकाते में रहिए...इतना चाल से बात करिएगा तो भारी फेरा में पड़ जाइएगा। ...और डॉक्टर साहब, आप भी कमाल करते हैं! ...पूरे गाँव को तो छोड़ ही दीजिए, घनस्याम का बाप तक कह रहा है कि घनस्याम ही उसको मारा है और आप हैं कि...अरे मान भी लिया कि मँगरा सेंधमारी किया होगा तो भी ई सब बात से अब क्या फायदा? ...देवकी सिंह को आज ही लाल-सलाम का चिट्ठी मिला है...मालूम है न? ...न! घनस्याम को छोड़कर दूसरा किसी का हाथ होइए नहीं सकता है।"

बाँकेलाल सोच में पड़ गए।

"छोड़िए, बेकार का झंझट...चाय मँगवाते हैं।" अंबिका सिंह डंटा हिलाते हुए बोले।

"एक बात बतलाइए, अगर मँगरा किसी के घर सेंध मारा होता तो कोई न कोई आपको चोरी का रिपोर्ट तो जरूर लिखाता? ...या कम से कम आपके नॉलेज में तो जरूर आता?"

अंबिका सिंह ने नकारात्मक सिर हिलाया, "इसी से न कहते हैं कि ई सब बात नहीं है। ...आप बेकारे तिल का ताड़ कर रहे हैं।"

"तब फिर उसके पास चाँदी का रुपया आया कैसे?" बाँकेलाल सोचते हुए बुदबुदाए। अंबिका सिंह ने सुना भी नहीं, वे चाय के लिए चिल्ला रहे थे।

चाय पीकर तीनों निकले। ..."अरे डॉक्टर साहब, मँगरा चोरिए किया होगा, पुलिस के डर से भी तो लोग एफ.आई.आर. नहीं करता है...माल तो मिलता नहीं है, ऊपर से सौ-पचास अलग निकल जाता है थाना में।" राधे बाँकेलाल का मन रखने के लिए बोले।

"एकदम ढक जैसा बात करते हैं राधे बाबू! ई कोई खीरा-ककड़ी का चोरी नहीं है। ...चाँदी का है, चाँदी का! बोलिए, रिपोर्ट लिखवाएगा कि नहीं?"

तीनों लोग क्लीनिक में आकर बैठ गए। डॉक्टर साहब के तर्कों को अंबिका सिंह ने कोई भाव नहीं दिया था इसी से चिढ़े हुए थे। राधे-बलेसर इधर-उधर की बातों से डॉक्टर साहब का मिजाज ठीक करने का प्रयास कर रहे थे। सामने गली के दूसरी तरफ चंदेसरा मिट्टी की दीवार उठा रहा था। डॉक्टर साहब टकटकी मारकर उसको देखते हुए गहरी सोच में डूबे हुए थे। कोई धुँधली-सी बात दिमाग में आती थी, चली जाती थी।

"छोड़िए, कलेजी कैसा बना था, सो बताइए?" राधे ने पूछा, "का बात है, क्या हो गया है डॉक्टर साहब?"

"हाथी हग दिया है हमारे माथा पर। क्या हुआ है? क्या हुआ है? ...अरे भाई, आप लोग को बात करना है, बतिआइए...हमको सोचने दीजिए, डिस्टर्ब मत कीजिए।" बाँकेलाल पिनक गए। राधे-बलेसर मुसकराकर आपस में बात करने लगे।

"कलेजी तो हम खाए थे अबकी पटना में। रामजी साव का पोता भेंटा गया था, जबरदस्ती पकड़कर ले गया। क्या प्रेम से खिलाया था...भाई कि क्या बताएँ, चार किसीम का तो खाली नॉनभेज बनवाया था–पिंटू का रसगुल्ला था...क्या-क्या नहीं था? ...ओह मत कहिए..."

"बस, करिए, बहुत बार सुन चुके हैं।" राधे लालच और जलन के साथ बोले। लेकिन बलेसर सुर में आ गए थे।

"और क्या भारी मकान बनवाया है...दू ठो नया ए.सी. गाड़ी कीना है। ...अरे आप का जानते हैं कितना रंग जमाए हुए है पटना में!"

"मारिए! ...तब जरूर साला इसमगलिंग-उसमगलिंग करता होगा। ...ऐसा देसद्रोही लोग के घर तो पानी पीना भी हराम है। ...ई सबको तो गोली से उड़ा देना चाहिए।" राधे की जलन उनके बर्दाश्त से बाहर हो गई थी।

"आपसे तो राधे बाबू किसी का बढ़ती बरदास्त ही नहीं होता है। ...खाली डाह में जरते रहते हैं। ...अपने को नहीं देखते हैं?...प्राइमरी स्कूल में टीचरी के नाम पर खाली तनख्वाहे न उठाते हैं जी? ...एक्को दिन पढ़ाने जाते हैं? ...चले हैं दूसरा को मोरल सिखाने।" बलेसर अचानक बिफर पड़े, "अरे इसमगलिंग करे, चाहे जो करे...आपसे नहीं न माँगने आता है? अपने बल पर करता है। कौनो बाप-दादा चाँदी गाड़कर गए थे का उसके लिए? अपना एटिच्यूड सुधारिए, नहीं तो इसी छोट बुद्धि में जरते-जरते मूँ जाइएगा एक दिन...।"

"हाँ...का बोले?" डॉक्टर साहब जोर से चिल्लाए। कुर्सी से उठकर खड़े हो गए थे।

"क्या हुआ? कहाँ जा रहे हैं?" राधे-बलेसर अकबकाए।

"राम-राम दिमागे में नहीं अँट रहा था...बाह-बाह बलेसर बाबू! ...एकदम चुप रहिएगा...आते हैं।" बाँकेलाल अन्वेषण सुख में डूबते-उतराते बाहर निकल गए। राधे बलेसर मुँह बाए उन्हें जाते देखते रहे।

देवकी सिंह दो बंदूकधारियों के साथ बाहर बैठे थे, "आइए डॉक्टर साहब...खबर मिल गया है न...देख लीजिए, कैसा आदमी का साथ दे रहे थे आप लोग।"

"भीतर चलिए!" डॉक्टर साहब की आवाज में आदेश था।

"क्या बात है?" देवकी सिंह चकराए।

"भीतर चलिए न, भाई।" बाँकेलाल ने बात दुहराई। देवकी सिंह डॉक्टर साहब के साथ अंदर चले, "अरे कुछ बतलाइएगा?"

"सुनिए, हमारी बात तो नहीं मानेंगे, लेकिन आपका सायद मान लें,...अंबिका बाबू को कहिए...मँगरा के घर में–अरे भेखा के घर में रेड करें। ...अकेले करें तो बेहतर होगा। ...हमको बहुत गंभीर सक है।"

"आय बाप! ...हम काहे ई बात कहेंगे जी?"

"ऊ जमीन आपका है कि नहीं?"

"हाँ है, तो उससे क्या? आप..."

"आपको अगर दू-तीन सेर चाँदी मिलने का संभावना हो तो इससे भी जादे कारन बतलाना होगा?" बाँकेलाल एक-एक शब्द चबाते हुए बोले।

"का कह रहे हैं," देवकी सिंह के चेहरे पर चमक दौड़ गई। "ठहरिए, अंबिका सिंह को बुलवाते हैं...अरे हरामजादा सब...कोई है रे?" देवकी सिंह बाहर की तरफ देखते हुए चिल्लाए।

देवकी सिंह को गए बहुत देर हो चुकी थी। उनकी पत्नी पहले से ही डरी हुई थी, इस देरी से ज्यादा घबरा गई। सुरेश सिंह के घर में घुसते बोली, "जरा चचा को देखलवा लो...कइसन तो बुझा रहा है, दारोगा जी के साथे कहीं निकले हैं...ऊ बिछखप्पड़ डॉक्टरवा भी साथे था।"

"एकदम सठिआ गए हैं...।" सुरेश चचा को गरियाते-चिढ़ते घर से निकले, "कहाँ लाला-बिलाला के फेरा में फँस जाते हैं? ...गजब का बगलोल आदमी है।"

उस समय रात के ग्यारह बज रहे थे जब भेखा की मड़ई पर तीनों पहुँचे। भेखा उनींदा-सा उठा...तीनों को देखकर घबरा गया।

"कहाँ छुपाया है रे चाँदी...आँय?" जब अंबिका सिंह पेट में डंटा कोंचते हुए बोले, उसकी रही-सही हिम्मत जवाब दे गई। एक झटके में उसने भागने की कोशिश की, लेकिन देवकी सिंह ने उसे पीछे से दबोच लिया।

कोने से पुआल हटाया गया तो चार मटकी चाँदी देख, तीनों का मुँह खुला का खुला रह गया।

"कैसे? ...कैसे जाने डॉक्टर साहब?" बहुत देर की चुप्पी दारोगा जी ने तोड़ी। देवकी सिंह मंत्रमुग्ध से खड़े थे।

"जिस दिन मँगरा का खून हुआ, ई दुनो लोग अपने घर में दीवार उठाने के लिए माटी कोड़ रहे थे, और उसी में कुछ चोट-चपाट लगने के वजह से हमारे दवाखाने आए थे। फिर पता लगा कि मँगरा उसी दिन अपने औकात से महँगा दारू खरीदा और चाँदी के रुपया से दाम चुकाया। ...सीताराम से जो बात ऊ बोला था, उसके हिसाब से उसके पास अचानक कहीं से बहुत माल आ गया था। हमको गलत-सही सक हो गया था, बाकी आप अंबिका बाबू मान ही नहीं रहे थे। राधे, बलेसर कोई मानने को तैयार नहीं था।" बाँकेलाल धारा प्रवाह बकते गए।

"आप भी तो भाई उलटा-पुलटा बात बतिया रहे थे। कोई कैसे समझ सकता था...आपको कब बुझाया?" अंबिका बाबू ने अपनी कमअकली छिपाने का भरसक प्रयास किया।

"आपके यहाँ से लौटे तो सामने चंदेसरा दीवार उठा रहा था। तभी बलेसर गड़ा हुआ चाँदी जैसा कोई बात बोले, और हमको अचानक याद पड़ा कि आजकल भेखा बिना ताला लगाए घर नहीं छोड़ता है! बस सब का मिला-जुला असर समझिए, बात अचानक दिमाग में दौड़ गया। देखिए, हम ठीक ही न सोचे थे। पूछिए, पूरा कहानी तो यही बतलाएगा।" भेखा के तरफ देखते हुए बाँकेलाल ने कहा।

भेखा का बयान लालच, भय और संवेदनाओं के बीच झूलती अजीबोगरीब कहानी थी, "उस दिन मँगरा हरिजन लोग से गारी-गुफ्ता करने के बाद दूसरे पहर लौटा तो हम कहे कि छोड़ो बहुत दिन से एगो दीवार टाला जा रहा है, आज उठा लिया जाए। इस घर के पीछे का माटी ठीक है, सो पानी डालकर कोड़ रहे थे, उसी चिकना मिट्टी में पिछुलकर हम गिर पड़े तो हाथ छिला गया। ...जब डॉक्टर साहब के पास से लौटे तो देर हो गया था। हम बोले, अब कल किया जाएगा। ...बाकी मँगरा काम में सुरिया जाता था, बोला कि कम से कम माटी काट लेते हैं। हम बैठे थे, ऊ कोड़ रहा था। ...अचानक कुदाली टन्न से बजा!

सावधानी से खोदकर निकाले। ...कुल चार मटकी मिला। ...चाँदी देखकर मँगरा सनक गया। हम उसको सांत किए कि एकदम चुप रहो...जरा भी हल्ला मत करो। बहुत रात में लौटा तो दू बोतल बेसका दारू लिए हुए था। ...हमको सक हुआ, हम उसको धीरे-धीरे बिगड़े...तो बोला कि खाली एक ही ठो तो खर्चा किए हैं, इसमें चिंचियाने का कौन बात है? ...हमारा तो मिजाजे लहक गया। ...हम उसको जरा और बिगड़े, तो जानते हैं, बोला कि आधा-आधा का बात है, जैसे चाहेंगे खर्चा करेंगे।" भेखा की आँखों से आँसू बह रहे थे और पूरा बदन काँप रहा था।

"तब?" अंबिका सिंह हुंकारे। भेखा चुप रहा फिर उसने देवकी सिंह की तरफ आँखों से इशारा किया।

"आप जरा-सा उधर हो जाइए देवकी बाबू, आपके सामने गछने में इसको दिकदारी हो रहा है।"

देवकी सिंह बाहर चले गए। लेकिन मटकी पर नजर गड़ाए रखे।

"हमको डर हो गया था।" भेखा फिर से बोलने लगा, "कि मँगरा के चाल से सब लोग जान जाएगा। ई जमीन तो देवकी बाबू का मिलकियत है। ऊ सब छीन लेंगे। ...हम लालच में पड़ गए थे। ...मँगरा के बात से खीस भी हो गया था, लेकिन सबसे बड़ा डर पैसा छिना जाने का ही था तो हम बोले कि अच्छा भाई पी लो, झंझट मत करो। मँगरा दूनों बोतल चढ़ा गया। हम मँगरा के साथ पीते भी नहीं...दूसरे डॉक्टर साहब रोक लगा दिए थे...दूनों बोतल पीकर ऊ एकदम नीसा में आ गया। ...मँगरा थोड़ा-बहुत चोरी-चमारी में रहता ही था...हम सोचने लगे कि अभी तो खाली एक ठो खर्चा किया है, ई तो पच जाएगा, लेकिन आगे नहीं सँभला तो भर गाँव हल्ला हो जाएगा। ...इसको कैसे रोका जाए? ...पता नहीं कब दिमाग में उतरा कि सुबहे घनस्याम इसको धमकी दिया है...संदेह उसी पर जाएगा। हम मँगरा से पूछे कि दारू लाते हुए तुमको कोई देखा तो नहीं? ...आधी रात में हम मँगरा को उठाए और बोले कि चलो खेत पर पहुँचा देते हैं नहीं तो भोर में देवकी बाबू गारी देंगे। ...उसको कोई होस नहीं था, सहारा देकर हम मचान तक ले गए।"

"तब उसी समय कुत्ता भौंका होगा।" बाँकेलाल ने कहा।

"हम सोचे कि कोई हम दूनों को अगर देख लेगा तो ई काम आज नहीं करेंगे...और कोई नहीं देखा तो...सब लोग तो सोए हुए थे। ...एकदम सन्नाटा था। ...बाद में गँड़ासा वहीं पर छोड़ दिए, और दारू का बोतल भी मचान में घुसाकर रख दिए।" भेखा फूट-फूटकर रोए जा रहा था, "जरा-सा में क्या-क्या

सोच लिए थे...गौना करा के ले आएँगे...जिनगी सुधर जाएगा...लालच हमको ले डूबा...हे भगवान...हेऽ...रेऽ भगवान...!"

इसको लालच तो नहीं कहा जा सकता है...! सोचते हुए एक कोने से बाँकेलाल ने कुछ उठाया।

"क्या है?" अंबिका सिंह ने धीरे से पूछा। डॉक्टर साहब ने एक छोटा ढक्कन उनके हाथ पर रख दिया, ऊपर आबकारी विभाग का चिह्न था। अंबिका सिंह ने नजर चुराकर मुंडी हिलाई। ...भेखा का बयान सबको हिला चुका था।

"चारों मटकी थाना ले जाने के लिए तो आदमी बुलाना पड़ेगा। ... आधा-आधा मन से जरीको कम का नहीं है।"

लगा किसी ने देवकी सिंह की छाती में गोली दाग दी हो। "क्या कह रहे हैं, बाबू साहब, इसको ले जाने का कौन जरूरत है, महाराज?"

"क्या कह रहे हैं?" अंबिका सिंह ने आँखें सिकोड़ीं, "अरे देवकी बाबू, नौकरी के रिस्क पर काम नहीं न करेंगे? ...ई तो प्राइम इभिडेंस (एविडेंस) है...केस मुकदमा खतम होने के बाद सायद सरकार दे दे आपको।" अंबिका सिंह एक-एक शब्द तौलते हुए बोले। एक मिनट के लिए देवकी सिंह का दिमाग सुन्न पड़ गया। फिर सँभले, "ऐसा बात कीजिए कि कुछ आपको भी फायदा हो।...कचहरी-मुकदमा देखते-देखते तो जिंदगी गुजर गया है...हमको का समझाते हैं?"

दारोगा जी इसी इंतजार में थे–"भाई, एक मटकी तो चाहे जो हो जाए, जमा करना ही पड़ेगा। बाकी में...आधा-आधा कीजिए।"

काफी हुज्जत के बाद दारोगा जी अपने लिए एक मटकी पर माने और आधा मटकी बतौर सबूत, कागज-पत्तर के साथ थाने चला गया। भेखा से डरने का कोई कारण नहीं था।...एक तो कुछ कहेगा नहीं। ...कह भी दिया तो ऐसे आदमी की जुबान की क्या वैल्यू? ...फिर पुलिस की मार का डर तो हरदम बना ही रहता है।

जब दारोगा जी चले गए, देवकी सिंह उनको एक गंदी गाली देते हुए डॉक्टर साहब की तरफ मुड़े, "हम भाई आपके कायल हो गए...जो हमसे कुछ ऊँचा बोला गया था, उसके लिए माफ कीजिएगा...। परिस्थिति ही कुछ ऐसा था।"

"क्या कह रहे हैं, देवकी बाबू? आप बड़े भाई समान हैं। ...कुछ बोल ही दिए तो क्या हुआ, अब भूल जाइए।"

"डॉक्टर साहब...सब आपके बदौलत हुआ है, जो उचित बुझाए आप भी ले जाइए। ...आपको देने में, दिल से कहते हैं, हमको खराब नहीं लगेगा।" देवकी सिंह क्षणिक तौर पर उदार मानसिकता के शिकार हो गए थे।

“नऽ ई सब हम लेकर का करेंगे? ...कुछ करना ही है देवकी बाबू, तऽ ऊ तीनों निर्दोस को छुड़वा दीजिए, बेकारे मारा जा रहा है।” बाँकेलाल ने भावुकता के साथ कहा।

देवकी सिंह ने डॉक्टर साहब की आँखों में आँखें डालकर देखा, “आप इसमें काहे पड़ते हैं, डॉक्टर साहब? ...पूरे गाँव के तरफ से बिनती आने दीजिए, तब सोचेंगे। बहुत हवा बनाया था हमारे खिलाफ। जरा ऊ लोग भी तो समझे। देखिएगा, आखिर में गिरते-पड़ते सब लोग पहुँचेगा हमरे ही पास। ...कान धरवाकर उठ-बैठ न करवाए तो कहिएगा—बड़का क्रांतिकारी बन रहा था साला सब? ...क्रांतिकारी बन रहा था...?” देवकी सिंह की तिलमिलाहट बढ़ती ता रही थी, “हमको छौ इंच छोटा करने का धमकी दिया था हरामजादा सब...” देवकी बाबू का चेहरा क्रोध और नफरत से विकृत हो चला था कि अचानक सँभले, “खैर छोड़िए...भाई, आप कुछ जरूर ले लीजिए, हमको हलका लगेगा।”

डॉक्टर साहब ने देवकी बाबू के चेहरे का भाव पढ़ते हुए लगभग तीन सेर चाँदी उठाई। हिसाब से ही लेना चाहते थे, ताकि आगे कोई मलाल न रह जाए, “इतना बहुत है हमारे लिए। ...अरे, आगे नाथ, न पीछे पगहा...हमको ज्यादा लेकर का करना है?” बाँकेलाल ने कहा।

सुरेश सिंह एकदम उतावले से भेखा के घर में घुसे, कुछ चिल्लाकर बोलने ही जा रहे थे कि मटकी से छिटकती धुँधली चमक में खो गए। बाँकेलाल कब चुपचाप चले गए उन्हें पता भी नहीं चला।

खबर सुबह तक सारे गाँव में बाढ़ की तरह फैल चुकी थी। तुरंत मीटिंग करके फैसला हुआ कि दारोगा जी से बात कर, बाकी लोगों पर से केस खतम कराया जाए।

“केस कैसे खतम होगा, खेला है? अरे, ई बहुत टेढ़ा मामला है बाबू...मर्डर केस में बेल जंप करने का मतलब समझते हैं? अभी तो कम से कम तीन गो नया केस चालू होगा।” अंबिका सिंह मजा लेते हुए बोले।

“कोई उपाय नहीं है?” रामबालक जी ने पूछा।

“उपाय? ...अरे उपाय कौन चीज का नहीं होता है! ...है, मगर जरा महँगा है। यहाँ से लेकर गया तक दस हजार से कम क्या पड़ेगा?...देखिए आप लोग।”

“तब...?” दुखन थाने के बाहर निकलकर बाकी लोगों की तरफ देखते रहे।

“तब का? ...प्रतिष्ठा का बात छोड़िए और बुलवाइए हरामजादा सब को। ...आए, कान पकड़कर उठक-बैठक करे देवकी सिंह के आगे...आखिर ऊ

लोग के लिए और कितना गूह गींजा जाएगा।" रामबालक जी ने किचकिचाते हुए कहा। इसमें भला किसी को क्या आपत्ति हो सकती थी।

अगले दिन पाँच बजे तक राह देखकर लोग आसरा छोड़ चले थे कि अचानक जीतना और गनौरी भूखे-प्यासे गाँव पहुँचे।

"ई का हाल बना लिया है? ...घनस्याम कहाँ है?" रामबालक महतो ने पूछा।

"खबर मिला तऽ हम लोग बोले...लौट चलो, बाकी घनस्याम कहिस कि तू लोग को जाना है तो जाओ, हम अब नहीं लौटेंगे...कहा कि सब लोग का चाल भी देख लिए, बर्दास्त से बाहर का सह भी लिए...अब कोई हमारा का बिगाड़ेगा?" जीतन ने अपनी पोजीशन सुधारी, "और भी बहुत कड़ा-कड़ा गंदा-गंदा बात बोल रहा था...।"

"का बोलिस रे?"

"सब को माई-बहिन करले था...सरवा कौनो माल-ऊल के भी फेरा में पड़ गया है...रह-रह के बतियाता था...देवी जैसन लगती थी...कि उसके चेहरा पर माँ के ममता का अँजोर झलझलाता था!..." गनौरी घनश्याम की खूब नकल उतारते हुए बोला, "अंत में हम लोग कहे कि...आँय रे, मइया जैसन थी तऽ अब का माय जोरे सूतिओ जइम्हीं का रे? ...देवी थी तो का साली हगती-मूतती नहीं होगी? आय बाप! ...इतने पर मार-पीट करने लगा। अंत में हम लोग भी पटककर दू फैट (घूँसा) दिए, नकिये पर त खून बीग दिया। तब तक ले वहीं जहानाबाद टीसन पर का एगो चाय दुकान वाला दौड़ के आया, फिर घनस्याम को चाय के दुकान पर ले जाकर नाक-ऊक धुलवाने लगा...हमनी सब उसको वहीं छोड़कर चल आए...।" अपनी बहादुरी का किस्सा खूब बढ़ा-चढ़ाकर गनौरी सुनाता रहा।

"यह देखिए खेला! ...क्या कहते थे हम? ...बाप रे बाप, ई तो गजब का भीतरघात होने जा रहा था।" रामबालक जी ने नाटकीयता से कहा।

"जलमते मर काहे नहीं गया ससुरा। ...बीच्छा का डंक भी इतना नहीं लहरता है...।" अगनू घनश्याम पर भड़ास निकालता रहा।

"और मिलकी भगत का लेटरवा रे? ...ऊ के लिखिस था?" रामबालक ने आँखें छोटी करते हुए पूछा।

"हम लोग बहुत रोके थे तब, बाकी ऊ किसी के कहे में था? ...बोला, तमासा देखो...कि देवकी सिंह का मिजाजे फट जाएगा। ...ओह! ...बड़ी जोर भूख लगा है...माई गे माई...बप्पा रे बप्पा..." नाटक पसारते दोनों क्रांतिकारी दहाड़ मारकर रोने लगे।

"बड़ा परेसानी का बात है।" रामबालक जी सोच में पड़ गए, "देवकी सिंह को कौन समझाएगा?"

छह-छह लिट्टी हजम करने के बाद दोनों गिरते-पड़ते देवकी सिंह के घर पहुँचे। बड़ी कुशलता से रामबालक जी ने दो-दो लात जमाकर दोनों को देवकी सिंह के पैर पर लोटवा दिया।

"बाकी घनस्याम जो नहीं लौटा...उसके बिना कैसे कुछ होगा रामबालक जी? ...कौन-कौन लोग उसको चढ़ाएगा...आप परेसानी समझ रहे हैं न?" देवकी सिंह ने चिंता जताई, "फिर मिलकी भगत वाला लेटरवा...?"

"ऊ तो घनस्याम ही लिखा था—पूछिए न ई दूनों से—ऊ सरवा को रीयल नक्सलाइट सब जरा-सा भी भाव देगा?" रामबालक जी रास्ता तलाशते हुए बोले।

"बोलिए, अब इसके बाद भी हमसे का कहते हैं?" देवकी सिंह भागने का उपाय लगाते हुए बौखलाए।

"मारिए साला को—उसका चाल ही बेढंगा हो गया था। बढ़ियाँ हुआ जो अपने भाग गया, गाँव के लिए झंझट का जड़ हरदम बना रहता।"

"बहुत रंगदार बूझने लगा है अपने को, उसका मराना तो खैर, हमरे ही हाथ लिखा है, लेकिन बाकी लोग भी समझ ले...गाँव में कोई उसको मदद किया है तो अपना हाल जानेगा!" सुरेश सिंह ने सामूहिक धमकी उछाली।

"उस नीमकहराम को कौन मदद करेगा सुरेस जी? ...जो साला अपने बाप का नहीं हुआ ऊ किसी दूसरे का क्या होगा। ...उसके जैसा आदमी को फाँसी भी हो जाए तो कम है।" रामबालक जी ने उत्तेजित होकर कहा।

"देवकी सिंह जिंदाबाद...सुरेस सिंह जिंदाबाद..." रामबालक जी की कनखी पर नारे गूँजने लगे। देवकी सिंह मन मसोसकर रह गए, अब मदद करने से पीछे नहीं हट सकते थे। रामबालक महतो ने उन्हें अचक्के में चित कर दिया था।

दो-चार दिनों में गाँव के पुराने संबंध धीरे-धीरे जगने लगे। और जब रामजतन जानकी पांडेय की बाछी को पाल खिलाने ले गया, यहाँ तक कि सुरेश जी ने भी बालेश्वर जी (बलेसर) के हाथ से पान खा लिया तो बात साफ हो गई कि पूरा गाँव पहले की तरह सामान्य हो गया है। अगनू ने भी मूल-ब्याज के साथ हिसाब चुकता कर जमीन-सूअर सब छुड़वा लिए। लोगों ने बहुत अटकलें लगाईं, पर असल बात अगनू के अलावा सिर्फ डॉक्टर बाँकेलाल ही जानते थे।

"चलिए, बहुत बड़ा टेंसन खतम हुआ...पूरा गाँव में पहले जैसा बात हो गया। बाप रे बाप, क्या समय बीता है... ।" राधे एक लंबे अरसे के बाद स्थिर हो पाए थे।

"लोग तो इंतजार ही नहीं किए...स्यामनंदन बाबू तो सब सम्हार ही लेते। देवकी सिंह को इतना भाव देने का क्या जरूरत था भला! ...अब आप लोगों का पैरवी, भाई, हम कभी नहीं कर सकते हैं। स्यामनंदन बाबू को मुँह दिखाने लायक भी नहीं छोड़े आप लोग, छीः-छीः!" दुखन ने आगे का झंझट ही खतम कर दिया।

इधर जब से गाँव वाले श्रद्धा के साथ बाँकेलाल की वाह-वाह करने लगे थे और गाँव को एक संभावित तबाही से बचा लेने का उनका योगदान, किस्से-कहानियों का रूप धारण करता जा रहा था, उनमें भारी परिवर्तन आना शुरू हो गया था। सबसे पहले तो उन्होंने अपने क्लीनिक पर टँगा पोस्टर उखाड़ फेंका, शुद्ध शाकाहारी हो गए, दवा भी मुफ्त बाँटने लगे और यहाँ तक कि शराब भी पीना छोड़ दिया। जिसकी वजह से राधे-बलेसर कुछ चिंतित से रहा करते थे। डॉक्टर साहब के सौजन्य से उनके बेटे की नौकरी भी लग गई थी, परंतु जैसा तयशुदा था, उसके बाद से परिवार ने पुनः नाता तोड़ लिया था। पर बाँकेलाल इन सभी सांसारिक चोंचलों से ऊपर उठते जा रहे थे। उन्हें कभी-कभी ऐसा आभास होता था मानो उनके सिर के पीछे भी एक चमकदार प्रकाशपुंज बनता जा रहा है, जैसा कि अकसर महापुरुषों के चित्रों में दिखाई देता है। गोया कि बाँकेलाल पूरी तरह सनक ही जाते कि अचानक एक घटना ने उन्हें बचा लिया।

उस दिन बाँकेलाल राधे-बलेसर के साथ दक्खिन टोले से और दक्खिन में बबूल की झाड़ियों के पास टहल रहे थे।

"कोई-कोई आदमी के लाइफ में रियलाइजेसन का एक टाइम आता है, बलेसर बाबू!" डॉक्टर साहब हाँकते हुए बोले, "और तब जान लीजिए कि सोचने का तरीका भी बदल जाता है...बहुत-सा चीज जो साधारण आदमी देखकर भी नहीं पकड़ पाना है, ऐसा जाग्रित आदमी को औटोमेटिक बुझाने लगता है।"

"जैसे? ...जरा विस्तार से समझाइए..." बलेसर ने भी बाँकेलाल की असाधारण श्रेणी में पहुँचने का प्रयास किया।

"जैसे, अब देखिए एक छोटा-सा बात..." डॉक्टर साहब—आँख, मुँह, गर्दन सबका नाटकीय प्रयोग करते हुए समझाने लगे, "भेखा का काम तो खैर गलत ही था, लेकिन हमारे हिसाब से, उसके लालच को लालच नहीं कहा जा सकता है। अपनी औरत के साथ रहने के बारे में सोचना...मनुस्य के लायक जिंदगी की कामना करना...ई सब कोई लालच है जी?"

"ठीक कहते हैं। ...उससे कहीं बड़ा-बड़ा लालची तो आजादी से घूम रहा है गाँव ही में!" राधे ने अपनी भड़ास निकाली।

"राधे बाबू...हमको लगता है आजकल आप बहुत रिऐक्सन में रहते हैं–लालची लोग के लिस्ट में किस-किस का नाम जोड़े हुए हैं?" बलेसर ने चिढ़कर कहा।

"हम आपको तो नहीं कह रहे हैं, और पूरे गाँव के ईमानदारी का ठेका भी आप लोग नहीं न उठाए हुए हैं?" राधे उखड़ गए।

"अच्छा भाई, छोड़िए!" बलेसर ने बात बदली, "जो भी हो, एक बात है, आप ही थे डॉक्टर साहब कि इतना बड़ा घटना के बाद भी सब नौरमल हो गया...नहीं तो जो हाल था, गाँव समाप्त हो जाता।...भाई ठीक कहते हैं, सब आपका ही कमाल है।" बलेसर ने कृतज्ञ भाव से कहा। बाँकेलाल धीरे से मुसकरा भर दिए, जैसे कोई भी महान विभूति मुसकराती।

झाड़ियों के पास कुछ बच्चे भीड़ लगाए खड़े थे। तीनों लपककर पास पहुँचे। बबूल के काँटों में फँसा एक पुराना कपड़ा लटक रहा था। बच्चे उसको लूटने की ताक में थे, पर बबूल में घुसने की हिम्मत नहीं जुटा पा रहा थे। डॉक्टर साहब ने हँसते हुए काँटों में उलझे कपड़े को बाहर निकाला। पुराना गमछा था। किसको दें? यह एक बहुसंख्यक प्रश्न था। उन्होंने चारों तरफ देखा, फिर गमछे को ऊँचा उछाल दिया, "बात तो ठीक कहते हैं, पूरा गाँव पहले जैसा हो गया है।" डॉक्टर साहब खिलखिलाते हुए बोले।

एक लड़के ने गमछा लूट लिया और कंधे पर ओढ़ते हुए भागा।...भागते कंधों पर पूरा गमछा जब खुल गया, तब डॉक्टर साहब को दिखाई पड़ा–बोलबम... बोलबम...बोलबम...! ..."घनस्याम का गमछा!" वह धीरे से फुसफुसा पाए।

डॉक्टर साहब के चेहरे की हँसी धूमिल पड़ गई थी। बोध की घड़ी आ गई थी। "घंटा नौरमल हुआ है...मारिए गोली, हम भी कौन चूतियापे में पड़े हुए थे? ...चलिए सीताराम का दुकान ज्यादा दूर नहीं है।" उन्होंने लंबी साँस छोड़ते हुए कहा।

राधे-बलेसर अचरज से बाँकेलाल को देख रहे थे। शोर मचाते बच्चे भाग रहे थे।

['आजकल' युवा विशेषांक, 1995]

फाँक

उसे लगा जैसे पीछे की खिड़की खोलते ही हवा का झोंका उसके माथे को सहला देगा और क्षितिज तक पसरी धूप की धमक, सुबह नौ से शाम छह के एकाकीपन में आहिस्ता से उतर आएगी। पर ऐसा कुछ नहीं हुआ। खिड़की के बाहर भी उमस थी और एक सपाट नोनियाती दीवार, जिसमें सरिया-बंद खिड़कियाँ थीं। हरीतिमा के नाम पर काई थी या खिड़कियों से झाँकते सजावटी गमले! जिनमें ज्यादातर मध्यवर्गीय धनाकांक्षियों के मनीप्लांट पनप रहे थे। उसने खट्टा-सा मुँह बनाया–वैसे उधर से भी किसी ने ऐसा ही किया होगा क्योंकि सबसे दिलचस्प बात तो वह जानती ही नहीं थी कि दोनों बिल्डिंगों के पिछवाड़े एक-दूसरे का आईना थे।

बार-बार भूल कर बैठती है। एक पखवारा ही हुआ है उसे छोटे से क़स्बे से महानगर आए। फिर आदत बन चुकी उम्मीदें धीरे-धीरे ही तो बदलती हैं।

उसे महसूस हुआ कि हवा भी बह रही है, लेकिन चार तल्ले से ऊपर! खिड़की के सरियों पर पसरे कपड़े फरफरा रहे थे। उसने गौर से देखा–एक ब्लाउज, एक फ्रॉक और तीन-चार नन्हे लँगोटे! मतलब–बीवी, बेटी, एक बच्चा और जाहिर है, एक घर का आदमी...कम से कम चार प्राणी रहते हैं...पर बाकी के कपड़े कहाँ पसारते होंगे? यह चिंता का विषय था। गर्दन टेढ़ी कर उसने देखने का प्रयास किया, पर कुछ नहीं दिखा।

दूसरों के बारे में खोद-खोदकर जानने-सूँघने की आदत वैसे तो उस देहाती संस्कृति का अभिन्न हिस्सा है जो कभी नहीं बदलती–पर अभी के हालात में मन लगाने का एक बेहतरीन साधन थी!

ठीक सामने, दूसरी मंजिल की खिड़की पर खड़ा लड़का उसकी झुकी काया और टेढ़ी गर्दन पर निर्लज्जता से मुसकरा रहा था। यंत्रवत् उसकी निगाहें आँचल पर चली गईं...थोड़ा खिसक गया था...अब पता नहीं बेसरम क्या-क्या देख रहा

था! झेंपकर वह खिड़की से हट गई और किसी घरेलू पत्रिका के पन्ने पलटने लगी। थोड़ी देर बाद उसने फिर झाँका–छोकरा यथावत् खड़ा था। सिर्फ हाथों में पाठ्य-पुस्तक आ गई थी...'अच्छा बहाना है!' उसने सोचा।

अभी बाप ने देख लिया होता तो क्या हंगामा मचा रहता! पतिदेव भी उसी मिट्टी के बने हैं। ऐसा नहीं कि प्यार की कमी महसूस होती है–जरूरत से ज्यादा मिलता है। पर वैसा, जैसा बच्चा अपने नए खिलौने से करता है या लोग-बाग अपने घोड़े या कुत्ते से करते हैं...आसक्त अधिकार से भरा प्रेम जो एक स्वामी अपनी संपत्ति से करता है। वैसे इस बात से कोई खास परेशानी नहीं है उसको। वह आश्वस्त है...समय की चाल के साथ उसका भी वक्त आएगा। माँ को देख चुकी है ना...! इधर बालों में सफेदी झलकी थी, उधर माँ ने अधिकार की लड़ाई छेड़ दी थी–वह भी मूर्खता की हद पर, गजब की गलथेथरई के साथ! ...शुरू में लगा कि घर का बाघ जो मात्र जुबानी प्रहार से ही पूरे घर को त्रस्त कर देता था, अब पंजों का इस्तेमाल भी शुरू करेगा? पर ऐसा कुछ नहीं हुआ और बाप ने थाली-लोटा झन्नऽऽ-टन्नऽऽ कर ही खीज उतार ली। उसके बाद से माँ हावी होती चली गई थीं। अब तो बाप, झबरे की तरह कान-पूंछ लटकाए बाहर के बरामदे में ही चुपचाप बैठे रहते हैं।

वह घर की सबसे छोटी है। सत्ता का हस्तांतरण बड़ी बारीकी से देखा है। उसका वक्त भी जरूर आएगा। ...पर तब तक उसकी उम्र क्या हो चुकी रहेगी?

उसने खिड़की का पर्दा खींच दिया।

एक बार भाई के पास, मैट्रिक की परीक्षाएँ देने पटना गई थी। सामने छत से एक लड़का इसी तरह देखता था, मुसकराता था। शायद आँख भी मारी थी और एक चिट्ठी भी फेंकी थी। याद आता है तो गुदगुदाहट-सी होती है। पर ये सब बातें किसी को पता नहीं चल पाई थीं। परीक्षाएँ खतम हुईं, और वह देहातों के शहर से अपने कस्बाई गाँव लौट गई थी। यह छोटा-सा निजी रहस्य है जो सिर्फ उसका है। उसकी अस्मिता है यह छोटा-सा रहस्य!

लड़का सरकारी कॉरपोरेशन के मुख्यालय में ओवरसीयर की नौकरी पाने जा रहा था। ऊपरी कमाई के आसार अच्छे थे। बाप ने अच्छी रकम खर्च कर अंतिम जिम्मेदारी निभाई। भाइयों ने भी पूरा सहयोग किया। शादी हुए दो महीने हो गए हैं, और कलकत्ता आए पंद्रह दिन। ये नौकरी पाकर महीना भर पहले आ गए थे। फ्लैट मिल गया तो उसे भी लिवा लाए। ससुर जी ने कितना रोका, उसके माँ-बाप ने कितना समझाया कि अभी खुद अनजान हो, इसे कहाँ सँभालते फिरोगे?–पर ये एक पल के लिए भी छोड़ने को तैयार न थे!

ले तो आए, पर हर वक्त खोए से तनाव में रहते हैं। खासकर बाहर निकलने के मामले में...अभी खुद ही रास्ते भूल जाते हैं...मतलब यह कि बाहर जाने पर बंदिश है और दसियों बहाने हैं।

बचपन से चटोरी रही है वह। बाहर चाट खाने की इच्छा व्यक्त की तो डीसेंट्री का भय दिखाया गया। घूमने की चाहत पर बोले, "कहाँ धक्का खाने जाओगी?" सिनेमा पर दोहरा तर्क था, "आँख में 'जय बाँगला' हो जाएगा"... और..."कोई इज्जतदार आदमी फैमिली लेकर जाता है सिनेमा?" ...फिर बाहर ना निकलने के बदले घूस की पेशकश, "कुछ दिन ठहर जाओ, टी.वी. ला देंगे..."

"टी.वी. तो बाबूजी दिए ही थे..."

"ऊ तो हमारे बाबूजी का न हो गया...नहीं बूझीऽऽ?"

भीतर से झल्लाती है...खूब चिढ़ती है, पर पति पर दया भी आती है। ...कहीं न कहीं से भयभीत रहता है, झंझट से बचना चाहता है। आदमी पानी वाला है। कोई उसको 'देख' ले तो बाबूजी की तरह ही अयाल फड़कने लगती है इनकी! उसे हँसी आती है...डर भी लगता है। लेकिन बाप से जरूर बेहतर है उसका पति! एक जमाने बाद उसकी संभावित बच्ची को भी संभवतः ऐसा ही लगेगा!!

जो भी हो, सारे जाने-अनजाने भय का नतीजा है उसके लिए एक सरियाबंद खिड़की!

घंटी की आवाज पर उसने दरवाजे के छेद से झाँका। बाहर दाई खड़ी थी। ठीक से हिंदी नहीं बोलती! यह बाँगला नहीं जानती!! फिर भी काम चल जाता है।

दाई बर्तन-बासन करती है, झाड़ू-पोंछा मारती है और गप्पें भी। वह वक्त अच्छा गुजरता है—बाहर की खबरों और धूप का! वह अदद आधा घंटा बाहर के कौतूहल को भी रोज बढ़ाता जाता है। उसके बाद साढ़े छह तक चुप्पी! आखिर एल.आई.जी. के डेढ़ कमरों के फ्लैट की सफाई में और कितना वक्त लगेगा?

"आज सी.पी.एम. का रैली है"..."कल ममोता का धरना होगा"..."बगल की गलीवाली का डाईभोर्स (डाइवोर्स) हो गया है"..."कोने वाले घर में 'गंडोगोल' चलता है"..."भिक्टोरिया (विक्टोरिया मेमोरियल) पर रंगीन फव्वारा...मिजिकल (म्यूजिकल) देखा? बिकेल बैलाए देखबेन...डाईनोसार देखा? ट्राम में चढ़कर देखो...मेट्रो में...हाँ-हाँ...पाताल गाड़ी... ।"

कुछ उसकी समझ में आता है, कुछ वह धीरे-धीरे समझ जाएगी। 'उससे कहीं बेहतर जिंदगी दाई की है' उसने सोचा। 'इन स्त्रियों की जिंदगी अधिक रोमांचक होती ही है...।' उसे सब पता है।

रात को इन्होंने बताया कि सुबह की गाड़ी से अपने अफसर के साथ बर्दवान जाना है। शाम तक वापस आ जाएँगे पाँच बजे या फिर नौ बजे की गाड़ी से... अफसर के 'मूड' पर निर्भर करता है। इस यात्रा से टी.वी. जल्दी आ सकता है...इंसपेक्शन करना है किसी चीज का...।

बात हो रही थी कि बत्ती गुल हो गई। आधे घंटे बाद पतिदेव नीचे उतरे और खबर लेकर आए, "मेजर फाल्ट है—कहता है कल साँझ तक लाइन मिलेगा...!"

रात-भर बगैर पंखे के दोनों उमसते रहे...'बाप रे बाप, कितना गंदा महकता है पसीना इनका!' उसने सोचा। पर यह सब कभी इनसे बोलेगी थोड़े ही!

बहुत सवेरे फिल्मी-स्टाइल से टाटा करके वह चला गया।

आठ बजे तक वह तैयार हो गई। लाइन अभी तक कटी हुई थी। सवेरे का रखा नाश्ता किया और मैगजीन पलटने लगी। क्रोशिए का नया पैटर्न देखा—अंदाज से समझने का प्रयास करती रही। ...फिल्मी सितारों की चटपटी जानकारी हासिल करते-करते बोर हो गई। अब वह मजा नहीं आता जैसा बाबूजी हाँकते थे—"अरे, माला सिन्हा के बथरूमवा में सोना का कल (नल) लगा हुआ था सोना का...दस लाख का तो खाली लेटरीने था—आज का हीरो-हीरोईन सब फुस्स है ऊ सबके आगे!..."

दाई आई, उत्सुकता बढ़ाकर चली गई। बिजली अभी तक नदारद थी। गर्मी जैसे पसीना बनकर देह से चिपक रही थी। बर्दाश्त करना मुश्किल हो रहा था। क्यों न थोड़ी देर बाहर से घूम आया जाए। ...नहीं-नहीं क्या ऊटपटाँग सोच रही है वह! पर ऐसे तो साँस लेना भी मुश्किल हो रहा है...।

दीवार घड़ी में बारह बजे थे। बाहर का कोलाहल पतली दीवारों को बेरोक-टोक चीर रहा था। उसने खिड़की के बाहर देखा—सामने वाला लड़का भी आज नहीं दिख रहा था। टेलीफोन भी रहता तो पटना वाली भाभी से बात कर मन बहलाया जा सकता था। तो फिर किया क्या जाए?

उसने मेकअप ठीक किया, सावधानी से घर का पता लिखकर हैंडबैग में रखा, फिर आहिस्ता से दरवाजा खोला। ...सस्ते से दो पल्लीया दरवाजे थे। एक पल्ले में चिटकनी हुआ करती थी और दूसरे में लैचवाला ताला! कुछ दिन पहले बाहर से बंद हो गया था और चाभी रह गई थी भीतर। इनके सुरक्षा के पैमाने पर भी कमजोर ठहरता था। इन्होंने चिढ़कर लैचवाला ताला उखड़वा दिया और मोटी देहाती साँकलें ठोकवा दी थीं, भीतर से दो चिटकनियाँ भी! दरवाजे के ऊपर-नीचे।

बहरहाल उसने दरवाजा खोला और बाहर देखा। बंद सीढ़ी किसी अंतहीन कुएँ-सी जान पड़ती थी। अचानक उसकी धड़कन बढ़ गई थी और कान तक गर्म हो गए थे। उसने काँपते हाथों से ताला लगाया, चार सीढ़ियाँ उतरी, फिर मुड़कर देखा। साँकल के ताले में फँसे दरवाजे धीरे-धीरे हिल रहे थे, मानो उसे टाटा कर रहे हों!

बिल्डिंग से बाहर निकलते ही ट्रैफिक का भभका मुँह पर लगा। गर्मी भी ज्यादा ही थी, फिर भी वह बढ़ती चली गई।

...इसी फ्लैट के बारे में दाई बतलाती है कि कुछ 'गंडोगोल' चलता है। उसके पैर ठिठक गए। उसने दस मिनटों तक प्रयास किया कि कुछ दिखे। पर ऐसा कुछ नहीं दिखा। एक बूढ़ा दरबान भीतर ऊँघ रहा था। न कोई आ रहा था, न कोई जा रहा था। 'दिन-भर सोती होंगी मुँहजली...! या फिर दाई कुछ ज्यादा ही गप्प हाँकती है।' उसने सोचा।

थोड़ी दूर गलियों में मुड़ने के बाद उसे खूब चौड़ी सड़क दिखाई पड़ी। बस स्टैंड-सा भी बना हुआ था। स्टैंड पर भीड़ थी और चलती बस में चढ़ना उसके बूते का नहीं था। फिर कौन-सा बसों के नंबर ही जानती थी वह!

"ए भाई जी, विक्टोरिया कितना दूर पड़ेगा?" एक भद्र से दिखने वाले व्यक्ति से उसने पूछा।

"भिक्टोरिया...शोजा चोले जान...एखान थेके थ्री माईल्स..." भद्र व्यक्ति की बस आ गई, वह हड़बड़ी में लटक गया। तीन मील...! ऐसे कोई दूर भी नहीं होते। सोन-किनारा डेढ़ कोस ही तो पड़ता है घर से...कितनी बार तो गई है मेले में...।

दस गोलगप्पे खाकर उसने अपनी मुराद पूरी की। "इहाँ पर पुचका चाहे पानी-पूड़ी बोलते हैं...आप लोग के तरफ फोकचा बोला जाता है...।" चाट वाले ने उसकी बोली से ही समझ लिया था। "घर कहाँ पड़ेगा भईय्या" उसने पूछा।

"हम लोग गाजीपुर के हैं।"

"इहाँ घूमने लायक कौन जगह है भईय्या?"

"देखिए, ऊ है पिलानीटोरियम (प्लैनेटोरियम)...तारामंडल...बाकी आप अकेले हैं औऊ भीतर में अँधेरा रहता है...उलटा तरफ आगे बढ़िए, यहाँ से बाएँ हाथ पर...लाड भिट्टोरिया का महरानी महल!!" फोकचे वाला अपने हिसाब से बोला, "वहीं दूसरे तरफ फौंटेन देखिए...मैदान में सैर कीजिए...औऊर भूख लगे तो फिर आकर फोकचा खा लीजिए...हीः हीः हीः" बेशऊर की तरह हँसते हुए उसने कहा। उसके हाथ काँपे और गोलगप्पे का पानी साड़ी पर छलक गया। गुस्से से देखती वह आगे बढ़ गई।

विक्टोरिया मेमोरियल का बाहर से ही मुआयना कर वह मैदान में खड़ी हो गई। दो-एक बग्घीवालों ने घुमाने की पेशकश की थी, पर उसने टाल दिया।

मैदान था कि महासागर! बाप देखते तो बेसाख्ता बहन की गाली से ही मैदान का विशेषण रचते! ...दो-ढाई सौ लोगों से कम क्या होंगे, पर मैदान में लुप्तप्राय से थे।

गंदे से सफेद कपड़े पहनी, पसीने और सस्ते पाउडर से गंधाती और गहरी लिपिस्टिक से रंगी एक अधेड़ किसी मर्द के पीछे पड़ी थी, "बोशबे? ...बाबू बोशबे?"...मर्द चोर निगाहों से इधर-उधर ताक रहा था।

अचानक दोनों की निगाहें इससे टकराईं। उसका कलेजा धक से रह गया। कहीं कोई उसके पीछे न पड़ जाए...। वह तेजी से मैदान में दूर तक चली गई।

विक्टोरिया के सामने भीड़ लगने लगी थी। वह धीरे-धीरे वापस लौटी। कोई गुब्बारे उड़ा रहा था, कोई टनटन भाजा खा रहा था, कोई 'बोशबे' वाली को पटा रहा था। एकाध पटे लोगों से पुलिस पैसे भी ऐंठ रही थी। अजब मेला-सा लग गया था। कुछ देर तक वह म्युजिकल फाउंटेन को विस्मय और पुलक के साथ देखती रही। सब कुछ कितना अद्भुत लग रहा था। रात में लाईट जलने पर तो और अच्छा लगता होगा...। सपनाती थी कि शादी के बाद एक आजाद-सी दुनिया रहेगी। पर पति मिले तो बाप सरीखे...खैर, उल्लासित माहौल ने उसको अपने आप में घोल डाला, हलकी-सी बयार भी बहने लगी थी और हर चिंता से ऊपर, काफी देर तक वह अपने आप में चिड़िया-सी फुदकती रही।

कुछ मचलते बच्चों से प्रेरित होकर उसने डरते-डरते 'हवा-मिठाई' या 'बुढ़िया के बाल' जो भी था, खरीदा और आधा चाट डाला। अचानक उसको समय का ख्याल आया।

"टाइम कितना बजा है, भाई जी?" उसने सफेद गाड़ी से उतरते आदमी से पूछा। आदमी ने उसे हिकारत से देखा। "आगे बढ़ो!" वह बोला।

उसका चेहरा लाल हो गया। पता नहीं क्या समझकर इतनी अभद्रता से पेश आया वह आदमी!

"साढ़े चार बजा है।" दरवाजा लॉक करते हुए आदमी ने कहा।

साढ़े चार! 'बुढ़िया के बाल' घबराहट में गिर गए। चार घंटे हवा-मिठाई से गल गए थे। समय का ख्याल ही नहीं रहा उसको। जल्दी वापस कैसे लौटा जाए, यह एक विकट समस्या थी। अगर ये पाँच बजे की गाड़ी से लौट आए तो ज्यादा से ज्यादा पौन घंटे में घर पहुँच जाएँगे। लगभग एक घंटा है उसके पास!...हे भगवान जी, हावड़ा ब्रिज को जाम कर देना...लेकिन इन्होंने बतलाया था, फेरी भी है...फेरी से पार कर गए तो?

अरे राम! लौटने का रास्ता तो याद ही नहीं है! ...आतंकित होते उसने महसूस किया।

मिन्नते माँगते, रास्ता याद करने की उसने ढेरों कोशिशें कीं। पर दो बार उसी जगह घूमकर पहुँच गई थी। आधा घंटा बर्बाद भी हो चुका था। रास्ता पूछने के लिए गोलगप्पे वाले को तलाशा, पर वह करमजला भी न जाने कहाँ भीड़ में खो गया था।

उसने पर्स टटोला। लगभग पचास रुपए और कुछ रेजगारी थी। टैक्सी पर चढ़ने की हिम्मत नहीं हो रही थी...अकेले गाड़ी में कैसे चढ़े? कहीं गलत जगह ले गया तो? बसों की भीड़ देख कलेजा मुँह को आता था। और कौन-सी बस कहाँ जाएगी उसे कुछ भी तो पता नहीं! पैर भी दर्द से टटा रहे थे। फिर से भय ने आ जकड़ा। अगर वह सचमुच खो गई तो! ...कभी घर नहीं पहुँच पाएगी–किसी भी स्वजन से...इनसे, सबसे...कभी मिल नहीं पाएगी। ...उसका सारा हौसला आँखों से झरझराकर बहने लगा। आँसू पोंछने के लिए रूमाल निकाला...इनका था...इनकी गंध से सिक्त! रुलाई और बढ़ गई।

हिचकियाँ बटोरते समय पूछा..."साढ़े पाँच" जवाब मिला। भय ने साहस का संचार किया। पर बस में चढ़ने का सवाल ही नहीं पैदा होता था। उसने एक खाली टैक्सी को हाथ दिया। टैक्सी वाला अनदेखा करता, हॉर्न बजाता निकल गया। उसकी हिम्मत फिर डगमगाई...तभी सवारियों से भरी एक टैक्सी उसके नजदीक आकर रुक गई। वह घबराई।

"पार्ट टैक्सी, दीदी?" टैक्सी वाला चिल्लाया। उसने अंदर नजर दौड़ाई–दो औरतें और बाकी मर्द, मछलियों की तरह खचाखच भरे हुए थे। कहाँ घुसेगी

वह? फिर भी दो औरतों को देखकर तसल्ली मिली।–ज्यादा सोच-विचार का वक्त नहीं था। उसने जल्दी से पतेवाला कागज ढूँढ़ा और ड्राइवर की तरफ बढ़ाया।

अवांछित विघ्न पर चिढ़ा पैसेंजर कुड़कुड़ाया, "चोलबे कि माज रास्ताए गौप्पो कोरते थाकबे, दादा!" पर टैक्सी वाला भी चिकनी मिट्टी का बना था।

"हिंदी पोड़ते जानी ना, दीदी..." उसने कागज वापस करते हुए कहा। पैसेंजर फिर झल्लाया। ड्राइवर ने क्लच दबाया। इसने जल्दी से पता बताया।

ड्राइवर ने दरवाजा खोला। प्रतिकार करती दोनों महिलाएँ चिल्कारीं, पर भीतर घुस गई तो उसे जगह मिल गई।

"आप लोग क्या हावड़ा स्टेशन से आ रही हैं?" उसने पूछा। एक महिला ने प्रतिप्रश्न में आँख सिकोड़ी...दूसरी हिंदी-भाषी थी, उसने हामी भरी..."बर्दवान 'लोकल' से उतरे हम लोग..."

उसकी धड़कन बेकाबू हो गई। लग रहा था उड़कर पहुँच जाए। सूरज भी बिलकुल पश्चिम में चल बसा था। बामुश्किल आधे घंटे में अँधेरा छा जाएगा।

दस मिनट में टैक्सी वाला मेन रोड पर उतारकर चला गया। उसने बीस रुपए माँगे, इसने यंत्रवत् दे दिए। पर यहाँ से घर कैसे पहुँचा जाए? उसको कुछ भी याद नहीं था।

"महासय जी, बागची बिल्डिग किधर पड़ेगा?"

"वहाँ दूऽऽर में...जिस पर कौव्वा बैठा है...।" रसिक-सा आदमी कंक्रीट के जंजाल की तरफ इशारा करते हुए मुसकराया।

जरा-सा आगे बढ़ी तब तक कौव्वा उड़ चुका था। सारे भवन एक जैसे लग रहे थे। जाते हुए इसी रास्ते से गई थी। पर कुछ पछियाए प्रकाश की शरारत, कुछ भीड़ का बदलाव और बाकी उसकी घबराहट ने सारे दृश्यों का अनुपात ही बदल डाला था।

वह फिर रुआँसी हो चली।

प्रकाश की छेड़खानी या एक परिचित चेहरा! ...वह दुविधा में पड़ गई। उसने गौर से देखा...हाँ, वही परिचित चेहरा! पिछवाड़े वाला लड़का! मिठाई के खोखे से संदेश खरीद रहा था। 'जरूर घर ही लौटेगा' वह चुपचाप उसके पीछे हो ली।

जरा-सी देर में 'गंडोगोल' वाली जगह पर पहुँच गई। इस बिल्डिंग को देख उसे कितनी शांति मिली–वही जानती है। अब कोई मुश्किल नहीं। यहाँ से बिलकुल सीधा रास्ता है, तीन-चार मिनट का। उसने राहत की साँस ली। खिड़की

वाला लड़का अचानक रुककर पलटा और धीरे से मुसकराया। वह भी मुसकरा दी। लड़का तलाकशुदा की गली में मुड़ गया!

एक नए खौफ की शुरुआत! '...क्या जवाब देगी पतिदेव को? पहली बार बिगड़ेंगे...कितना बिगड़ेंगे, नहीं पता! ...मार-पीट पर भी तो उतर सकते हैं–जलील करेंगे–गंदी-गंदी गालियाँ देंगे...' यह नया भय उसको जकड़ता जा रहा था। '...कहीं घर से निकाल बाहर किया तो? बाप के घर भेज दिया तो? क्या-क्या फजीहत होगी,' वही जानती है। कदम भारी होकर घिसट रहे थे, मानो फाँसी के तख्ते की ओर बढ़ रहे हों। कोई बहाना दिमाग में आता ही न था। सारी चेतना शून्य हो गई थी।

भय ने फिर ललकारा '...जितना जोर से बोलेंगे, उतनी ही जोर से झगड़ेगी...सीधी-सी बात है...अ...बिस्कुट खरीदने भी पाँच मिनट के लिए नहीं निकल सकती क्या? आँय? ...पर बिस्कुट तो घर में रखा है...तो फिर चाय की पत्ती सही!–हाँ, यह बहाना ठीक रहेगा। उन्हें क्या पता कि कब से निकली हुई है या कहाँ-कहाँ गई थी! यह सब तो उसके अपने मन का चोर है...जरा वह भी आँख दिखाएगी न, तब समझ में आएगा–बस!'

नुक्कड़ की दुकान से चाय का पैकेट खरीदा। सड़क के नलके से गोलगप्पे के पानी के साक्ष्य मिटाए। फिर पल्लू निचोड़ते घर को चली।

आखिरी सीढ़ियाँ चढ़ते-चढ़ते, हिम्मत फिर जवाब देने लगी। कदम ठिठक गए। ऊपर किनारे से दिखता दरवाजा धीरे से भड़भड़ा रहा था। फाँक में से रोशनी की लकीर दिख रही थी। 'ये पहुँच ही गए। एक चाभी इनके पास भी रहती है। अब क्या होगा, भगवान!'–चाय का पैकेट हाथ से छूटकर दरवाजे तक बिखर गया। काँपते पैरों से वह दरवाजे की तरफ घूमी...देहाती साँकल में फँसा ताला यथावत् झूल रहा था!! ओह!...बत्ती तो रात से ही ऑन थी...लाइन कटने से पता नहीं चला था...। उसने ताला खोला और भीतर आकर बिस्तर पर निढाल पसर गई। कोई जरूरत नहीं थी बाहर जाने की। कान पकड़ा इस काम से...बाप रे बाप!

उसने साबुन से हाथ-मुँह धोए, गर्म पानी से कुल्ला किया। जुबान से हवा-मिठाई का गुलाबी रंग और बदन की काली गर्द–बाहर की सैर के दोनों अंतिम साक्ष्य बेसिन में बह गए। धीरे-धीरे सब कुछ हलका लगने लगा। उसने खिड़की खोली। हवा का झोंका उसके बालों को सहला गया। घरों में बत्तियाँ जल चुकी थीं। सामने वाला लड़का अभी नहीं पहुँचा था।

धीरे-धीरे सारी घटनाओं को याद करती, मुसकराती जा रही है वह!—फोकचे वाला...'बोशबे वाली'...आँख चुराता आदमी...सामने वाला लड़का...गंडोगोल वाली जगह...टैक्सी ड्राइवर...हवा-मिठाई...और इतने सारे रस! विक्टोरिया तक का रास्ता तो कभी नहीं भूलेगी वह...कभी बहुत ऊब होने लगे तो फिर से जाया भी जा सकता है...और क्या...कोई गुनाह थोड़े किया है उसने...आखिर इसमें हर्ज ही क्या है? बस इनको पता नहीं चलना चाहिए...

उसके रहस्यों के पिटारे में इस नए रहस्य के साथ-साथ उसकी अस्मिता भी विस्तार ले रही है। उधर दरवाजे की फाँक के बाहर, बेखबर-सी बिखरी चाय, नौ बजे की गाड़ी से पतिदेव का इंतजार कर रही है।

[हंस, अप्रैल 1996]

टोपी

उस दिन जब वह अपने घर से मोती मिस्त्री के गराज की तरफ चला तो उसे इस बात का अंदेशा भी नहीं हो सकता था कि दिन उसके साथ क्या खेल कर गुजरेगा। वैसे भी साइत निकालना और भाग्य बाँचना पोथी-पतरा वाले पंडित जी का काम है जो इन दिनों सिर्फ पदाकांक्षी नेताओं के घरों में यज्ञ कराते, मंत्र फूँकते नजर आते हैं। फिर रमई जैसी आम जिंदगी में सामान्यतः अप्राकृतिक उछाल की कोई गुंजाइश भी नहीं होती है।

समय तो उसका लगातार ढीला ही चल रहा था। सबसे पहले तो कत्था कंपनी की साल-भर की ड्राइवरी से अचानक जवाब मिल गया था। चोरी की 'खैर' पर कारखाना चलता था और कत्थे की चोरी पर कामगारों का खर्चा-पानी...कि वन विभाग में एक बनमानुस टाइप का अफसर आ गया। इधर चोरी की 'खैर' कटनी कम हुई, उधर कंपनी ने छँटनी का नोटिस साट दिया। और बीस कामगारों के साथ रमई भी गेट के बाहर था! हाँ, यूनियन की दया से रिट्रेंचमेंट-बेनिफिट के नाम पर एक वर्दी जरूर मिल गई थी। बुझा-बुझा-सा घर लौटा था और ओसारे में पसर गया था।

"डिलेभरी (ड्राइवरी) से लेकर बिछौना तक, सब काम में कंडम!" रमई की कटकटाहिन औरत ने दोहरे दाँत गड़ाए थे। छँटनी की खबर पछिया-सी झोंक मारती पहले ही पहुँच गई थी। ..."हमरे मामू दारू चुआते हैं...डी.एस.पी. से पूरा जान-पहचान है...सुनते हैं, सिपाही में बहाली चल रहा है। ...नहीं बुझाया? ई कइसन लबड़धोधो से किस्मत जुड़ा है, रेऽ भगवान!"

रमई का पैर रोड़े में लटपटा गया। औरत की तीखी आवाज रह-रहकर कानों में भीतर तक 'किस्सऽऽ' से गूँज जाती है।

मामाजी इलाके के पुराने लतखोर हुआ करते थे। दारू का धंधा चालू करने के बाद से कैसे तो थोड़ी प्रतिष्ठा भी पाने लगे थे। उनके साथ रमई ने डी.एस.पी.

साहेब के न जाने कितने चक्कर काटे। डी.एस.पी. साहब अच्छी तरह जानते थे कि मसला उनकी औकात के बाहर का है, पर शिकार खुद से चलकर आए तो उसे छोड़ना परम मूर्खता ही नहीं, बल्कि पाप कहलाएगा! उन्होंने रमई के चेहरे पर उड़ती नजर डाली, मामाजी से आँखों में कुछ बात की, फिर खखारकर गला साफ किया, "सलामी का धर लो पाँच हजार...और फाइनल बहाली, अगर जो हुआ, तो दस हजार का फीस...कुल पंद्रह का खर्चा है!" डी.एस.पी. साहब नाप-तौलकर बोले थे।

"पंद्रह हजार!" रमई के हाथ-पैर फूल गए। "उसमें भी पहला पाँच हजार का कोई गरेंटी नहीं?"

"गरेंटी खोजता है? तुम्हारे लाइफ का गरेंटी है रे चूतिया का नाती?"

मामाजी ने उसे गुरेड़कर देखा था और रमई हताश वापस घर लौट आया। ऊपर से दुर्भाग्य यह कि न जाने कैसे, परिजनों में चर्चा तेजी से फैल गई कि रमई की पुलिस में बहाली तय हो गई है। और रमई ही क्यों, कोई भी नौजवान चाहे तो इस अवसर का लाभ उठा सकता है...मात्र पाँच हजार का जोखिम है! निःसंदेह यह मामाजी की कलाकारी थी। तब से लोगों की बेबात की 'पूछताछ' पीछे के अंग-विशेष में मिर्चाई सरीखी लहर जाती थी। इसलिए रमई सबसे कटा-कटा-सा रहने लगा था। कोई काम नहीं था, सो पुराने यार मोती मिस्त्री के मोटर गराज में दिन गुजारता था। स्वभाव से मेहनती, अकसर रिंच-पेचकस भी उठा लेता था—चाय-नमकीन के बदले में।

एक सड़ी-गली-सी मोटर, काला धुआँ और किरकिराती गर्द उड़ाकर चली गई। खाँसते हुए रमई ने मोटर को अपनी आवाज के दायरे से बाहर जाने दिया, फिर दबी जुबान से गाली बकी और आहिस्ता से कपड़ों को झाड़ा। वर्दी टेरीकॉट की थी और सुबह की धूप में चमक रही थी। दैव इच्छा से दर्जी ने नाप अच्छा काट दिया था। क्रीज भी तलवार की धार-सी थी। कंधों पर कत्था-कंपनी का बिल्ला भी था...बस फटे-पुराने चमरौधे जूते जरा बेमेल से थे! वैसे जो भी था, रमई पर सब फब रहा था। देखने में गोरा, लंबा और आँखें भी हलकी नीली-भूरी-सी! आईने में देखता था तो अच्छा लगता था। पर सारे गोतिया बचपन से ही चिढ़ाते रहे हैं उसे..."कऊसअंक्खा कहीं का—दोगला साला!"

रमई ने लंबी साँस खींची...पैरों में कुछ गड़ा...रमई ने उखड़े तल्ले की कील ठीक से फँसाई और घिसे जूते फटफटाता बाजार के छोर पर स्थित मोती के गराज की तरफ बढ़ गया।

बाजार क्या, छोटा-मोटा कस्बा ही है, शहर से बीस मील दूर, स्टेट हाइवे को दोनों तरफ से जकड़ता हुआ। कुछ साल पहले तक दस-पंद्रह दुकानें थीं। ट्रैफिक भी इतना मामूली कि लोग सड़क पर ही खटिया डाल लेते थे। कीचड़-कादो से ऊपर ऐसी पक्की चिकनी जगह और कहाँ मिलती? अब तो सड़क के किनारे का कच्चा फुटपाथ या शौच-पट्टिका, जो भी कह लें, भी ईंट-गारे के जंजाल से सिकुड़ता जा रहा है। लोगों को नित्यक्रियाओं के लिए लंबा बाजार पार करना पड़ता है। रमई का घर नीचे है। बरसात छोड़ उसे चिंता नहीं रहती।

कस्बा बना तो रंगदार भी पैदा हो गए। ललन, झुन्ना, बबन, बालो—फेहरिस्त लंबी है! ...बचपन से ही बालो से डर लगता है उसे! बाप की छोटी-सी परचून की दुकान से रंगदारी वसूलता बालो हर रात नशे में धुत आता था और जानबूझकर नन्हे-से रमई के आगे उसके बाप को बेइज्जत करता था—माँ-बहन की गालियाँ तो कभी लप्पड़-थप्पड़! शुरू में बाप की हालत देख रमई रोने लगता था...धीरे-धीरे आदत पड़ गई!

आज के वक्त में बब्बन सत्ता-संघर्ष में देह त्याग चुका है, झुन्ना महीनों से फरार है, ललन अनेक सहधर्मियों की तरह विधायक बनकर शहर में रहता है, बड़े दायरे में खेलता है, लेकिन बालो का टैक्स बरकरार है...।

मोती के टुटही गराज में बैठा वह फटे-चिंदिआए कोकशास्त्र के पन्ने पलट रहा था कि देखा कुछ लोग बड़ी मशक्कत से एक जीप को ठेलते हुए ला रहे हैं। स्टीयरिंग व्हील पर डी.एस.पी. साहब पदासीन थे और मामाजी 'जोर लगाकर हइसा' का नाद कर रहे थे। रमई ने पुस्तक रख दी और मोती के साथ बाहर निकल आया।

"हजूर नगीच के गाँव में मौज मारने आए थे...अकेले! जीपवा बिगड़ गया है।" मामाजी रमई से फुसफुसाए, "सटने का बढ़ियाँ मौका है...कुछ न कुछ फायदा जरूर मिलेगा...का समझे?" रमई बगलोल के जैसा ताकता रहा। मामाजी ने किचकिचाकर देखा। रमई ने चट से बोनट उठाया, मोती ने जीप के कल-पुर्जों को टटोलना शुरू किया, मामाजी चाय-पानी की व्यवस्था में लगे और डी.एस.पी. साहब गई रात के कच्चे अंदाज पर गनगनाते रहे, "कम से कम, एक मर्तबा और आना ही पड़ेगा...नहीं-नहीं...सिर्फ एक मर्तबा क्यों?...अब एक बार से कोची होगा जीऽ!..."

"डाइनामो बिगड़ गया है।" मोती की आवाज तैरती हुई आई।

"वही कहें कि साला सवेरे से 'ठेलको' काहे हो रहा है..."

"थोड़ा टाइम दीजिए, हजूर तो ऐसा बना देंगे कि सहर में कोई का बनाएगा!"—मोती मिस्त्री सीना फुलाते बोला।

"जीपवा पीछे से भेजवा देंगे, हजूर जरीको चिंता मत कीजिए...बहुत बढ़िया चलाता है।" मामाजी ने रमई का कंधा पकड़ते हुए कहा। डी.एस.पी. साहब के चेहरे से शिकन मिट गई।

"ठीक है, बढ़िया से बनवा-चमकाकर डेरा पर लेते आओ।" उन्होंने रमई को आर्डर दिया और राहजनी के अंदाज में गुजरती गाड़ी को छेककर लिफ्ट ले ली। मामाजी भी हिदायतें देकर विदा हो लिए।

रमई ने ताजे धुले कपड़े धीरे से उतारकर रख दिए और कच्छे-बनियान में ही जीप सफाई में लग गया। जीप के एक-एक हिस्से को ऊपर से नीचे तक धोया। पाइप नहीं था। चांपाकल से पानी भरकर लाता था। दो घंटे तक वह जीप को माँजता रहा। बोनट खोलकर तेल से सफाई की, फिर भीतरी हिस्से की झड़ाई-पोंछाई, उसके बाद सामने का शीशा, फिर शीशे पर अखबारी कागज से रगड़ाई—आधे घंटे में मटमैला शीशा बिल्लौर-सा चमकने लगा था। जीप सुखाकर वह पालिश में लगा। मोमिया पालिश को उसने हरी जीप पर फैलाया, सूखे कपड़े से आहिस्ता-आहिस्ता रगड़ा फिर सख्ती से!! अंत में पीतल के हिस्सों पर ब्रासो का इस्तेमाल!

उसने गर्व से देखा। पूरी जीप विज्ञापन-सी चमक रही थी।

मोती भी डाइनामो 'सेट' कर संतुष्ट हो चला था। फिट करते-करते छह बज गए। रमई ने हाथ-मुँह धोकर कपड़े पहने, चादर ओढ़ी, जीप पर फिर कपड़ा मारा और ठेलवाकर जीप स्टार्ट की। मोती के गराज से शहर उलटी तरफ पड़ता है। बाजार पार करने में जो वक्त लगे, शहर पहुँचने में ज्यादा से ज्यादा पौन घंटा!

साँझ हो चली थी, पर सूरज की अंतिम छटा तक जीप को नए तेवर दे रही थी। बीच बाजार पहुँचते-पहुँचते उसे कानों में ठंड लगने लगी। हवा में सिहरन थी। उसने चादर से सिर ढकने की कोशिश की। छोटी-सी शॉल थी, जिधर से भी लपेटता, सिर खुला ही रह जाता था। उसने बगल वाली सीट पर नजर दौड़ाई...एक पीक कैप (अफसरी टोपी) पड़ी थी। उसने टोपी पहन ली और भीड़ देखकर एक्सेलरेटर धीमे किया।

अचानक कुछ हुआ—एक अटपटी-सी हरकत! ...चौराहे के सिपाही ने जोर से सैल्यूट मारा और पहले से सिगनल दिए रिक्शे वाले को लपड़ियाते हुए चिल्लाया—"अँधरा साला, देखता नहीं है रे...भोंसड़ी वाला!"

रमई की अचरज-भरी निगाहें पीछे देखने वाले शीशे पर पड़ी! ...टोपी डी.एस.पी. की थी और उसके रंग-रूप पर खिल रही थी। ...और तब उसे पहली बार बोध हुआ कि कमबख्त कत्था कंपनी की वर्दी भी खाकी रंग की थी! उखड़ा तल्ला नीचे छिपा हुआ था, कंधों के बिल्ले को ढकती चादर थी, जीप भी सरकारी, और सिर पर टोपी थी! अजीब-सी सनसनाहट का अहसास हुआ। जैसे रक्तचाप बढ़ गया हो। जैसे मुँह में पहले खून का स्वाद लगा हो!...उसने दो-तीन लंबी साँसें लीं और एक्सेलरेटर दबाया। रास्ते में कई परिचितों को अचरज से मुँह फाड़ते देख उसे उस दैवीय आनंद की अनुभूति हो रही थी जो सिर्फ सफल प्रतिशोध में ही प्राप्त होती है। 'मिजाज फट गया सरवन (सालों) का! ...अब तो बप्पा का दुकान बेचवाकर भी पंद्रह हजार का जुगाड़ करना है...बस्स!!' उसने निश्चय के साथ सोचा। फिर सबको जैसे अनदेखा करता, निरंकुश सत्ता के रथ की तरह जीप उड़ाता, वह बढ़ता चला गया।

बाजार के अंतिम छोर पर बालो दिखाई पड़ा! उसके बाप की उमर का बालो अभी तक जवान है। और रंगदारी टैक्स भरता उसका बाप कब का बूढ़ा हो चला है...उसने कड़वाहट के साथ सोचा। साँझ की भीड़-भाड़ में न चाहते हुए भी उसे जीप धीमी करनी पड़ी। नजदीक पहुँचा तो आदतन, चेहरा छिपाने के लिए झुक-सा गया। बालो ने देख लिया तो कौन-सी लहजुबान इस्तेमाल कर देगा कहना मुश्किल है...

कतराकर निकल ही चुका था कि बालो की नजरें उससे टकरा गईं। रमई घबरा गया। बालो का चेहरा चमका, एक कुटिल-सी मुसकान उसके चेहरे पर तैर गई।

"अब कुछ बोलेगा..." रमई ने खुद को तैयार किया।

आश्चर्य! घोर आश्चर्य!! अचानक बालो की भंगिमा बदल गई।

"रमई बाबू परनाम!" खीस निपोरते बालो बोला। और समुद्र-भर हिम्मत रमई में ठाह मार गई।

"हँसता है रे? सार भकचोंधरा!! सीधे डंटा धाँस देंगे..." उसका बरसों से जमा गुबार निकल गया। बढ़ती जीप से उसने आँखों के कोने से देखा—हाथ जोड़े बालो स्तब्ध-सा खड़ा था।

रमई के दिल को ठंडक मिली। नए आत्मविश्वास से भरा अंतरिक्ष उसके भीतर उछाल लेने लगा। सब कुछ हलका लग रहा था। पूरी दुनिया हलकी और आसान! जैसी बालो को लगती होगी या उससे भी बढ़कर ललन विधायक को लगती होगी! हरे-भरे मैदान सरीखी! जिधर से चाहिए चरते चले जाइए!!

रमई का बाप चिंता में पड़ा हुआ था। चमकती जीप पर टोपी पहने वह आदमी!! लगा कि रमई है। सिपाही में बहाली हो गया का? ससुरा आके गोड़ नहीं छुआ! सब मेहरारू का जादू है...या फिर उसकी नजरों का धोखा था? कुरते के निचले हिस्से पर थूक लगाकर चश्मा रगड़ते वह घर चला, "बहू से पूछते हैं..."

"रुपईय्या जुगाड़ कर लिए कि हमसे पूछते हैं? हमरे मामू को जो करना था करवा दिए, बाकी इहाँ बेटा का मोह हो तब ना...सब अपने सरीर में धँसा लेना है..." ...बहू की तड़तड़ाती गोली-बारी के आगे बातचीत निरर्थक थी। थरथराते-से वापस बाजार लौटे और अपने चार बित्ता के खोखे में बैठ गए।

हर रोज की तरह बालो पहुँचा।..."आ गया रंगदारी तहसीलने...और नमकीन का पैकेट भी...।" रमई के बाप ने गल्ला खोला।

"ना-ना, आज हमरे तरफ से मुँह मीठा...रमई जी को देखा...बहाली हो गया है न...हें-हें...बहनचो...बतलाए नहीं..." बालो लड्डू का ठोंगा देकर बढ़ गया।

रमई का बाप मुँह बाए देखता रहा।

शहर यहाँ से मुश्किल से दस मिनट! अचानक रफ्तार में विघ्न पड़ा।

आटो वाले ने जब तक देखा नहीं था, रेस लड़ाने के मूड में था। देखने पर घबरा गया। हड़बड़ाहट में पास देते वक्त उसका अगला हिस्सा रमई के पिछले फेंडर से सट गया।

"रुक साला, रुक–" टोपी चिल्लाई। आटोवाला चुपचाप खड़ा हो गया। रमई ने कूदकर बंपर देखा। कुछ भी नहीं हुआ था, फिर भी रमई उबलता रहा। उसने कसकर तीन-चार झापड़ मारे और खोज-खोजकर गालियाँ दीं। मजबूत जबड़ों से खुद के हाथों को चोट लग रही थी, पर स्थिर रुआँसे चेहरे पर वह निर्ममता से निशाना साधता रहा, मानो बालो की आत्मा उस पर सवार हो गई हो। टोपी का जादू सिर चढ़कर बोल रहा था।

अंत में रमई ने पाँच सौ जुर्माना ठोका और थाने में बंद करने की धमकी दी। आटोवाले ने काँपते हाथों से कुल जमा तीन सौ निकाले और रमई के पैर

पर धर दिए। मामला फरिआया। अब बैटरी पूरी तरह चार्ज हो गई थी। डाइनामो अच्छा काम कर रहा था। जीप एक बार में ही घुर्रऽऽ से स्टार्ट हो गई। खेल में रोमांच बढ़ता जा रहा था। तरह-तरह की योजनाएँ अंकुरा रही थीं। उसने सलीके से टोपी 'एड्जस्ट' की और दूरस्थ कुहराई शहरी रोशनियों की तरफ बढ़ गया।

रमई के बाप के पास परिचितों की जमात लगने लगी। सब रमई के बारे में जानना चाहते थे।

"का बताएँ...ठीक-ठीक नहीं कह सकते..."

"अरे सार, छुपाते का हो...ई तो डंका पर बोलने का चीज है।"

"देखे, एकदम हैट पहने हुए था।"

"दूर ससुर! हैट तो सीनियर अफसर पहनता है–"

"नहीं भाई–हैटे था तब!"

"अब कह दो कि एस.पी. ये में बहाली हो गया है! ...बुड़बक कहीं का!!..." किसी ने जलन के साथ कहा।

देखा तो रमई के बाप ने भी हैट ही था, पर संकोच में इतना ही बोला, "का हैट-कैट के फेरा में पड़ल हो तू लोग–अरे सीधे टोपी कहो न!"

बालो के दिए लड्डू बाँटकर वह रमई की बाट जोहने लगा।

रमई शहर में घुस गया। डी.एस.पी. साहब का डेरा दूसरे छोर पर था। रमई को लगा जैसे वह पहली बार शहर देख रहा है। एक से एक आइटम दुकानों में दिख रहे थे। टोपी में लिपटा माथा सुरसुराया। आँखों में गिद्ध उड़ने लगे। "औरत भी चिढ़चिड़ाई रहती है...छूने ही नहीं देती है...कुछ सौगात ले चलें तो सायद काम बन जाए!"

उसने जीप रोक दी।

बीस-पच्चीस रुपए की टिकुली-चूड़ियाँ तो मुफ्त में ही मिल गईं। छोटा दुकानदार एक डाँट में ही सीधा हो गया था। छिटपुट चीजें तहसीलकर रमई, साड़ियों की दुकान पर साड़ियाँ छाँटता रहा। अंत में तीन सौ की एक साड़ी पसंद आई–चटक लाल और भदेस-सी।

'पहनकर दुलहन लगेगी साली।' उसने सोचा। "दाम कितना दिया जाए?" उसने दुकानदार को तौला।

"सौ रुपया लगाओ–चीन्हते नहीं हो का?" रमई का साहस बढ़ता जा रहा था।

"मेम साहब से पसंद करवा लीजिए तब न–दाम तो लगता रहेगा।" दुकान वाला संकोच के साथ बोला।

'मेम साहब!! उसकी औरत को मेम साहब कहा जा रहा है!' रमई का सीना गज-भर फैल गया...'सब इसी का कमाल है' कसती हुई वर्दी के पीछे से उसने सोचा।

"आदमी भेज देते हैं–डेरा पर ही पसंद करवा लेगा।" दुकान वाले ने जोड़ा।

"काहे? आदमी काहे भेजोगे...सार, हम पर बिस्वास नहीं है का? सीधे भीतर चल जाओगे..." रमई गुस्से में बोला।

"माफी सरकार...हजूर तो बुरा मान गए..." दुकान वाले की नजर रमई के पैर पर पड़ी।

"नक्सलाइट सबको खदेरते-खदेरते जूतवे फट जाता है...।" रमई भाँपते हुए बोला।

"कॉफी लीजिएगा कि चाय हजूर?"

"कौफी पिलाओ!" गर्मी-सी लग रही थी! रमई ने कंधों की चादर समेटते हुए कहा। दुकानदार ने गौर से देखा!

लगा कि भाव कुछ ज्यादा ही पड़ गया। कॉफी के पहले समोसे भी आ गए और खीरमोहन भी।

"अब तनी जल्दी से बिलवा बना दीजिए–एक सौ में फाइनल कीजिए।"

"बस, जरा कॉफी हो जाए, सरकार!" दुकान वाला कुछ ज्यादा ही शहद घोलते हुए बोला। रमई, टोपी को उँगली पर नचाते हुए मुसकराया।

रात के दस बज चुके थे, रमई का बाप ऊहापोह में फँसा, दुकान पर ही बैठा हुआ था कि किसी ने आकर बतलाया, "बड़ा मुकुट चढ़ाकर निकले थे...चार सौ बीसी में धरा गया है...!"

उधर साड़ीवाला अपने मुनीम से कह रहा था, "कच्चा था बेचारा...सौ रुपया देने के लिए जो बोला...हमको तो उसी समय डाउट हो गया था!"

जब से टोपी उतर गई थी, रमई का माथा सुन्न पड़ गया था। जुबान को भी जैसे लकवा मार गया था। इतनी देर तक पिटाई होती रही पर मुँह से 'उफ' तक नहीं निकला। ठंड की तीक्ष्णता और थप्पड़ों के दंश–उसे कुछ भी महसूस नहीं हो रहा था। यहाँ तक कि डी.एस.पी. साहब मारते-मारते बेदम हो गए, पर वह खोई हुई दृष्टि से बस शून्य में ताकता रहा।

डी.एस.पी. साहब ने हाँफते हुए धूल-धूसरित नंगी देह और उँगलियाँ छपे चेहरे की तरफ हिकारत से देखा। "ढेर मन बढ़ गया था रे, हरामजादा कहीं का!" मेज पर रखी टोपी उठाते हुए बोले।

"हमारा कोई दोस नहीं है, मालिक! सब इसी का है...इसी का!!" और अचानक लोथ की तरह पड़ा रमई चित्कारा, "पहनते मिजाजे घूम गया था सरकार...! गर्मीया बरदास्ते नहीं हुआ!! ...हजूर लोग कैसे कर लेते हैं–रेऽऽ बाप...रेऽऽ बाप!"

[हंस, अगस्त 1996]

खेल

कुछ देर तक मैं गुजरती मालगाड़ी के डिब्बे गिनता रहा। लाइन पार के प्लेटफार्म को फ्रेम-दर-फ्रेम दिखाती गाड़ी एक चौड़ी-सी लंबाई की रिक्तता छोड़कर चली गई, जिसमें फीका-सा उजाला था, बदलती हुई भीड़ थी, तरह-तरह की आवाजें और थोड़ा-थोड़ा करके लेट होती ट्रेन का खिंचता हुआ इंतजार था।

ऐसे ही मँझोले से स्टेशन वाले एक शहर में रहता हूँ। 'वोल्टेज स्टैबेलाइजर' बनाने वाली एक कंपनी में चार आने की हिस्सेदारी है। पिछड़े शहरों में जहाँ बिजली डेढ़ सौ से लेकर चार सौ वोल्ट तक बलखाती है, कीमती यंत्रों के साथ-साथ हमारा स्टैबेलाइजर भी जल्दी ही उड़ जाता है और वहाँ हमारे उत्पाद की खपत बहुत अच्छी है। शहर-शहर घूमकर अपने विक्रेताओं से बकाया वसूली और तकाजे करना मेरा काम है। और चूँकि काम निर्मम-सा है, मैं किसी से सौजन्य व्यवहार की अपेक्षा नहीं रखता। आज भी मुझे स्टेशन तक विदा करने कोई नहीं आया था।

'यात्रीगण कृपया ध्यान दें...तेईस सौ इक्यासी अप, पूर्वा एक्सप्रेस अपने निश्चित समय से एक सौ पचास मिनट विलंब से आने की सूचना है...' इस बार लाउडस्पीकर लंबी देरी की घोषणा करता है। प्लेटफार्म की भीड़ अचानक झीनी होने लगी है। स्टेशन के नजदीक रहने वाले लोग थोड़े समय के लिए अपने-अपने घरों को लौट रहे हैं। ठहरे हुए लोग कुछ पल को बेचैन होते हैं, फिर स्थिति से समझौता कर लेते हैं।

मैं काफी पुराना और अनुभवी यात्री हूँ। इंतजार के अकुलाहट भरे क्षणों को आसानी से गुजारने का हुनर मालूम है मुझे। फालतू की पत्रिकाओं पर पैसे जाया नहीं करता। अपने जानते बुद्धिजीवी किस्म का जीव हूँ, तरह-तरह के दिमागी खेल खेलकर मन बहला लेता हूँ। मसलन, अगल-बगल की हरकतों को पढ़ना, गुजरते हुए डिब्बे गिनना, उन पर छपी इबारतों के अर्थ निकालना या खुद से शर्तें बदना

कि मेरे दस गिनने तक ट्रेन जरूर आ जाएगी—फिर बेईमानी से नौ पर जाकर रुक जाना!! ऐसे कई खेल हैं मेरे पास।

लाउडस्पीकर की घोषणा के बाद 'शर्तों का खेल' बेमानी हो गया है। डिब्बे गिनने के लिए दूसरी कोई ट्रेन भी नहीं आ-जा रही है। मेरा अनुभव बता रहा है कि निश्चित रूप से कहीं 'डिरेलमेंट' हुआ है। सभी गाड़ियाँ देरी से चल रही हैं। अब अगल-बगल की हरकतों पर मन बहलाने के अलावा, कोई रास्ता नहीं बचा है मेरे पास। मैं नजर दौड़ाता हूँ—

मैं प्लेटफार्म के लगभग बीच में था। सामने में रेलवे लाइन थी, दाहिने हाथ पर पूरी-पकौड़ों के ठेले के निकट दो बलिष्ठ से नेता चनेचूर-सी बहस की शुरुआत में थे। पीछे बुकस्टाल पर बड़े से टेंटुए और पिचके गालोंवाला किशोर पत्रिकाएँ पलट रहा था। और बाईं तरफ मेरे बिलकुल बगल में, दुनिया-भर के आसबाब से घिरा एक परिवार छोटी-सी भीड़ का आभास दिला रहा था।

चार सूटकेस, एक ब्रीफकेस, दो डोलचियाँ, कुछ प्लास्टिक के थैले, एक पानी वाला ढोल और पुराने अखबारों में लिपटे भिन्न आकारों के तीन-चार पार्सल! मेरा भेजा टनटनाने लगा था, मानो सारा कुछ मेरे कपार पर ही बोझ दिया गया हो। ...मैं जानता हूँ, उसी पल बेचैनी के भाव मेरे चेहरे पर उतर आए होंगे! इतना सारा सामान देखकर मेरा रक्तचाप वैसे ही बढ़ जाता है। ऊपर से तेजी के साथ हाथ से निकलते नौ-दस साल के दो-दो छोकरे थे, जो तरह-तरह की खुराफात में बेखौफ जुटे हुए थे। दोहरे बदन, विशालकाय सीने और मोटे चश्मे वाली औरत थी, जिसके चेहरे पर दशक-भर पुराने लावण्य की छाया-भर शेष थी व जिसकी नाक पर तैलीय-सा रोआब चमक रहा था। और बुझा-बुझा-सा छोटी दाढ़ी वाला वह आदमी! उसके चेहरे में ऐसा कुछ नहीं था जो मेरी याददाश्त पर अपनी छाप छोड़ सके, सिवाय मुझसे टकराती उसकी आँखों के, जिनमें अजीब-सी परेशानी झलझला रही थी। मेरी नजरें एकबारगी थम गईं। मैंने गौर से देखा...उसकी आँखें मेरे लिए एक नए खेल की संभावनाएँ जगा रही थीं।

मैं जल्दी-जल्दी खेल और उसके नियम गढ़ता हूँ।

जब तक ट्रेन आती है, मुझे उस आदमी की परेशानी का मूल कारण खोज निकालना है। कारण तर्क की कसौटी पर खरा उतरना चाहिए। मैं उस व्यक्ति या उसके परिवार की हरकतों व उनके साजोसामान के अध्ययन से आवश्यक सूत्रों को तलाशूँगा। पर मैं बातचीत के जरिए कुछ भी जानने का प्रयास नहीं कर सकता, ...यह फाउल माना जाएगा!! एक अंतिम बात यह कि मुझे कुल तीन दाँव

मिलेंगे। मैं आश्वस्त हूँ कि अगले दो घंटों में, बिलकुल अकाट्य न सही, एक संभावित-सा कारण तो खोज ही निकालूँगा। यहाँ थोड़ी-बहुत 'चीटिंग' की भी गुंजाइश है। खेल काफी दिलचस्प लग रहा है और चाहे जैसे भी हो इसमें मेरी जीत भी सुनिश्चित है। मैं यकायक उत्तेजित हो उठा हूँ। पहली पारी का शुभारंभ करता हूँ।

बुझा-बुझा-सा है और परेशान भी, पर आदमी सरकारी लग रहा है। सिर चढ़े बच्चे चापलूसों-लटकदलालों के अस्तित्व और प्रभाव का प्रमाण हैं। संभव है किसी विभाग में मध्यम दर्जे का अभियंता हो...या किसी कार्यालय का एकाउंट्स अफसर! ...या सी.ओ.–बी.डी.ओ. भी हो सकता है! उधर आदमी में अफसरी तेज का जो थोड़ा-बहुत अभाव खटक रहा है, उसे उसकी पत्नी प्रतिशोध के साथ पूरा कर रही है। ...पत्नी और बच्चे! ...परिवार!

निश्चित रूप से परिवार परेशानी का बड़ा कारण होता है और विशालकाय सीने वाली वह रोबदार महिला अपने आप में परेशानी की जड़ लग रही है। उसके चेहरे पर जो अधिकार भाव है, असीमित जान पड़ता है। कोई भी व्यक्ति परेशान हो जा सकता है।...मुझे सब पता है!

शुरू-शुरू में टोका-टोकी बर्दाश्त करने और बेजा हुक्म बजाने में मुझे भी बड़ी कठिनाई हुई थी। यह भी महसूस हुआ था कि यह नए किस्म की प्रेमाभिव्यक्ति आदत-सी बनती जा रही है–हम दोनों के लिए! मैंने संतुलन बनाने का प्रयास किया, पर तब तक वह आदत से लाचार हो चुकी थी! मैं समझदार किस्म का जीव हूँ, इसीलिए भिन्न स्तरों पर रहते हुए भी एक साथ चलने का दिखावा कर लेता हूँ। ...वह बड़बड़ाती रहती है और मैं सुनता रहता हूँ। अब शादी के पंद्रहवें साल में पहुँचकर मेरी भी आदत-सी बन गई है वह। बहुत संभव है, वह भी मेरे बारे में ऐसा ही कुछ सोचती होगी। बहरहाल–लगता है मैंने खेल को बड़ी आसानी से जीत लिया है। वैवाहिक असंतुलन! इस आदमी की परेशानी का कारण है, अपनी स्त्री से तालमेल का अभाव।

बिलकुल आसान-सा हल था। इस फुसफुसे से खेल पर मुझे दया आ रही है। मैं, यूँ ही, उस आदमी को सहानुभूति से देखता हूँ। वह बिचारा भी खासा लंबा वैवाहिक जीवन झेल चुका है!! ...पर जो आदमी इन बेड़ियों में इतना अरसा काट चुका है, उसने मेरी ही तरह किसी न किसी प्रकार का तालमेल भी तो खोज ही लिया होगा अब तक! ...अन्यथा ऐसे भला कौन जी सकता है? यह नया तर्क स्फुटित होकर ललकारता है और एक झटके में मुझे अपनी भूल का अहसास होता है। जल्दबाजी में पनपी अपनी धारणा को मैं अपने ही तर्क

की धार से कटता हुआ देखता हूँ और इस मूर्खतापूर्ण शुरुआत पर खुद को कोसता हूँ।

अब भारी सीने वाली औरत उतना व्यापक कारण नहीं लग रही है, जितनी कि आदमी की आँखों में परेशानी है।

मेरी जिद्‌द बढ़ गई है। तनाव-सा महसूस होने लगा है। ध्यान गड़ाकर उन्हें देखता हूँ। ...या तो आँखें छल कर रही हैं अथवा उसकी आँखों में परेशानी और गहरा गई है! मैं निश्चित नहीं कर पाता। मेरी एकाग्रता भंग हो जाती है। सिगरेट खरीदने के लिए उठता हूँ।

बुक स्टाल पर पिचके गालों वाला किशोर 'डेबोनेयर' पलटने के लिए बेताब है। स्टाल वाला झिड़क न दे, इस बात का भय भी है उसे। अनजान से बने उसके हाथ होशियारी से उत्तेजक पृष्ठों की तरफ बढ़ते जा रहे हैं। स्टाल वाला सब समझ रहा है। वह पिचके गालों वाले को एकटक देखता है और जैसे कि चोरी पकड़ी गई हो, लड़का इस चक्षु-वेधन से झेंप जाता है। दूसरी दिशा में ताकने लगता है।

दो कश मारकर स्थिर होता हूँ। लड़खड़ाती हुई पहली पारी को सँभालने का यत्न करता हूँ। इसमें अब और जोखिम उठाने की गुंजाइश नहीं है...मुझे फूँक-फूँककर चलना होगा...स्त्री का पहलू छोड़ मैं बच्चों की तरफ मुखातिब होता हूँ। दोनों बच्चे बरबस ध्यान खींच लेते हैं। छोटे के पास चिमचिमी चढ़ी लकड़ी की तलवार है, जिसे वह बड़े से कपड़ा चढ़े सूटकेस में भाले की तरह भोंक रहा है। ...फटाक...फटाक। आदमी धीरे से कुछ कहता है। दोहरे बदन वाली औरत फिल्मी मैगजीन से सिर उठाती है। ..."निशांत, गंदी बात है!" वह यांत्रिक ध्वनि में बोलती है और वापस मैगजीन में डूब जाती है। वह हैवानी चीज, जिसका नाम निशांत है, बस कुछ पल को रुकता है, फिर...फटाक...फटाक...!! इस बार आदमी सीधे घुड़कता है। दूसरा बालक विचित्र तरीके से थूक को पटरी के पास गिराने का प्रयास कर रहा है। निशांत बिना वक्त गँवाए अपने बड़े भाई के साथ प्रतियोगिता में शामिल हो जाता है। पिच्च...पिच्च...पिच्च!

हरामी बच्चे हैं। किसी को भी पागल बना देने के लिए काफी! अपने यहाँ तो नजर बचाकर कान उमेठ देता हूँ। कभी-कभी चपत भी लगा देता हूँ। बेशक, माँ देख लेती है तो हाय-तौबा मचाने लगती है। पत्नी उससे भी ऊँचा सुर निकालती है।

"ऐसे ही बच्चे बड़े होकर क्रिमिनल बनते हैं...जेल जाते हैं।" साहस करके मैं कहता हूँ।

"फिर असेंबली या पार्लियामेंट में पहुँचने का रास्ता भी तो खुल जाता है!" पत्नी, भावी सांसदों को चिपटाकर लाड़ जताती है। मैं धराशायी हो जाता हूँ। बच्चों का दिमाग चढ़ता जा रहा है। ...हम लोगों की पीढ़ी ही लतखोरों की है। बाप-दादा ने भी लतिआया, अब बच्चे भी दुलत्ती झाड़ेंगे। ... बिलकुल संभव है कि आदमी की परेशानी का कारण ये दोनों बंदर ही हों...निशांत और उसका बड़ा भाई। मैं इस नए सूत्र को सावधानी से दूर तक टोहता हूँ।

मगर आदमी सिर्फ सूटकेस की संरक्षा तक ही असहज हो रहा था। अब वह बच्चों की तरफ ताक भी नहीं रहा है। उसकी परेशान दृष्टि तो मेरे कंधे के ऊपर से होते हुए शून्य तक जा रही है। उसकी वृहत्तर पारिवारिक समस्याओं का अंदाज लगाने का कोई साधन भी नहीं है मेरे पास! और मैं जानता हूँ कि पहली पारी में 'क्लीन बोल्ड' हो चुका हूँ।

चाय पीते, चीनिया बादाम खाते, दोनों नेताओं की बहस और चुटकियाँ बदस्तूर जारी हैं। दोनों लोकप्रिय लग रहे हैं। कुलियों से लेकर टिकट-कलेक्टरों तक, सबसे राम-सलाम और दुआ-खैर चल रही है। पंद्रह-सोलह बरस का चीकट-सा लड़का उनके जलसा जूतों पर क्रीम-पालिश चमका रहा है। पाँच-छह लोगों का मजमा लगा हुआ है। देश-देशांतर की राजनीति से फारिग होकर वे पालिश वाले लड़के को निशाना बनाते हैं। दोनों मिलकर उसकी खिंचाई आरंभ करते हैं। यह उनका खेल है।

"कौन पर्टीया में है रे?" जाँघ मसल-मसलकर खुजलाते हुए एक नेता पूछता है। मुझे यकीन है यह पुरानी दाद है।

परेशान आँखों वाला कुछ चौकन्ना दिखने लगा है। ...राजनीति! ... सत्तालोलुप उन्मादी राजनीति और उसकी भ्रामक प्राथमिकताएँ!! सोचने-विचारने वाले व्यक्ति के लिए इससे बड़ा परेशानी का और कौन-सा कारण हो सकता है? शाबाश! लगता है मैंने नब्ज पकड़ ली है। मैं अपने को बधाई देता हूँ और इत्मीनान से दूसरी बाजी फेंटता हूँ।

"पार्टी-उर्टी में रहकर का करेंगे, सर, सब तो गरीब को लूटता है।" पालिश वाले की आवाज तैरती है।

"हऽई स्साला...डाइलोग मारता है! ...आँय रे, गरीब के पास रहता का है, जो कोई लूट लेगा?" दूसरा नेता पटकी देता है, छोटा-सा समूह भद्दे तरीके से हँसता है।

मैं आदमी को इस नए आलोक में पढ़ता हूँ। ...हो सकता है राजनीति के गड़बड़झाले में अपने पसंदीदा मूल्यों और सिद्धांतों का समझौता होते देख परेशान हो! ...पर मेरी इस धारणा का आधार क्या है? ...हाँ, देखने में तो संवेदनशील और खुले विचारों वाला लग रहा है! ...पर हो सकता है यह मात्र मेरा भ्रम हो। ...मेरे विचारों में खलल पड़ता है। दोनों बच्चे दोहरे बदन वाली औरत से कुछ कह रहे हैं, औरत आदमी को निर्देश देती है, आदमी बदले में कुछ समझाता है। कॉन्फ्रेंस-सी चलती है। भारी सीने वाली स्त्री की विजय होती है। आदमी दोनों बच्चों को लेकर जहाँ 'पेशाबघर' लिखा है, उधर जाता है। अब जब तक वह वापस ना आ जाए, मेरा खेल भी रुक गया है।

"अबर 'भगवा' में भोट गिराया था कि 'मंडल' में?" पहला नेता पूछता है, बाकी लोग खी-खी करते हैं। कमउम्र लड़का झिझक रहा है।

"बोल-बोल, कौन चिह्न पर छापा मारा था?" दूसरा नेता खोदता है। चीकट-सा लड़का शर्माता है। नेतागण उस गरीब के पीछे ही पड़ गए हैं। सबका यही हाल है, सभी उस गरीब के पीछे पड़े हुए हैं।

"हमरे तरफ पानी का हाही लगा हुआ है सर, ...इसी से चाँपाकल पर छापा मार दिए थे।"

उसकी इस मूर्खता पर जोर का ठहाका लगता है। 'खिस्स-फिस्स...हू-हू... हा-हा-हा...' मानो बड़ा भारी मजाक हो। पता नहीं लोग कैसे इन फूहड़ बातों पर गिलपिलाने लगते हैं। मुझे तो प्रयास करके भी हँसी नहीं आती।

"दुर ससुर, निर्दलीय में गिराकर भोटवा बर्बाद कर दिया...अरे, बेकूफ रजनीती सीखो...परजातंत्र का मतलब है भीड़ का राज। झट से एगो बड़का पार्टी धर लो...फायदा में रहोगे!...भीड़ में अलग से चलोगे तो पिचा न जाओगे रेऽ!!"

इस जुमले से मैं चिंतित हो जाता हूँ। धीरे से खैर मनाता हूँ कि अधिक बड़बड़ करने वाला इनसान नहीं हूँ, अन्यथा भीड़ मुझे कब का कुचल चुकी होती। ...क्या पता, एक दिन कुचल ही डाले! कारण, मेरी निजी 'विकृतियाँ' ही हैं, जिन्हें मैं सुधारना भी नहीं चाहता। मसलन, घातक अस्त्रों और मुंडमाल से लैस देवी-देवता मुझमें भक्ति नहीं जगा पाते। आतंकवादी ईश्वरों, जंगपरस्त पैगंबरों, रक्त-पिपासु धर्मगुरुओं और नए-पुराने पाखंडों से एलर्जी है मुझे। पर कहीं से नास्तिक भी नहीं हूँ। प्रकृति, विज्ञान और मनुष्यता में भरपूर आस्था है मेरी। वर्णभेदी व्यवस्था चाहे किसी के द्वारा चले, उसे ठोकर मारता हूँ। खूनी क्रांति के नुमाइंदे मेरे आदर्श नहीं! वैचारिक स्थिरता का मैं विरोधी हूँ और 'आदर्श' के आईने में लोगों को उनके दोष दिखाना मेरी आदत है! ...अब कोई

बताए कि किस समूह के लायक बचा हूँ मैं? मुझे नहीं, तो और किसे रौंदेगी भीड़?

खुद को सबसे अलग व ऊपर पाने में अद्‌भुत आनंद की अनुभूति हो रही है। अपनी क्रांतिकारी शहादत की सोच-सोचकर काफी अच्छा लग रहा है। आत्ममुग्धता के सागर में डुबकियाँ लगाता हूँ!

आदमी और दोनों बालक मुँह बनाते चले आ रहे हैं। बच्चों को 'कुछ' आया हुआ है। और यह कोई रहस्य नहीं है कि प्लेटफार्म का टायलेट बजबजा रहा होगा। सुसंस्कृति सिखाती माँ उन्हें 'रोकने' के लिए आँखें दिखाती है। दोनों बालक पैर सिकोड़कर बैठ जाते हैं। मैं दूसरी पारी को यहाँ से पकड़ता हूँ।

निश्चय ही वर्तमान राजनीति परेशानी का पुख्ता कारण है। पर राजनीति को कितनी गंभीरता से लेता है आदमी, यह उस पर निर्भर करता है। मैं आदमी के भीतर झाँकने का प्रयास करता हूँ। किस विचारधारा से जुड़ाव रहा है उसका? यह पता चल जाए तो हल आनन-फानन में खोजा जा सकता है। मन करता है चालाकी से बातचीत के जरिए उससे उगलवा लूँ। लेकिन यह तो सीधा-सीधा फाउल होगा। इतनी भोंड़ी बेईमानी करने में मेरा बौद्धिक अहं भी आड़े आता है। मन मसोसकर रह जाता हूँ।...

ध्यान बटोरकर पूरे परिवार का सघन परीक्षण करता हूँ। आदमी की छोटी-सी दाढ़ी वामपंथी झुकाव का संकेत है। बच्चों के गंडे-तावीज, जंतर-मंतर—धार्मिक रुझान की पुष्टि कर रहे हैं। और औरत की महँगी पसंद, कीमती साड़ी-गहने व दुनिया-भर का सामान...भारी-भरकम सूटकेस, मध्यमार्गी, किंतु कदाचारी संस्कृति का प्रत्यक्ष प्रमाण हैं! ...आखिर किस तरह के दर्शन में विश्वास रखता है यह आदमी? मेरा माथा झनझना जाता है। मैं फिर से एक-एक चीज को पढ़ता हूँ। और उत्तर वहीं से कौंधता है...एक खास वर्ग की तरह ही राजनीति को खेल सरीखा लेने वाला है आदमी। किसी भी तंत्र के अनुरूप रंग बदलने की क्षमता रखता है। सामाजिक उथल-पुथल से अप्रभावित, उसकी प्राथमिकताएँ भिन्न हैं। परिस्थितियाँ कितनी भी त्रासद रहें, अपना लाभ चुराकर निकल जाएगा वह! उसकी माली हालत इस बात की गवाह है। ...दुनिया जाए भाड़ में...अपनी बला से! उसे परवाह नहीं!!

मन कड़वाहट से भर जाता है। धूप का चश्मा उतारकर रेशमी रूमाल से पेशानी पोंछता हूँ। मेरी नजर सुनहरी कमानी पर पड़ती है। ...मेरा हाथ काँप जाता है। ...किस बात की नैतिक प्रभुता का ढोंग रच रहा हूँ तब से? ...खर्चीली और आसान जीवन-शैली का आदी, हवाई क्रांतिकारिता की विलासिता में लिप्त और

एक रोगग्रस्त-पंगु ढाँचे से बेखटक अपना निवाला नोचने वाला मैं! ...भुकभुकाती बिजली से त्रस्त शहरों की पीड़ा पर ही तो मेरा भी ठाट-बाट चल रहा है! ... पारदर्शी बनने के प्रयास में मेरा अश्लील दोहरापन उभर आया है। मैं चिढ़ जाता हूँ। अपनी औकात में वापस लौटना भारी लग रहा है!

...लेकिन यदि संरक्षक लोग व्यवस्था को सड़ाते रहेंगे तो इनसानों में गिद्ध भी समाएगा!! ...और यह मेरा दोष नहीं है। ...झटपट एक सिद्धांत रचकर अपने आहत अहंकार पर मलहम की तरह फैलाता हूँ।

खैर, जो भी हो पर राजनीतिक संकट कतई उस आदमी की परेशानी का कारण नहीं हो सकते! मेरा दूसरा चांस भी हवा में उड़ गया है। खेल अपनी ऊँचाई बना रहा है और मैं ससरकर, जहाँ से शुरू हुआ था, वहीं पहुँच गया हूँ।

बच्चे काफी देर से टाँगें कसमसा रहे हैं। उन्हें 'रोकना' अब कठिन है। दोहरे बदन वाली औरत प्लेटफार्म के सुनसान-से कोने की तरफ संकेत करती है। दोनों चेंगड़े लपकते हुए जाते हैं। निक्कर खोलकर रेलवे लाइन पर पेशाब की लंबी धार मारते हैं।...फिर धार को धार से लड़ाने लगते हैं। यह उनका खेल है।

भारी सीनेवाली औरत देखती है। पल-भर को स्तब्ध रह जाती है। फिर जोर से बिगड़ती है। आदमी नर्वस-सा उसकी तरफ ताकता है। बच्चे निश्चय ही डर गए हैं। उनका मूत एकबारगी थम गया है। मुझे भी जरूरत-सी महसूस होने लगी है। मैं उठकर बच्चों से काफी आगे जाता हूँ।

मेरे लौटने तक रंग-बिरंगे झोले लादे एक विदेशी जोड़ा न जाने किधर से आकर खड़ा हो गया है। खाजवाला नेता अब अपने भाषण में टूटी-फूटी अंग्रेजी का इस्तेमाल कर रहा है। उसकी आवाज भी ऊँची हो गई है। पिचके गालों वाला किशोर बुकस्टाल से हटकर लाइन की तरफ झाँक रहा है, जहाँ तीन-चार औरतें बिखरे कोयले की बोरियाँ बाँध रही हैं। दो-तीन तो खूसट-सी हैं, एक पानीदार है। ताँबे-सा रंग और भरा-भरा बदन! मैगजीन में खोई भारी सीनेवाली औरत नाक से कुछ निकालकर उँगलियों में घुमाते हुए बत्ती बना रही है। चीकट लड़का पालिश से निपटकर नेताओं के चंगुल से छूट गया है। ...वह एक पूरी की पूरी माचिस की डिबिया खरीदता है और नाखून के झटके से 'सेंट्रल एक्साइज' की चक्रधारी चिप्पी को उखाड़ फेंकता है।

मुझे विश्वास है कि यदि उसे पता चल जाए कि इस मामूली-सी दिखती चिप्पी की मार्फत उसकी गाढ़ी कमाई का एक अंश राष्ट्रीयकृत बैंकों द्वारा सट्टा-बाजार में डुबोए हजारों करोड़ रुपए के नुकसान को ढकने में जाएगा, एक

अंश किसी डूबे हुए सरकारी होटल का नया नाचघर सजाने में और एक अंश घाटा दिखलाती सरकारी हवाई-सेवा की उड़ान में मुफ्त की शराब परोसने में काम आएगा तो निश्चय ही वह उस चिप्पी को अधिक गंभीरता से लेगा।... "...जेबकतरों, उचक्कों और नशा खिलाकर लूटने वालों से सावधान..." लाउडस्पीकर पर चेतावनी गूँजती है। चीकट-सा लड़का बीड़ी सुलगाता है।

लाउडस्पीकर की हिदायत असर दिखाती है। आदमी अपना ब्रीफकेस नजदीक खींच लेता है। उसके हाथ यंत्रवत् 'हिप पाकेट' में छिपे पर्स को सुरक्षित तलाशने बढ़ जाते हैं। और मुझे अचानक महसूस होता है कि इसकी परेशानी बहुत 'हाई-फाई' न होकर सीधी-साधी-सी, यात्रा संबंधित भी हो सकती है। मैं व्यर्थ में तब से राई को पहाड़ समझ रहा था।

हो सकता है महज ट्रेन की देरी से परेशान हो रहा हो? ...पर यह तो किसी भी हिंदुस्तानी के लिए नखरे दिखाने वाली बात होगी! ...हो सकता है किसी अशुभ समाचार को पाकर औचक यात्रा करनी पड़ रही हो? ...लेकिन स्त्री और बच्चों के क्रियाकलाप किसी 'अशुभ समाचार' की छाया तक नहीं दिखा रहे, बल्कि संभावना यह है कि ये लोग दशहरे की छुट्टियाँ मनाने 'घर' जा रहे हैं। कल से स्कूल बंद हुए हैं। सरकारी कार्यालयों में भी छुट्टियाँ आरंभ हो गई हैं। ...तो फिर इसके पास यात्रा का रिजर्वेशन नहीं होगा! यह कारण जँच रहा है। ...लेकिन जिस निश्चय के साथ वह बैठा है, उससे मेरे तर्क की धार भोथरी होती नजर आती है। दूसरे, अगर रिजर्वेशन न होता तो अब तक स्त्री उसे कितनी बार हुरपेटती, इसका अंदाजा मैं बखूबी लगा सकता हूँ। इतने आराम से थोड़े ही बैठ पाता वह! ...तो फिर रेल कर्मचारियों की अभद्रता की सोच-सोचकर परेशान होगा! मुझसे तो अकसर बहस हो जाती है। एकाध बार मैं उनसे पिटते-पिटते भी बचा हूँ!! ...पर अपमानित होना और अपमानित करना रोजमर्रा की बात है। हमारी संस्कृति में मानवोचित प्रतिष्ठा देने का कोई प्रावधान ही नहीं है। जहाँ कोई किसी को चट से कनैठी दे सकता है, डंडे से हूर सकता है, जानवरों की तरह बाँधकर पीट सकता है, निर्वस्त्र करके जुलूस बना सकता है, जबरन गू-मूत खिला सकता है, सामूहिक रूप से जिंदा जला सकता है, वहाँ मात्र अभद्र व्यवहार या कटुवचन कहीं से भी उतनी गंभीर परेशानी का कारण नहीं हो सकते! ...तो फिर हो सकता है प्लेटफार्म पर दोनों नेताओं की उपस्थिति उसकी परेशानी का मूल कारण हो!! दोनों बाहुबली उसे उसकी आरक्षित सीट से सपत्नीक उठा फेंकने में पूरी तरह सक्षम हैं। और यात्रा के दौरान, परेशानी के इससे ठोस कारण की कल्पना भी नहीं की जा सकती है। ...आदमी नजरें चुराकर उन नेताओं की तरफ झाँक भी

रहा है। बिलकुल! उसकी परेशानी का कारण इन हट्टे-कट्टे नेताओं की उपस्थिति ही है।

मुझे लगता है मेरा हल मिल गया है। यह उत्तर काफी दमदार है और बड़ा प्राकृतिक-सा भी। मैं जल्दी से सिगरेट जलाता हूँ। सटासट सुट्टा मारता हूँ। जीत का गर्वयुक्त अहसास मेरे कपार में चढ़ रहा है।

ताँबे के रंगवाली कोयला बिनती औरत अपनी बोरी कसकर बाँधती है। लाइन के किनारे से अपने गंदे से बच्चे को उठाकर दूध पिलाती है। पिचके गालों वाला किशोर खुली छातियों को लोलुप नजरों से देखता है। कुछ और लोग भी! विदेशी जोड़ा आपस में गिटिर-पिटिर करता है। दूध पीते बच्चे को देखकर रोमांचित हो जाते हैं दोनों...अब आलिंगन में जकड़ जाते हैं...अब एक-दूसरे को बार-बार चूमते हैं...अब प्लेटफार्म पर कई लोग रोमांचित होने लगे हैं!!

"कैसी बेशरम जात है...सब कुछ यहीं पर कर डालेंगे क्या?" दुहरे बदन वाली औरत चिंतित लग रही है। आदमी अनदेखा करने का संकेत करता है। औरत कनखियों से देखते हुए एक संतरा छीलती है। पिलपिला-सा निकलता है। औरत उसे रेलवे लाइन की तरफ उछालती है। संतरा पच्च से प्लेटफार्म पर ही गिर जाता है। औरत निर्विकार-सी दूसरा संतरा छीलते हुए सिनेमाई पत्रिका की स्कैंडल शीट में डूब जाती है। विदेशी मर्द की कटाक्षयुक्त निगाहें एक अदृश्य कचरापेटी को तलाशती हैं। फटे फ्रॉक और जट पड़े बालों वाली एक नन्ही लड़की गिलहरी की तरह अवतरित होती है, चट से संतरा पकड़कर पल-भर में अंतर्धान हो जाती है। विदेशी जोड़ा आँखें फाड़-फाड़कर देख रहा है। उनका प्लेटफार्म साफ हो गया है।

गिलहरी बनते बच्चे किसी भी खेल का हिस्सा नहीं होते, इसलिए मैं सुविधानुसार ध्यान मोड़ लेता हूँ। दोनों नेता उठकर खड़े हो जाते हैं। अब वे प्लेटफार्म के निकासी दरवाजे की तरफ बढ़ रहे हैं। लगता है दोनों सिर्फ तफरीह करने स्टेशन पर आए थे। दोनों के पास एक हैंडबैग तक की गैर-मौजूदगी और कुलियों से लेकर टिकट-कलेक्टरों तक का परिचितों-सा व्यवहार!...मुझे तो पहले ही समझ जाना चाहिए था कि दोनों यहाँ के पुराने अड्डेबाज हैं! खेल-तमाशों और कहवाघरों से पटे महानगरों को यह मानने में थोड़ी परेशानी तो अवश्य होगी पर छोटे शहरों-देहातों में आउटिंग की उम्दा जगह होती है रेलवे का स्टेशन!

खैर चलो, कम से कम सामने वाले आदमी को राहत तो मिल जाएगी। घंटों से तनाव में पड़ा हुआ था बेचारा। नेतागण खरामा-खरामा रेलवे का फाटक पार

कर जाते हैं। मैं लंबी साँस भरते हुए आदमी की तरफ मुड़ता हूँ। ...मेरी पीठ चिहुँककर सीधी हो जाती है...मुँह अचरज से थोड़ा खुल जाता है! आदमी की आँखों में परेशानी जस की तस बरकरार है और मैं, अचक्के में तीसरा व अंतिम दाँव भी गँवा बैठा हूँ।

निराशा में मन उचट गया है। अन्यमनस्क-सा इधर-उधर ताकता हूँ।

पिचके गालों और बड़े से टेंटुए वाला किशोर प्लेटफार्म पर घूमते छुट्टा साँड़ से बिदककर बचता है। उसे संदेह है कि बिखरे गोबर पर उसका पैर पड़ गया है। वह पैरों को घुमा-घुमाकर जूतों का तल्ला देख रहा है। औरतें कोयले की बोरियाँ ढो रही हैं। जी.आर.पी. और आर.पी.एफ. के जवान, प्रति बोरी अपना-अपना हिस्सा वसूल रहे हैं। विदेशी जोड़ा एक चूल्हेवाले ठेले को कौतुक से देख रहा है। मक्खियाँ चटे आलूचाप को दुबारा या तिबारा संदिग्ध से तेल में गर्म होते देख उसे निश्चय ही केंटकी या मैक्डानल्ड की आवश्यकता महसूस हो रही होगी! मैं मिनरल वाटर की बोतल से गटगट पानी पीता हूँ। भारी सीनेवाली उकताकर बार-बार घड़ी देख रही है, निशांत और उसका भाई, दोनों गुंडे थक चुके हैं।...चीकट लड़का और गिलहरी लड़की नजर नहीं आ रहे हैं। खाजवाला नेता अपने साथी के साथ कब का लुप्त हो चुका है। और सामने वाला आदमी यथावत् चिंतित है...।

"...यात्रीगण! पूर्वा एक्सप्रेस प्लेटफार्म नं. एक पर आ रही है..." मेरी धड़कन तेज हो जाती है। सहसा प्लेटफार्म पर भीड़ बढ़ने लगी है। कुलीगण सक्रिय हो उठे हैं। उनमें से एक खड़िया लेकर प्लेटफार्म पर नंबर डाल रहा है। दूर पसरे-ऊँघते श्रमिक वर्ग के यात्री आँखें मलते उठ रहे हैं। ट्रेन का इंतजार करता समय भी कितनी तेजी से दौड़ सकता है, इसका अहसास मुझे पहली बार हुआ है। जैसा भी था, खेल तन्मय करने वाला था। दो घंटे कैसे बीत गए, पता ही नहीं चला। पर ध्यान आते ही हार की कचोट टीस मारती है।

बेशर्मी करके तो मैं अभी भी जीत जा सकता हूँ। ...मान लीजिए कि अब तक सोचे कारणों में से एक को उस आदमी की परेशानी की जड़ मान ही लूँ तो कोई मेरा क्या बिगाड़ लेगा? आखिर मैं ही खेल बनाने वाला हूँ, मैं ही खिलाड़ी हूँ। नियम भी मेरे ही बनाए हुए हैं और रेफरी भी मैं ही हूँ! ऐसी मजबूत स्थिति में बड़े से बड़े लोग छोटी से छोटी बेईमानी करने में नहीं हिचकते!!

पर मैं अच्छी तरह जानता हूँ कि सिर्फ जीतना-भर जरूरी नहीं रह गया है। मुझे सचमुच का हल चाहिए, संतोषजनक और तार्किक हल!

मैं नियम में फेर-बदल करता हूँ। और एक तूफानी पारी खेलने का निर्णय लेता हूँ। वैसे भी जब तक गाड़ी नहीं आ जाती, मेरा खेलना जायज है। आखिर समय काटना ही तो मेरा मुख्य उद्‌देश्य था। अब खेल पूरी तरह से हावी हो गया है और मुझे खिला रहा है।

अगर बेशुबहा जीत हासिल करनी है तो अबकी मुझे दायरों को तोड़ना होगा, विचारों को दौड़ने की खुली छूट देनी पड़ेगी। ...आखिर किन-किन बातों से परेशान होते हैं लोग? ...वहीं कहीं इसकी भी परेशानी का कारण छिपा हुआ होगा। मैं जल्दी-जल्दी कारणों को उलटता हूँ। ...पारिवारिक उलझनों से परेशान है? या नैतिक मूल्यों के ह्रास से? ...अश्लील-अमानवीय संस्कृति से? ...या भुकभुकाती बत्तियों से या जानमाल की रक्षा और इज्जत की सुरक्षा के लिए? ...कि फैलती हुई गंदगी से, पेयजल की समस्या से, खस्ताहाल सड़कों से या सड़ते हुए अस्पतालों से? ...गिद्धों के आक्रमण से या गिलहरी बनते बच्चों से? कि भीड़ से अलग पड़ जाने से?...एड्स-प्लेग की चिंता से तो नहीं?...या जातिवाद की लहर से, सामूहिक हत्याकांडों से या सांप्रदायिकता के जहर से? . ..या क्षेत्रीय विवादों से, या उग्रवादी हरकतों से? या नित-नए घोटालों से? ... कि प्रलय की भविष्यवाणियों से या एटमी युद्ध की कल्पना से? ...सोवियत संघ के विघटन से या नए भूमंडलीकरण से? ...या क्रिकेट में पराजय से या खराब मौसम की सूचना से, कि बढ़ती महँगाई से या बच्चों की पढ़ाई से या अनिश्चित भविष्य से या असंतुष्ट वर्तमान से? ...कि परेशान रहना उसकी आदत ही है? ...कौन-सा है! ...आखिर इसका उत्तर क्या है? ...और मुझे महसूस होता है कि उत्तर को पा लेने की जिद, जरूरत और जल्दबाजी में, मैं तर्कसंगत पटरियों से उतर गया हूँ और अँधेरी गुफाओं में विचारों की रेलगाड़ी को अनतबड़ी दौड़ा रहा हूँ। मैंने इतना बड़ा फलक खोल डाला है कि उसके विस्तार में खोकर खुद ही खेल बन गया हूँ!

बहुत दूर, पटरियों पर इंजन की आकृति बनने लगी है। मेरी ट्रेन पहुँचने वाली है और मेरे पास इस पहेली का अब तक, कोई भी उत्तर नहीं है। सामने वाले आदमी की तरह ही मेरी परेशानी भी चरम सीमा को लांघ रही है! ...क्या है? इस पहेली का उत्तर क्या है? ...और यकायक बोध की बर्फीली लकीर मेरी शिराओं में नश्तर-सी उतर जाती है। ...मैं काठ सुन्न पड़ जाता हूँ! ...इतनी देर से...घंटों से, उसकी आँखों में मैं सिर्फ अपनी ही तमाम परेशानियों को तो देख रहा था!!

ट्रेन की धड़धड़ाहट कानों में गूँजने लगी है और मेरा तनाव ढीला पड़ता जा रहा है। आदमी मेरी ही तरफ ताक रहा है...मैं पुनः विस्मित हो उठता हूँ... शनैः-शनैः उसकी आँखों के गहरे बादल भी छँटते चले जा रहे हैं! और मैं ठगा-सा, एक विचित्र संयोग का साक्षी बन रहा हूँ...परीकथाओं से भी कहीं अनोखा और विचित्र संयोग ! ...कि तब से हम दोनों ही जन, एक-दूसरे की आँखों में अपना-अपना अक्स तलाशते बेहद परेशान थे!!

धड़धड़ाती हुई गाड़ी आहिस्ता-आहिस्ता रुक जाती है। भीड़ का सैलाब उतरता है और हम सब तितर-बितर हो जाते हैं।

[इंडिया टुडे साहित्य वार्षिकी, 1997]

अविश्वसनीय

वह सचमुच कैसी थी, मैं नहीं जानता। जानने का साधन भी नहीं है। चूँकि वह न तो किसी सनसनीखेज अखबारी हादसे का शिकार हुई थी, न ही राजनीति की बिसात का वह मोहरा बनी थी और न ही 'नारी-मुक्ति' जैसे आंदोलनों में उसकी कोई भूमिका रही थी। बेशक वह उसके बहुत पहले की चीज थी। अतः उसके बारे में प्रामाणिक अथवा अप्रामाणिक, किसी भी प्रकार के अभिलेख उपलब्ध नहीं हैं, सिर्फ अटकलें ही लगाई जा सकती हैं। और कभी-कभी तो मुझे ऐसा लगता है कि वह सिर्फ एक बहाना भर थी...कि उसके बहाने कई तरह की बहसें छेड़ी जा सकती हैं।

उससे भी पुराना, भीड़-भरे इलाके में एक विशाल भवन है। हालाँकि उसके खड़ी धारियों वाले गोलाकार स्तंभ ग्रीस के एक्रोपोलिस या यूनानी-रोमी काल की क्लासिकल वास्तुकला की याद दिलाते हैं, पर फिर भी लोग उसे विक्टोरियन शैली का भवन समझते हैं। यह बात दीगर है कि चाय-परचून के दड़बों से घिरकर उसकी भव्यता भोथरा गई है और उसके जीनों-कोनों में बजबजाते पीक, थूक, खखार के अंबार और पेशाब की तीखी गंध साम्राज्यवादियों से लिया जा रहा हमारा 'भयानक बदला' है। चूँकि उससे बेहतर कुछ पेश करने की औकात नहीं है। लोग विक्टोरियन काल के उस ग्रीको-रोमन नमूने पर मूत-मातकर संतुष्ट हो लेते हैं। इसी भवन में पुरातत्त्व विभाग का दफ्तर है, जहाँ मैं नौकरी बजाता हूँ और जहाँ कुछ दिनों पहले, अर्सा बाद अविनाश से मुलाकात हुई थी। शेखी बघारने के क्रम में मैंने तरह-तरह की अनर्गल बातें बड़े नाटकीय ढंग से बताई थीं—बे-पर की खूब उड़ाई थी, जिसका नतीजा था कि यह आफत मेरे गले पड़ी।

जहाँ तक मुझे याद है, बात तलवार के जन्मकाल से निकली थी और कलम की पैदाइश से होते गर्भ-निरोधकों पर आकर टिक गई थी।

"...कपड़े से बने कंडोम के प्रयोग 1564 ई. में शुरू हो गए थे..."

"कलम-तलवार के बीच यह नपुंसक औजार कहाँ से आ टपका!?" अविनाश अचकचा गया था।

"उसके बीच की ही चीज है!" मैंने जोर देकर कहा था। फिर मैं उसे विस्तार से 'रेडियो कार्बन डेटिंग' की पद्धति समझाता रहा। उसकी आँखें फैलती जा रही थीं।

"यूज्ड कंडोम की कार्बन-डेटिंग कैसे करते होंगे?" लगभग आतंकित होकर उसने पूछा था।

अविनाश बचपन का मित्र है। हम लोग कुछ वक्त तक उसके घर में किराएदार की हैसियत से रहे थे। दूसरी या तीसरी कक्षा तक स्कूल भी साथ जाते थे। वह पुस्तकों में समय व्यतीत करता था और मैं क्लास में स्वेटर बुनती सुंदर शिक्षिकाओं के उभारों से आँचल खिसकने का इंतजार करता था। जाहिर है, उसके ज्यादा नंबर आते थे।

उसका लंबा-चौड़ा परिवार था। कई छोटी हमउम्र लड़कियाँ उस घर में फुदकती रहती थीं। पर मैं आठ-दस साल बड़ी उसकी बहन को देख कौतूहल से भर जाता था। एक बार बाथरूम के दरवाजे की दरार से हम दोनों ने आँखें सटा दी थीं। सारे बदन में झुरझुरी-सी दौड़ गई थी। हमं वाकई घबरा गए थे! बच्चा समझकर हमारी छिछोरी हरकतों पर किसी का ध्यान तक नहीं जाता था।

बचपन की उन यादों में से कई यादें अविनाश के घर में मिली थीं, जो मेरे लिए आज तक रहस्यमयी हैं, और सपने में देखे गए बिंबों की तरह उभरती हैं, पारे की तरह थरथराती हैं, फिर आहिस्ता से ढुलक जाती हैं। ...बहरहाल, उसके बाद मेरे बाप का वहाँ से बहुत दूर तबादला हो गया।

एक गुमनाम घटिया कॉलेज, जो कि विशाल से मलकुंड के बीचोबीच स्थित था, से पढ़ाई पूरी करने के बाद, तरह-तरह के ख्वाबों और आसमानों से गिरता-लुढ़कता पुरातत्त्व विभाग पर आकर टिक गया। इतिहास मेरा प्रिय विषय रहा है और वक्त के साथ धुरंधर हो चला हूँ।

अब तो मैं दशरथ से लेकर घटोत्कच तक के केलिगार, प्रसूतिगृह या शौचालय आदि खोज लेने के दावे कर, अखबार की सुर्खियों में भी आ जाता हूँ और धनी-मानी संस्कृति-रक्षकों से थोड़ी-बहुत रकम भी ठग लेता हूँ। दिल्ली के इर्द-गिर्द प्राचीन मृद्भांडों के टुकड़े तलाशकर उसे दुर्योधन का मदिरापात्र बता देना

इतना आसान होता है कि आप विश्वास नहीं कर सकते! और लोग इसे इतनी आसानी से सच भी मान लेते हैं कि खुद मुझे विश्वास नहीं होता! पर ऐसे लोगों की कमी नहीं है, जो गल्पों को इतिहास साबित करने के लिए बेचैन रहते हैं, ताकि अपनी प्राचीन-पौराणिक संस्कृति और सभ्यता का लोहा मनवाया जा सके।...कि परमाणु बम और अंतरिक्ष विमानों से सौ हजार गुना विकसित विज्ञान तो हमारे पास हजारों-लाखों-करोड़ों वर्ष पहले ही से मौजूद था...आदि-आदि!! पर इतनी विकसित सभ्यता में गदा जैसे प्रागैतिहासिक अस्त्रों और धूसर मृद्भांडों का क्या काम था, यह कोई नहीं बताता!

अविनाश आई.ए.एस. हो गया। कई जिलों की जेबों और गर्दनों पर हुकूमत सीखते-तराशते किन्हीं यू.के.पी. किस्म के केंद्रीय मंत्री का निजी गुलाम भी हो गया था। उनके उलटे-सीधे सभी तरह के काम करता था, और यू.के.पी. का अर्थ 'उल्लू के पट्ठे' होता है, यह उसने ही मुझे बताया था। दुर्भाग्यवश यह अर्थ केंद्रीय मंत्री महोदय को भी पता चल गया। अविनाश को तत्काल वहाँ से भगा दिया गया। पर चूँकि भारतीय प्रशासनिक सेवक अविनाशी होते हैं और उन्हें संभोग से लेकर समाधि तक का विशेषज्ञ मानने की परंपरा रही है, उसे मेरे विभाग का डायरेक्टर नियुक्त कर दिया गया था। इस विभाग में वह उसका पहला दिन था।

मैं कहीं न कहीं से हीन-सा महसूस कर रहा था। अतः बड़बोले ढंग से उसे ढक रहा था। ...बॉस बनकर कैसा व्यवहार करेगा? यह भी मेरे लिए चिंता का विषय था...ज्यादा रोब लेने की कोशिश की तो उसकी बहन वाली घटना याद करा दूँगा... मैंने सोच रखा था।

पर इसकी आवश्यकता नहीं पड़ी...अविनाश बड़ी आत्मीयता से पेश आता रहा।

पुरानी दोस्ती का तकाजा था। अपनी माली हालत पर गौर फरमाते हुए मैं उसे रात्रि-भोज पर आमंत्रित करने की सोच रहा था, कि उसने ही मुझे चाय पर आमंत्रित कर डाला।

मानो जैसे दुनिया की हर अच्छी चीज पर भारतीय प्रशासनिक सेवकों का नैसर्गिक अधिकार होता हो—उसकी बीवी भी बड़ी खूबसूरत और खुशमिजाज थी और मुझे पहली बार अविनाश से जमकर ईर्ष्या हुई थी।

आम तौर पर जैसा कि उस तबके में होता है, मुझे संदेह था कि चाय का अर्थ सिर्फ 'चाय' ही होगा, पर जब उसकी पत्नी को रंगीन लेप से चित्रित

नवपाषाण युग की पॉटरी से लेकर 'स्टोनवेअर' तक और 'पोर्सलीन' से लेकर 'बोनचाइना' तक के विकास के नौ हजार वर्षों का लेखा-जोखा दे चुका और उनके भेद समझा चुका, तो चाय के साथ मिठाई और पकौड़े भी आ गए।

''माई गॉड! मैं वाकई नहीं जानती थी कि इसमें सचमुच हड्डियों का चूरा भी मिलाया जाता है...यक्!'' बोनचाइना का कप उठाते हुए उसने खिलखिलाकर कहा था।

अविनाश कुछ सोच रहा था। पत्नी को इशारे से भीतर ले गया। जब दोनों वापस आए, तो अविनाश के हाथों में एक पुरानी नोटबुक और मुँह पर छोटी-सी मुसकान थी!

''बाबा (दादा) की जीवनी है...पिछली सदी के आदमी थे...तुम तो जहाँ-तहाँ की जानकारियाँ जुटाते फिरते हो, तुम्हीं इसकी कद्र कर सकते हो...शायद तुम्हारे मतलब की कोई चीज निकल आए! मेरे घर में छोटे-मोटे युद्ध का कारण बन गई थी!''

मेरे हाथ-पैर फूल गए। बड़े अफसरों और टुच्चे नेताओं में एक गंभीर समानता होती है। उनकी समझ में उनके दादा-दादी, माँ-बाप, बाल-बच्चे, नौकर-चाकर, यहाँ तक कि मिट्ठू, शेरू या टॉमी तक की बातें ग्लोबल महत्त्व की होती हैं या होनी चाहिए। क्या करूँगा इसके मरे हुए दादा की बकवास को पढ़कर!! पर मैं यह स्पष्ट रूप से कह भी तो नहीं सकता था!

...''तुमने शायद उनको बचपन में देखा भी होगा!''

मेरी याददाश्त सुगबुगाई। आँखों के आगे एक अस्पष्ट-सी आकृति उभरी। खोया-खोया सा, थरथराता हुआ बेहद बूढ़ा आदमी...मोटा सूती कुर्ता, तंग पाजामा...हाथ में खुरपी लिए फूलों की क्यारियों के बीच से उठा था...पीछे ढलता हुआ सूरज...लंबे रोएँदार नाजुक कानों से छनकर आती सूरज की लाल-गुलाबी आभा...बचपन की रहस्यमयी अनुभूतियों में से एक!

''पारदर्शी कानों वाला आदमी!'' मैं बोल उठा। अविनाश ने चौंककर देखा था।

''हाँ, बाबा के कान बड़े पतले से थे..तुम्हारी याददाश्त, सचमुच, कमाल की है।''

उनके कान पारदर्शी रहे हों, गुलाबी रहे हों या पतले, मुझे फिर भी उस जीवनी को पढ़ने में कोई दिलचस्पी नहीं थी। उधर अविनाश व उसकी पत्नी को लग रहा था कि वे मुझे कोई खोया हुआ खजाना भेंट कर रहे हों!

कुछ देर तक मैंने इधर-उधर की बातों में उन्हें उलझाया। फिर चतुराई से नोटबुक को एक कुशन के नीचे छिपा दिया और विदा ली। मैं दरवाजे से निकल ही चुका था कि 'भाई साहब! इसे तो आप भूल ही गए'...की आवाज के साथ मेरे कदम ठिठक गए और नोटबुक पुनः मेरे हाथों में लौट आई। 'बच्चू, ज्यादा उड़ो मत!' का भाव अविनाश के चेहरे पर तैर रहा था—"पढ़कर बताना, कैसी लगी।" वह बोला।

मैं कुढ़कर स्कूटर की तरफ बढ़ा। ...साली जीवनी न हुई, विक्रमादित्य का बैताल हो गया...!

कृपण किस्म का जीव हूँ। क्यों? यह पता नहीं। संभवतः भविष्य की अनिश्चितता एक बड़ा कारण है। एक सूक्ष्म-सा फ्लैट है। उसी में बिस्तर है, मेज है, कुर्सियाँ हैं, बर्तन हैं, किताबें हैं। फ्रिज और छोटा सा टेलीविजन भी है। बेतरतीब और ठसाठस भरा हुआ। 'पत्नी' नामक जीव के लिए जगह ही नहीं बची है। सवेरे नाश्ता खुद बना लेता हूँ। लंच कैंटीन में। रात को अकसर किसी मित्र या चेले के सौजन्य से दवा-दारू-भोजन की व्यवस्था हो जाती है। अन्यथा घर पर खिचड़ी डाल लेता हूँ।

वैसी ही खिचड़ी वाली रात थी। भोजनोपरांत कोई काम नहीं था और अविनाश को खुश रखना भी जरूरी था। मैं नोट-बुक उलटने लगा।

लेखक महोदय 1882 के जीव थे और जीवनी उन्होंने 1965 के आस-पास काँपते हुए हाथों से लिखी थी। हर चार पंक्तियों के बाद एक बार ईश्वर को धन्यवाद! ..."प्रभु की मर्जी से..." "ईश्वर की अनुकंपा से..." आदि के प्रयोग। हिज्जे भी गलत थे और प्रयुक्त कुछ शब्दों के अर्थ मैं भी नहीं जानता था। गदर के समय का भी जिक्र था, जो उन्होंने ताजा-ताजा अपने बाप-दादा से सुना होगा। सामूहिक जुर्माने से लेकर गाँव के गाँव जलाने तक की चर्चा थी। गोरे सिपाहियों द्वारा औरतों के स्तन काटकर गेंद की तरह खेलने का लोमहर्षक वर्णन भी था! काटने तक की बात मेरी समझ में आई। पर 'गेंद की तरह...' में मुझे घोर संदेह है...संभव ही नहीं है! कटा हुआ स्तन लोथड़े की तरह गिरकर पसर जाएगा, न कि फुटबॉल की तरह उछलेगा। निश्चित रूप से उनकी इस धारणा की जड़ें उस काल की अफवाहबाजी पर टिकी हुई थीं, पर उनकी धारणा को तो अब सुधारा भी नहीं जा सकता! उनके लिए वही सच रह गया। जैसे कोलंबस मरने तक यही समझता था कि उसने हिंदुस्तान की खोज की है...!

सौ जनों से ऊपर के सम्मिलित परिवार का विवरण था, जिसे उतारना कागज और वक्त की बर्बादी होगी।

दस-पंद्रह पन्ने पढ़े जाने तक सिवाय इसके कि यह उन्नीसवीं शती में जन्मे एक ऐसे व्यक्ति की जीवनी थी, जिसे मैंने छूकर देखा था और जिसने बदले में ऐसे लोगों को छुआ होगा, जो अठारहवीं शताब्दी में जन्मे थे–और तीन सदियों को सीधे छू लेने वाली बात कुछ हद तक रोमांचक जरूर थी। बाकी उस नोटबुक में ऐसा कुछ भी न था, जो किसी भी महत्त्व का हो। महाचाट है, बकवास है! ...दो-एक पन्ने और पढ़कर किस्सा बंद करूँगा।...

"...अंग्रेजी सिसनकाल (शासन-काल) को आरंभ हुए अधिक समय न बीता था। मुसलमानी राज का प्रभाव दूर न होने के कारण पंजाब व उत्तर में उर्दू तथा फारसी की शिक्षा प्रचलित थी। गाँवों में शिक्षा का प्रचार बहुत कम था, पर मेरे गाँव में उर्दू का मक्तब या पाठशाला खुल चुकी थी...प्रभु की मर्जी थी कि मुझे होश आते-आते मेरे पितामह व सबसे बड़े ताऊ चल बसे थे...भगवान की कृपा से ताऊ गंगा प्रसाद जी का बोलबाला था...पिताजी खंडसाल के काम में रहते थे...चचागण (आधा दर्जन चचाओं का जिक्र था) खंडसाल व खेती के माल को नगरों में ले जाने, बेचने की व्यवस्था करते थे। ...मैं पढ़ने से कतराता था। मदरसे के लड़के ऐसे कतराने'वालों को पकड़-खींचकर मदरसे ले जाया करते थे...वहाँ फखरोदीन नाम के मुंशी पढ़ाया करते थे।...ईश्वर की अनुकंपा से आगे शिक्षा के लिए मुझे बुलंदशहर, मेरी बुआ के पास, रख दिया गया। बुआ विधवा थीं...उनके ससुर मुझसे प्रेम (स्नेह) करने लगे थे। बुआ का एक ही देवर था–बनारसीदास। उसकी उम्र दस-ग्यारह की होगी और मेरी बारह वर्ष। मैंने वहीं से अंग्रेजी मिडल (मिडिल) पास किया...बनारसीदास शहर निवासी होने के कारण ऐसे बदचलन लड़कों से मिलता-जुलता था कि...!!"

इसके बाद की कुछ पंक्तियाँ किसी ने बुरी तरह से काट डाली थीं।

उलट-पलटकर कई तरह से बहुत प्रयास किया, परंतु कटी पंक्तियों को पढ़ना दुश्वार साबित हुआ। इन चंद कटी पंक्तियों में दो पीढ़ियों के नैतिक मूल्यों की हलचल छिपी हुई थी। एक पीढ़ी की स्वीकारोक्ति थी, जिसे दूसरी पीढ़ी स्वीकार नहीं कर पा रही थी। और लगभग क्रोध में किसी ने अपने अधिकार-क्षेत्र का बेहूदा उल्लंघन करते हुए पारदर्शी कानों वाले आदमी के सच को बेरहमी से काट डाला था! वह पुरानी फालतू-सी नोटबुक अचानक एक जिज्ञासा में बदल गई थी!!

दो-ढाई घंटों के परिश्रम और कुछ तकनीकी नुस्खों के इस्तेमाल के बाद मैंने कटी पंक्तियों का पुनरुद्धार कर पठनीय बना लिया। पंक्तियाँ दिलचस्प थीं और पारदर्शी-गुलाबी कानों वाले व्यक्ति और उसके वक्त के अंतरंग रहस्यों को खोलती थीं।

बनारसीदास नामक बारह-तेरह वर्षीय खलनायक का जिक्र करते हुए उन्होंने लिखा था–"...उसकी संगत का असर मुझ पर पड़े बिना न रह सका और मैं भी बुरी आदतों का शिकार हो गया...मुझे कमजोरी व मूर्च्छा की बीमारी हो गई। इलाज होने के पश्चात् मैं ठीक तो हो गया, परंतु मेरी स्मर्ती (स्मृति) में अंतर आ गया और मैं आगे की परीक्षाओं में बहुत अच्छा दर्जा न पा सका। ईश्वर ने मेरी गलतियों के लिए मुझे दंड दिया...!"

भले ही सारा दोष 'शहर निवासी' बनारसीदास के मत्थे मढ़कर अपनी प्रतिष्ठा बचाने का प्रयास किया था उन्होंने, पर निश्चित रूप से मरते वक्त हृदय पर लदे अनेक बोझों में से यह भी एक बोझ रहा होगा! पुराने विचारों के आदमी थे। सौ बूँद घृत से एक बूँद रक्त, सौ बूँद रक्त से एक बूँद धातु के सिद्धांत को मानने वाले! ...चौदह वर्ष की उम्र में क्या बदचलनी हो सकती है? समय के लिहाज से ज्यादा से ज्यादा हस्तमैथुन! फिर अपराधबोध का सिलसिला–फिर खौफ, और खौफ और खौफ!! जीने की निकृष्टतम स्थितियाँ थीं!

हालाँकि वे कुछ ज्यादा ही मध्यवर्गीय लगे! वरना मैं उस काल के और उससे बहुत पहले तक के ऐसे बहुतेरे लोगों को जानता हूँ, जो गुलाबी कानों वाले जैसे अनेक लोगों को बर्बाद करने के पश्चात् भी किसी तरह की नैतिकता-वैतिकता के चक्कर में नहीं उलझते थे। बात इतने पर ही नहीं रुकी थी! उन्होंने अपने लिए कुछ और अमानवीय स्थितियाँ स्वयं रच डाली थीं। आर्यसमाजी प्रभाव और अपराधबोध के बीच उन्होंने निश्चय किया था कि–(1) कभी मांस-मदिरा का सेवन नहीं करूँगा! (2) कभी थ्येटर (थियेटर) नाच-रंग आदि नहीं देखूँगा! ब्रैकेट में टिप्पणी भी थी (ऐसा करने से धन व आचरण का नाश होता है)! और (3) नियमपूर्वक संध्या और यथासंभव हवन करूँगा!!

एक चुगद किस्म के परिवेश ने अपने दबाव में एक गुलाबी कानों वाले किशोर को कठउल्लू बना डाला था। रात बहुत हो चुकी है। आगे कल पढ़ूँगा।

हमारी कॉलोनी में पानी दो बार छह से नौ और धूप एक बार, आठ से दस बजे के बीच आती है। वैसे यह कॉलोनी क्यों हैं और किसकी हैं, किसी को नहीं पता! एक दफा एक अमेरिकी मित्र, जो मुझे वहाँ के बदलते तौर-तरीकों से वाकिफ

कराता था और जिसे बदले में मैं, विश्वास मानिए, अब्राहम लिंकन के बारे में पढ़ाता था, ने अचरज व्यक्त किया था, और उस दिन मुझे इस मूर्खता का पहली बार अहसास हुआ था! "दिल्ली के! हम सब दिल्ली के उपनिवेश हैं!" मैंने गर्दन कड़ी करते हुए कहा था!!

काफी देर से जगा। जब तक तैयार हुआ, तब तक धूप व पानी जा चुके थे। ऊपर एक मोटी रहती है। मुझे निरापद जानकर कभी-कभार चाय पिला देती है। चाय पीकर मैं ऑफिस भागा।

अविनाश को इतिहास व उत्खनन संबंधित कुछ पुस्तकें भेंट कीं, ताकि वह मुझे व चीजों को बेहतर समझ सके!

"लगभग दो हजार वर्ष पूर्व भी हमारे यहाँ रोमी और बीजान्ताई सिक्के ढालने का धंधा चलता था।"

"जैसे हम अभी रुपए के नोट इटली में छपवाते हैं? ...इंटरेस्टिंग!!" अविनाश ने कहा।

"नहीं–जैसे नक्काल लोग बनाते हैं!!" मैंने खुलासा किया।

"मतलब, सीधे-सादे-सच्चे भारतवासियों की तमाम बातें, किस्से-कहानियाँ सब मिथक हैं?" उसने बड़े ही करुण स्वर में पूछा था। जहाँ तक मुझे याद है, बचपन में उसे पूरी की पूरी भारत-भारती कंठस्थ थी।

"अच्छे-बुरे लोग हर जगह व हर काल में साथ-साथ होते हैं।" मैंने किसी पहुँचे हुए दार्शनिक की तरह उसे सांत्वना दी थी।

"आई नो...आई नो...जीवनी का क्या हुआ?" उसने अधिकार से पूछा।

"पढ़ रहा हूँ! दिलचस्प है!!" मैंने कुछ ज्यादा ही उत्साह दिखाते हुए कहा।

फिर अविनाश ने मुझे खाने पर आमंत्रित कर डाला था।

उन्होंने मेरठ से आई.ए. किया। हलद्वानी और देहरादून में फॉरेस्ट रेंजर की ट्रेनिंग। किसी रियासत में कुछ दिन जंगलात की देखभाल की, पर काम पसंद नहीं आया... "कारण कि रियासत की बेगम साहिबा, जो जंगल-संबंधी सुधार व दूसरे काम बतलाती थीं, उसे जंगल के नियमों के अनुसार कम और उनके बताए अनुसार ज्यादा करना पड़ता था!"

पता नहीं, आगे उन बेगम साहिबा का क्या हुआ। और प्रिवी-पर्स बन्द हो जाने के बाद उनकी आवारा, सिरचढ़ी संततियों के खर्चे कैसे चलते होंगे! और यह जानकर कि तमाम रियासतों के एवज में सरकार द्वारा मिलने वाले कुल पाँच करोड़ रुपए सालाना के प्रिवी-पर्स की तुलना में अब एक-एक वर्तमान/निवर्तमान

प्रधानमंत्रियों और उनकी आवारा, सिरचढ़ी संततियों तक पर बीसियों करोड़ रुपए प्रति वर्ष की दर से सरकारी खजाना खाली होता है...यह जानकर उन्हें कैसा महसूस होता होगा? ...इन सब चटपटी जानकारियों का स्रोत पनपते ही सूख गया था, कारण कि पारदर्शी कानों वाले ने वह नौकरी छोड़ दी थी...जिला यवतमाल में फॉरेस्ट सर्वेअर रहे। फिर मुस्तकिल रेंज ऑफिसर या फॉरेस्ट ऑफिसर हो गए। डेढ़-दो सौ की पगार पाते थे। भत्ता अलग! आगे एक फेहरिस्त थी, जिसमें उस वक्त के जिंसों की दरें लिखी थीं।

"घी रुपए में ढाई सेर...तेल पाँच सेर...गेहूँ पच्चीस सेर...आदि-आदि।"

घोड़ी थी, क्वार्टर था और नाना प्रकार के व्यक्तियों पर चर्चा थी। कंजर्वेटर, डी.एफ.ओ., साथी–सभी थे! मालकम साहब–चापलूसी पसंद...फॉसेट साहब–शराबी, थॉमसन–अच्छा शिकारी...मोर्टन–मिलनसार...बेनर्जी (बैनर्जी), बक्शी खुदाबक्श–सभी साथी! ...रेंजर लीलाधर–चोर! ...अब्दुल सलाम–जिसकी बहन का डी.एफ.ओ. से कुछ गड़बड़-सड़बड़ था!!

एक अदद पुनर्विवाह व दर्जन-भर बच्चों के दरम्यान ताऊन, मलेरिया, भूकंप व दोनों महायुद्धों के हवाले थे! यूनियन जैक से तिरंगे और वाइसराय के महल से राष्ट्रपति भवन तक का परिवर्तन था। और गाँधी-नेहरू-सुभाष-पटेल आदि पर श्रद्धा से छलछलाते उद्‌गार थे।

कुछ चीजें मेरी समझ से परे थीं। निस्तार या निस्वार एरिया? न जाने क्या बला है! ...'कोपिस विद स्टैंडर्ड सिस्टम'–पता नहीं क्या होता है! ...'मलट्टरी ग्रास ऑपरेशन'–अर्थ निकाला जा सकता है।

इसके अलावा शाहबलूत, चीड़, देवदार, सागौन, भोजपत्र, खैर, शीशम, सेन, तुन, अर्जुन और कितने ही गुम चुके दरख्तों की छाया थी। गुंडे, लकड़चोर, ठीकेदार, हाँके, शिकार, जंगल की आग, शेरों, साँपों की अनगिनत कहानियाँ थीं। दारवाह, पूसद पांदरकोडा, बुरहानपुर, काली भीत, अकोला, चिकलदरा और न जाने कितनी ही रेंजों के मौसम थे!

एक रेंज-क्लर्क की स्त्री भी थी, जिसे मैंने फिर कटी हुई पंक्तियों में से बचाकर निकाला था और जिस पर अपने तमाम संकल्पों के बावजूद वह मोहित हो उठे थे!

"...इसका परिणाम जो हुआ, वह मैं पीछे ही कह चुका हूँ कि हमेशा के लिए रेंजर ही रहा। आगे उन्नति के द्वार बंद हो गए। इसमें रेंज-क्लर्क की स्त्री पर मेरा मोहित हो जाना भी शामिल है। इस प्रकार की बातें उन्नति के मार्ग में रोड़ा बन जाती हैं...!" आगे बड़ी सावधानी से उन्होंने समापन किया था–"मैं ईश्वर को

हजार धन्यवाद देता हूँ कि उसने मुझे भ्रष्ट होने से रोका और मुझे यह लिखने का साहस दिया..हे प्रभु! तेरी इच्छा बलवान होती है...इसमें किसी का कुछ नहीं चलता... ।"

बहुत खूब! छद्म बेचारगी और सहानुभूति जीतने की उनकी तरकीबों को देखकर मुझे पूरा यकीन हो गया है कि यदि वह आज तक जीवित होते तो अवश्य ही किसी संस्कृति बचाओ दल या संघ के नेता रहते और पाश्चात्य 'कल्चर' के अतिक्रमण से भारतीयों के चारित्रिक अधोपतन पर घोर चिंता व्यक्त कर रहे होते!

बहरहाल, इन सबके बावजूद उनकी स्वीकारोक्तियाँ ईमानदारी की हद तक 'बोल्ड' थीं और निश्चित रूप से उनके घर में अनेक लोगों के लिए शर्म व सदमे का कारण बनी होंगी—और जिसे ढकने के लिए लोगों ने जहाँ-तहाँ घिस-काटकर कलम की जादुई ताकत का परिचय दिया था, सबसे अहम बात, जो उस घर में कलह का कारण बनी होगी—जैसा कि अविनाश ने शुरू में ही बताया था—वह अपनी पहली पत्नी पर लिखी गई छोटी-सी टिप्पणी थी और जिसने मुझे भी बेहद परेशान कर डाला था।

"...यह स्त्री वैसे तो बेपर्दा व पढ़ी-लिखी थी, किंतु सही न थी। वह अविश्वसनीय थी। फिर भी गृहस्त (गृहस्थी) तो उसके साथ निभानी ही पड़ती थी। ...1908 में पहले पुत्र का जन्म हुआ। जो कि चार वर्ष का था कि वह हमेशा के लिए चलती बनी..."...जैसे जान बची! कितना हलका महसूस किया होगा उन्होंने!

'अविश्वसनीय' पर जोर देने हेतु नीचे एक मोटी लकीर भी खींची गई थी। हो सकता है, उन्होंने ही खींची हो। हो सकता है, सौतेलों में से किसी ने किसी को जलील करने की मंशा से बाद में घसीट मारी हो...स्याही फर्क-सी थी।

आखिर वह ऐसा क्या कर गुजरी थी कि उसे एक रह-रहकर फिसल जाने वाले व्यक्ति तक का विश्वास गँवाना पड़ा था! ...बात निःसंदेह नाजुक रही होगी... अविनाश से पूछताछ में कुछ चनक न जाए! ...फिर भी सावधानी से चर्चा छेड़ी जा सकती है...

...नींद जोरों से आ रही है। पतले कानों वाले आदमी और उसकी अविश्वसनीय पत्नी के बारे में कल आराम से विचार करूँगा। कल स्वाधीनता दिवस है। छुट्टी का दिन है!

कल के दिन हम सभी को यह अधिकार है कि अपने-अपने घरों पर तिरंगा लहरा सकें। मैं कभी नहीं फहराता। जब बाकी दिनों रोक है, तो साल में दो मर्तबा फहराया—न फहराया, क्या फर्क पड़ता है! अंग्रेजी सिसनकाल (शासनकाल) में भी

गुनाह था, चूतड़ें उधेड़ दी जाती थीं...आज भी गुनाह है! पर राष्ट्र के नागरिकों से राष्ट्रीय झंडा क्यों खौफजदा रहता है और तब इसे 'राष्ट्रीय झंडे' की बजाय 'राजकीय झंडा' क्यों नहीं कहा जाता–इसे अब तक किसी ने स्पष्ट नहीं किया है।

बहरहाल, दशकों पहले स्वाधीनता दिवस की संध्या पर अविश्वसनीय करार दी गई स्त्री के सत्य को टटोलना निःसंदेह बड़ा महत्त्वपूर्ण-सा लगेगा।

सवेरे-सवेरे मूड खराब हो गया! अनगिनत किक मारने के बावजूद स्कूटर स्टार्ट नहीं हुआ। एक जान-पहचान के मैकेनिक को दिखाया तो उसने स्कूटर फेंक देने की सलाह दी! बस पर चढ़ने की आदत छूट चुकी है, फिर भी धक्के खाता ऑफिस पहुँचा। वह औरत जो सिर पर सवार थी! अविनाश से पूछताछ जरूरी थी!

जब ऑफिस प्रांगण में झंडा फहराने की पैरोडी समाप्त हो गई और लड्डू के ठोंगों पर लूटमार मचने लगी तो मैं उसके साथ उसके घर चला गया।

"क्या बात है? ढीले से दिख रहे हो! 'नेशनल एन्थम' गाने की बजाय कसैला-सा मुँह बना रहे थे!" गांधी टोपी और बंद गले के कोट में वह कार्टून-सा लग रहा था।

"गला खराब है," मैंने कहा।

"हर व्यक्ति कभी न कभी चीजों में विश्वास खो देता है...पर समय एक-सा नहीं रहता–चीजें सुधरती भी हैं!" उसने किसी संत की मानिंद दर्शन झाड़ा। आज उसकी बारी थी!

"सुधरेंगी तब देखा जाएगा...वैसे मैं 'विश्वास खोने' पर ही तुमसे कुछ पूछना चाहता था? ...नोटबुक की अविश्वसनीय के बारे में! ...चक्कर क्या था?" मैंने सावधानी से पूछा।

अविनाश गंभीर हो गया।

"पता नहीं! दादा के रहते तो यह बात कभी उठी नहीं, पर उनके मरने के बाद जीवनी पढ़कर काफी कलह हुई थी। कुछ ही दिनों के भीतर सौतेले ताऊ से बँटवारा भी हो गया था। और हालाँकि मैं छोटा ही था, पर उस वक्त भी 'अविश्वसनीय' पर काफी अश्लील किस्म की टीका-टिप्पणियाँ हुई थीं। ...पर सोचो, पत्नी को ऐसा पाकर कितना सदमा पहुँचा होगा उन्हें! क्या-क्या समझौते किए होंगे? कैसे सब चुपचाप सह लिया करते होंगे? ...अपने पुरुष-दंभ को कैसे दबाया होगा उन्होंने?..." अविनाश बुरी तरह भावुक हो चला था। दादा पर

उसकी सहानुभूति थोक भाव से उमड़ रही थी...सचमुच, अंधभक्ति की शुरुआत अपने घरों से ही होती है!

"...सच कहता हूँ, मुझे बड़ी हैरत होती है उनकी सहिष्णुता पर...!" वह बोला था।

हैरत मुझे भी हुई थी। एक पुरुष-शासित समाज में वे अगर चाहते तो बड़ी आसानी से लातें मारकर उस कुलटा को घर से निकाल दे सकते थे। आज तक सामान्य सी बात है! उतना बर्दाश्त करने की जरूरत क्या थी?

"आखिर कोई तो वजह रही होगी?" मैंने सोचते हुए कहा।

"क्या पता! ...शायद चीजों को जगजाहिर कर तमाशा नहीं बनना चाहते होंगे...!"

अविनाश परेशान दिख रहा था।

"पर वह अविश्वसनीय क्यों बन गई थी...यह भी तो हमें नहीं पता!" उसकी बीवी फ्रांसीसी परफ्यूम बनकर कमरे में चली आई थी। खुलकर बातें करती है और मुझे बेहद अच्छी लगने लगी है...वैसे भी, इसमें किसी का कुछ नहीं चलता...!!

"वैसे तुम मर्द लोग बड़े मीन होते हो...हो सकता है वह बेचारी किसी से जरा हँस-बोल लेती हो...आई मीन–दोस्त की तरह!" उसने मेरी ओर देखते हुए कहा था–पता नहीं क्यों मेरी कनपटी गर्म हो गई थी।

"मीननेस की क्या बात है?" अविनाश चिढ़कर बोला..."बल्कि मर्द तो खासा बर्दाश्त करने वाला होता है...अपोजिट सेक्स से मिक्स करने की जितनी छूट औरतों को है, उस हिसाब से मर्दों को कुंठा से खुदकुशी कर लेनी चाहिए!"

"क्या मतलब है तुम्हारा?" उसकी पत्नी ने तीखे स्वर में पूछा। मैं भी भ्रमित-सा उसकी ओर ताक रहा था।

"नौकर-चाकर से लेकर जीवन के हर दायरे में औरत मर्दों से घिरी रहती है, जबकि मर्दों के लिए औरत रहस्यमयी ही बनी रहती है...मान लो, अपने पांडे ड्राइवर की जगह एक स्मार्ट-सी छोकरी मुझे रोज दफ्तर पहुँचाए...तुम्हारे 'रामू' की तरह एक खूबसूरत बाला मेरे भी इशारे पर नाचने के लिए खड़ी हो...जीवन के हर दायरे में पल-पल कन्याओं से मेरा वास्ता पड़ता रहे, तो क्या तुमसे बर्दाश्त हो पाएगा?" अविनाश ने दबी हुई भड़ास निकाली।

"शायद नहीं...!" उसने सोचते हुए कहा।

"देखा! ...तुम्हें तो अपनी एकमात्र आया की तरफ मेरा ताक लेना तक सहन नहीं हो पाता है!"

"...ठीक है...पर यह स्थिति तुम मर्दों की ही बनाई हुई है...और अगर अपनी नौकरानी से इश्क लड़ाना ही तुम्हारे जीवन का ध्येय है, तो मुझे कोई एतराज नहीं ...तुम आजाद हो...!!"

"म...मेरा यह मतलब नहीं था..." अविनाश हकला गया।

जिस कुशलता से वह इस फंदे से बच निकली थी, साथ ही अविनाश को लड़खड़ा डाला था, वह विस्मयकारी था। क्या स्त्रियाँ सचमुच इतनी चतुर होती हैं! ...मैंने अचरज से सोचा था।

"ओह! तो फिर मैंने ही गलत समझा होगा...।" उसने बड़ी सफाई से इस किस्से को ही बंद कर दिया। अविनाश के संग मैंने भी राहत की साँस भरी थी।

"ऐनी वे, हम मुद्दे से भटक रहे हैं..." अविनाश ने खीज मिटाते हुए कहा, "वह तुम्हारी तरह मॉडर्न विचारों की नहीं थी...'अविश्वसनीय' का जमाना अलग था...'दोस्त की तरह' जैसे मर्दों की उस वक्त कोई गुंजाइश नहीं रही होगी।"

"तब हो सकता है, वह तो अकसर दौरे पर रहते होंगे...यह पड़ी-पड़ी बोर होती होगी...कोई अच्छा लग भी जा सकता है...इट इज क्वाइट नैचुरल...कोई दूसरा रेंजर...या स्टाफ में से कोई...?"

अविनाश ने उसे अविश्वास के साथ देखा था।

"...स्टाफ...! व्हाट नॉनसेंस...यह बात कुछ ज्यादा ही दूर तक जा रही है...आई कांट बिलीव इट...!!" वह बौखलाकर बोला। अचानक ही खानदानी प्रतिष्ठा उसके लिए महत्त्वपूर्ण हो उठी थी, जिसे बचाने के चक्कर में वह दोनों तरफ से फँसता जा रहा था। कुछ देर चुप्पी छाई रही।

"इसे निजी मसले से ऊपर उठकर सोचा जाए, तभी कुछ निष्कर्ष निकल सकता है..." मैंने साहस बटोरकर कहा था।

"यू आर राइट!" मैडम ने प्रतिध्वनि की तरह सहमति भरी। अविनाश चुप रहा। उसे यह बहस हजम नहीं हो पा रही थी।

जैसे पुचकारा जाता है, उसने आहिस्ता से मुँह फुलाए अविनाश का हाथ पकड़ा था और मुझे देखते हुए धीरे से मुसकराई थी। मैं समझ गया था, मेरे उठने का वक्त हो गया है।

मैं उसका कायल हो गया था—क्यों रहती है इस घोंचू के साथ! मैंने शायद पहली और अंतिम बार उसके लिए ऐसा सोचा था!

बत्ती शाम से गुल है। अँधेरा है, थकान है, खिन्नता है। मच्छर भिनभिना रहे हैं। पंद्रह अगस्त पर मुर्दा-सा माहौल है...कई लोग आजाद घूम रहे हैं! ...नीचे पुराने

परनाले में कुछ सड़ रहा है! जिनसे आजादी पाई थी, उनके ही छोड़े ढाँचों के नाम बदल-बदलकर पचास बरसों से काम चलाते जा रहे हैं, कभी-न-कभी बास तो उठनी ही है! गांधी मैदानों, अंबेडकर पार्कों से लेकर पटेल मार्गों तक! राजीव चौक, भारतीय रेल, संसद व राष्ट्रपति भवन, और न जाने कहाँ तक! ...यह भी हो सकता है कि जिस खंभे पर आज आपने तिरंगे को टाँगा था, वह भी अंग्रेजों का ही गाड़ा हुआ हो! ...कुछ भी हो सकता है! ...पर कम-से-कम घोटालों, हवालों और गुप्त खातों के आलोक में 'उपनिवेशवादियों' का अर्थ तो हमें सुधार ही लेना चाहिए!!...

सचमुच, मिजाज बेतरह चिढ़ा हुआ है।

उधर अविनाश से भी कुछ खास हासिल न हो सका था। एक मरी-खपी स्त्री का मामला मेरे लिए चुनौती-सा बनता जा रहा था। एक कनपातर आदमी ने लगभग सदी भर पहले एक स्त्री को अविश्वसनीय करार दिया था,...इतना आसान होता है क्या? ...या क्या पता...होता होगा! और वह ऐसी थी या कैसी थी, यह जानने का कोई सूत्र भी उन्होंने नहीं छोड़ा था।

पर गड़े मुर्दे उखाड़ने का काम है मेरा! और फिर पूरी की पूरी रात बाकी है। प्रयास करके कुछ तो खोजा ही जा सकता है—मैंने सोचा। अँधेरे में भूतों की कल्पना आसानी से की जा सकती है। और मुझे लगता है, भूतों की भीड़ में कहीं न कहीं वह स्त्री भी अवश्य खड़ी है। तमाम परेशानियों के बावजूद मैं धीरे से मुसकरा उठता हूँ। वह भला और हो भी कहाँ सकती है!!

मैं भूतों पर नजर दौड़ाता हूँ—कोई क्यों विश्वसनीय बन जाता है? पहले इसका उत्तर मिल जाए तो 'अविश्वसनीय' के कारण भी खुद-ब-खुद निकल आएँगे। ...मगर लगता है, इसका कोई फार्मूला नहीं है। बस ऐसा होता है! समूह की इच्छा है! महावीर...बुद्ध...मूसा...ईसा...मोहम्मद...मीरा...मेरी...अनेक उदाहरण हैं! ...चाहे ईसा पर इससे कोई अंतर न पड़ता हो, पर कुंआरे मातृत्व की कथा तो अविश्वसनीय ही कहलानी चाहिए थी! ...और एक पतित-से परमेश्वर को पति मानने का जुनून दिमागी कमजोरी अथवा दमित-अतृप्त कामेच्छा व यौन कुंठा के अतिरिक्त भला क्या हो सकता है? और ऐसी कितनी ही मूर्तियाँ हैं, जो आम आदमी की तरह 1940 में अवकाश प्राप्त किए और 1970 में हमेशा के लिए 'चलते बने' एक 'मुस्तकिल' फॉरेस्ट ऑफिसर के लिए विश्वसनीय बनी रही होंगी। मुझे यकीन है कि यदि भक्ति-भाव की टेक हटा ली जाए और ठंडे तर्क व तथ्यों से काम लिया जाए तो प्रागैतिहासिक काल से लेकर अब तक के तमाम बुत बड़ी आसानी से ध्वस्त हो जाएँगे!

...राम से लेकर चौहान तक, राणाओं से लेकर रानी तक! साम्राज्यवादी हथकंडों को बेशर्मी से अपनाते पटेल से लेकर धुर्रीय ताकतों की कठपुतली बने, छद्म सैन्य-भूषा में इतराते सुभाष तक! तरह-तरह के इंद्रजाल दिखाते, ख्वाब पिलाते—गांधी, अंबेडकर, नेहरू, लोहिया से लेकर आज तक! यहाँ तक कि स्टालिन, माओ, हिटलर, केनेडी या सद्दाम सरीखे आयातित कचरे माल तक, जो समय-बेसमय हमारी अंधी बुतपरस्ती को बढ़ाते रहे हैं! ...यह जितनी भी गिरी-खड़ी मूर्तियाँ हैं, सब की सब दरक जाएँगी!

अँधेरे में हलचल है। हृदय बेकाबू धड़क रहा है। सारा बदन पसीने से नहा उठा है। अगर सब चूर हो गया तो हमें नए प्रेत तलाशने पड़ेंगे! ...कहाँ से लाएँगे? ...राष्ट्र का क्या होगा!

नहीं! मैं मूर्तिभंजक नहीं हूँ! और समझ सकता हूं कि यह असंयमित प्रतिक्रिया लंबी कुढ़न व चिढ़चिड़ाहट का नतीजा है, जो किसी एक वजह से नहीं है, और उसमें आज स्कूटर खराब हो जाने से लेकर मच्छरों का काटना तक शामिल है! और जिसका कि उस अविश्वसनीय स्त्री से कोई सीधा ताल्लुक भी नहीं है, परंतु फिर भी न जाने क्यों मुझे लग रहा था कि यदि एक मरी-खपी स्त्री की अस्मिता बचाने का प्रयास भी नहीं किया गया तो रामराज्य से लेकर लोकतंत्र तक सब अविश्वसनीय हो जाएगा! धत्! ...ऐसा भी कहीं होता है क्या? ...यह निस्संदेह श्लील सीमाओं का उल्लंघन है!

...जरा-जरा सी बात को इतना बढ़ा-चढ़ाकर सोचा जाए, इसका कोई औचित्य नहीं है...पर तर्कों पर कर्फ्यू लगा दिया जाए, यह भी तो उचित नहीं! ...यकायक दिमाग चौंधिया जाता है...गुजरे काल की पेचीदगियों को आज की तार्किकता से नहीं सुलझाया जा सकता! ...बिलकुल! और हो सकता है, मैं गलत काल में गलत शब्द के गलत अर्थ खोज रहा हूँ। पतले कानों वाले के जमाने में उस जैसी स्त्री की औकात अधिक से अधिक क्या रही होगी? और ऐसे में विश्वास खोने की न्यूनतम स्थितियाँ क्या हो सकती हैं? हो सकता है, देर तक पड़ी अलसाती हो...या बहस लड़ाती हो! या चुपके से हलवा-शलवा बनाकर चट कर जाती हो! वैसे सोचा जाए, तो उसका बेपर्दा या पढ़ा-लिखा होना ही क्या उसे अविश्वसनीय बना डालने के लिए काफी नहीं रहा होगा? ...या...या क्या होगा—कुछ भी विश्वास के साथ नहीं कहा जा सकता!

पता नहीं, क्या बज चुका है। मैं रात में दूर तक उतर आया हूँ। चारों तरफ अँधेरा गहराया हुआ है—और माना कि 'चीजें सुधरती भी हैं'—अविनाश ने कहा था, ...पर

तब तक बत्ती का क्या किया जाए? ...परनाले से आती दुर्गंध का क्या किया जाए? और उस अहम् अनुत्तरित प्रश्न का–जो कब से जस का तस खड़ा है?

पर जब किस्म-किस्म के पात्र हजारों बरसों से लेकर अब तक अपनी विश्वसनीयता बनाए हुए हैं, तो एक छुई-मुई-सी लड़की, जो थोड़ी-सी चटोरी, गुड़हल की तरह चटक, चंपा-सी भीनी और जंगलों की तरह रहस्यमयी रही होगी–और जो शायद किसी गबरू जवान को देखकर धीरे से मुसकरा उठती होगी–वह समूची हाड़-मांस की छोकरी, एक पारदर्शी कानों वाले व्यक्ति के लिए भला क्योंकर अविश्वसनीय रही होगी–मेरी समझ से परे है!

[हंस, अक्तूबर 1997]

गिरफ्त

"कमई थेऽऽ ऽऽऽ!" काँच की किर्चों से भी तीखे अंदाज में रौय चीखा। आवाज की तासीर ने असर दिखाया। दर्शकों की भुनभुनाती भीड़ पर जैसे खामोशी टूटकर बिखर गई। रौय बखूबी जानता है कि आवाज के अंदाजों का कैसे और कब इस्तेमाल किया जाता है। इसी अभिनय की तो कमाई खा रहा है वह!

"ओस्स!" हम दोनों ने झुककर कहा और सुरक्षात्मक मुद्रा में मुट्ठियाँ कसकर खड़े हो गए। रौय मैदान छोड़ कुर्सियों की तरफ मुड़ा और पहली कतार के बीचोबीच बैठे अकेले गदेले सोफे पर पार्थो के पिता की बगल में धँस गया। उनके सामने एक कामदार मेज थी। मेज पर चाँदी की खूबसूरत तश्तरी थी। जिसमें मजबूत रेशम से बुनी, चमकती काली बेल्ट एक अजदहे की तरह सजाकर रखी हुई थी जो इस मैच के बाद पार्थो को दी जानी थी।

यह सारे चोंचले रौय की ईजाद थे!

हालाँकि पार्थो की परीक्षा लेकर ब्लैक-बेल्ट की अनुशंसा मैं पिछले सप्ताह कर चुका हूँ। पर उसका नाम कढ़ी, प्रमाणित बेल्ट को बाहर से आने में अभी महीनों लगेंगे! फिर इस दिखावटी मैच का अर्थ क्या है?

मेज पर एक गुलदस्ता भी सजा था–जिसमें नन्हा-सा वसंत उतारने की बेवजह चेष्टा की गई थी। गुलदस्ते के बाहर का मौसम कहीं अधिक खुशनुमा था।

जाड़े की शुरुआत में एक झड़ी पानी टिपटिपा चुका था। तिरछा-सा इंद्रधनुष एक कोने में तना जगमगा रहा था, जैसे किसी ने मढ़े आकाश पर एक रंगीन कूची फेर दी हो! हरीतिमा की ऊष्मा से आर्द्र आदिगंध मेरे नथुनों में समा रही थी। गुलाब और गुलदावदी की पंखुरियों से सटी भीगी तितलियों के पंख आहिस्ता-आहिस्ता फरफरा रहे थे। पर मेरा मन उचाट था!

मैदान में मंकीगेट से घुसते वक्त दीवार का गीला रंग पीछे रगड़ खाकर मेरे धवल कपड़ों पर बड़ा-सा भद्दा धब्बा छोड़ गया था। सिर्फ मेरी काली बेल्ट ही

बदरंगों का प्रतिरोध करने में सक्षम थी। ...क्या सचमुच? मैं दावे के साथ नहीं कह सकता। मात्र काले रंग की सिली हुई पट्टी ही तो है!

फिर मुझे देखकर पार्थो द्वारा नाटकीय तरीके से किया गया बाओ (सम्मान में झुकना) और एक हलकी-सी मुसकान का उसके होंठों को ऐंठ जाना...! पता नहीं क्यों चिढ़ता है मुझसे! उसका यह छिछोरापन मुझे परेशानी में डाल देता है।

तिस पर न कोई रेफरी, ना कोई जज! ...इस मूर्खतापूर्ण मैच का कोई औचित्य नहीं है! ..."आला दर्जे का पागलनपन है यह!" मैंने कल ही ऑफिस में रौय से कहा था। पर यह सिर्फ शुरुआत थी। असली पागलपन आना बाकी था। रौय धीमे-धीमे मुसकराता रहा–

"...पार्थो के पिता बड़ी मुश्किल से चीफगेस्ट बनने को राजी हुए हैं...उनके पब्लिक स्कूल के सभी विद्यार्थी इस इवेंट को देखने आ रहे हैं...सोचो, कितना बड़ा क्राउड होगा...मतलब...तुम्हें थोड़ी एक्टिंग भी करनी पड़ेगी..." रौय ने खखारकर गला साफ किया और कुछ सकुचाते हुए कहा था..."अऽऽ तुम्हें उससे जरा दबकर खेलना होगा...बस्स...फिर मैच को समाप्त कर देंगे! सबको कितना अच्छा लगेगा! ...नहीं?"

"यह सरासर गलत है और खतरनाक भी!" मैं मुँह बाए उसे देखे जा रहा था।

"किसने कहा था कि मार्शल-आर्ट्स में अपना कैरियर बनाओ? ...किसने कहा था तुमसे?" रौय एकदम से उखड़ गया, "इस तरह दीदे फाड़ने की कोई जरूरत नहीं है, मुझे अपनी संस्था का फ्यूचर भी देखना है, दैट्स ऑल!"

मेरे मारक-कला विद्यालय के ड्राप-आउट सहपाठी ने अपने मारक-कला केंद्र के बारे में ऊँची आवाज का जादू दिखाते हुए कहा था। मैं जानता था, यह उसका आदेश है। चुप हो गया। हर तरफ तो लड़ नहीं सकता। पहले भी नतीजे भोग चुका हूँ।

रौय को तो हम कब का भूल चुके थे। जहाँ तक मुझे याद है, मारक-कला विद्यालय में जब मैं अपनी काली-बेल्ट पा रहा था, वह भूरी पर ही अटका हुआ था। फिर कब एक दिन से उसका आना बंद हो गया, हमें याद तक नहीं! जाहिर-सी बात है, उसके जाने से कोई दिल नहीं टूटा था।

उधर तीन दान पार करते-करते जब मेरा संदेह प्रबल होता जा रहा था कि आखिर इस विधा में भविष्य क्या है तो मुझे सेना के स्पेशल कंबैट डिविजन में प्रशिक्षक की नौकरी मिल गई।

नौकरी मिलते ही जो पहली और अंतिम चीज टूटी, वह मेरा विश्वास था कि सेना दूसरे महकमों के मुकाबले जरा पाक-साफ-सी जगह है। अंतिम इसलिए कि

कमबखत हर टूटने वाली चीज–खिड़की के शीशों से लेकर यूनिफॉर्म की क्रीज तक कड़े एहतियात से रखते थे और मुझे सारी खीज भूस भरी बोरियों पर ही निकालनी पड़ती थी! खैर, उसके बाद श्रीलंका! मैं भी शांति मिशन पर गया था। सेना और शांति! दोनों में घोर विरोधाभास था, पर यह बोध भी मुझे काफी देर से प्राप्त हुआ था।

हम मूर्खों की तरह बुत बने खड़े रहे। भीड़ अप्रत्याशित रूप से बड़ी थी। रौय का उत्साह बढ़ा हुआ था। उसे हर किशोर में अपना संभावित विद्यार्थी नजर आ रहा था। हर विद्यार्थी पाँच सौ रुपए प्रतिमाह में तबदील हो रहा था। रौय भले ही मारक-कला का पिछड़ा और दलित रहा हो, पर इतने सारे पैसों को सहेजकर रखने में उसे पांडित्य प्राप्त था!

मेरी पत्नी आगे से दूसरी कतार में बैठी हुई थी। पहली पंक्ति विशिष्ट अतिथियों के लिए आरक्षित थी। चार बरस की नन्हीं उसकी गोदी में उचक-उचककर हाथ हिला रही थी। इन दो वर्षों में पत्नी ने तीन बार उसका नाम बदलने की चेष्टा की है–मिस यूनिवर्स...मिस वर्ल्ड और एक बार फिर...बैंगलुरू के बाद! मुझे बिलकुल पसंद नहीं, अभी भी उसे पायल ही बुलाता हूँ। भगवान जाने स्कूल में क्या लिखा जाएगा! मैंने आहिस्ता से गर्दन हिलाकर अभिवादन का जवाब दिया।

ठीक सामने वह सांवली लड़की बैठी हुई थी जो मुझे बार-बार जाफना की याद दिला रही थी। थोड़ी देर पहले तक पार्थो उसकी बगल में खड़ा तन्मय-सा बातें किए जा रहा था। मैं उसके इतना निकट नहीं कि निश्चित तौर पर कह सकूं कि वह उसकी मित्र है या प्रेयसी। पर मैं प्रेयसी पर ही शर्त लगाऊँगा।

सिनेमाई अंदाज में काले चोगे पहने दो लड़के, सामने की कतार में विशिष्ट अतिथियों को नाश्ते के डिब्बे और शीतल-पेय की बोतलें परोस रहे थे। पार्थो के पिता व रौय को नाश्ता सुंदर प्लेटों में दिया जा रहा था। मैंने आँखों के कोने से देखा, पायल पेप्सी के लिए मचल रही थी और उसकी माँ उसे तमाचा दिखा रही थी।

"हाज़मे।" रौय के होंठ काँपे। स्पर्धा शुरू हो चुकी थी।

कुछ देर तक हम चपलता से एक-दूसरे से बचते रहे। पार्थो के जैसे हर अंग में बिजली दौड़ रही थी। अब तक का सर्वश्रेष्ठ प्रदर्शन दिखा रहा था। मैंने खूबसूरत टाइमिंग के साथ जोदानमाएगेरी का प्रयोग किया। सामने से उछाले गए मेरे पैर

को, बावजूद इस श्रेष्ठ प्रदर्शन के, वह अपने चेहरे पर टकराने से बचा पाएगा, इसमें मुझे पूरा संदेह था, पर उसने मावाशीऊके का ऐसा अद्‌भुत सधा इस्तेमाल कर, घूमते हुए, मेरे दाँव को हवा में ही काट डाला कि दिल वाह-वाह कर उठा। इस संस्थान का पहला सच्चा ब्लैक-बेल्ट निकला है यह! इसकी अनुशंसा करके कोई एहसान नहीं किया है मैंने!

...कितनी संभावनाएँ हैं इस लड़के में! पर रातोरात एक सितारा बन जाने की इसकी आकांक्षा इतनी प्रबल है कि सब कुछ असंतुलित हो जाता है। ...फ्लैशगन की चमक! ...आटोग्राफ देता पार्थो! ...खबरों में छाया पार्थो!...भीड़ से घिरा पार्थो...!! झट से एक स्वतंत्र व्यक्तित्व स्थापित कर लेने की अदम्य भूख है उसमें। उसे मैं अलग से सिखाता आया हूँ। मेरे इस संस्थान में आने के पहले ही वह अपने समकक्षों से काफी आगे निकल चुका था। जब मैं पहली दफा उसके साथ शुरुआती दौर की तरकीबें आजमा रहा था तो उसने कुछ गंभीर किताबी दाँव कुशलता से लगाकर मुझे चौंका दिया था।

"यह कहाँ से सीखा तुमने?"

पार्थो हेकड़ी से मुसकराता रहा था। मानो आँखों से जता रहा हो–'मैं तुम्हारी तरह का कुंदबुद्धि प्रशिक्षक नहीं...होमवर्क भी करता हूँ!'

"यह बढ़-चढ़कर दिखाने की चीज नहीं है, पार्थो! यह कला बहुत संयमित और क्रमिक विकास की माँग करती है! ...खासकर तुमसे, जिसमें इतनी संभावनाएँ हैं!"

पार्थो को लगा था मानो मैं खिसियाकर बोल रहा हूँ। बाद में मुझे वक्त-बेवक्त डाँटना भी पड़ा था। तब से वह अन्य किशोरों का चहेता, अपने विशाल दल का नायक, मुझसे दाँव-आजमाइश के लिए बेताब रहता है। मैं जानता हूँ, पीठ पीछे तरह-तरह के मुँह बनाकर मेरा मजाक भी उड़ाता है। सामने में एक ढीठ-सी मुसकान! शरारत-भरी आँखें, सलवटें पड़े आँखों के किनारे, गोरा-गेहुँआ रंग और उभरी हड्डी वाले गाल! ...बचपन उसके चेहरे पर खेलता है और मन में समय से पहले सब कुछ पा लेने की तीव्र लालसा है। वैसे यह कमबखत 'सही समय' होता क्या है, मुझे खुद नहीं पता!!

हलकी-फुलकी गुरबाजी चलती रही। फिर मैंने गेदान मावाशीगेरी का दाँव आजमाया। पैरों के बीच की हड्डी उसकी जंघा से टकराई। पार्थो बुरी तरह लड़खड़ा गया। पर पलक झपकते मुझसे सट-सा गया और मेरी पसलियों पर

मुक्कों की बौछार कर दी। निःसंदेह यह 'स्ताजुकी' का बेहतरीन नमूना था। मेरी पसलियाँ दर्द से तड़तड़ा रही थीं। फेफड़ों से हवा सरकती जा रही थी। मैं सोतोऊके काट लगाकर बच सकता था, पर मैंने कुछ पल तक इसे होने दिया! भीड़ में मानो विस्फोट हो गया। लोग उत्साह से बेकाबू हुए जा रहे थे। मैं छिटककर साँसें बटोरता रहा। पार्थो की प्रेयसी, वह साँवली-सी लड़की, जोर-जोर से चिल्ला रही थी!

जाफना के जंगलों में वह भी इतनी ही जोर से चिल्लाई थी! मुझसे बर्दाश्त न हुआ था। मैं अपने साथियों से ही उलझ पड़ा था। एक ने गलती से मेरा गिरेबान पकड़ लिया था। जीवित होगा तो उसकी जुड़ी हुई कलाई अब तक दुखती होगी। बाकियों ने अपने हथियार मेरे ऊपर तान लिए थे। साँवली लड़की जंगल बनकर लुप्त हो चुकी थी। और मामला सफाई से दबा दिया गया था, पर मैं जानता था कि अगली दफा मुझे कोर्ट-मार्शल झेलने के लिए तैयार रहना होगा।

जो भी हो, मुझे आज तक संतोष है कि मैंने एक लड़की को मानव-बम बन जाने की हद पार करने से बचा लिया था। यह उनके, हमारे और राजनेताओं के–सबके हक में था। या क्या पता! वैसे भी मुझे राजनीति की बहुत समझ नहीं है।

उस दिन हम आगे बढ़ रहे थे कि सुरंगों के श्रृंखलाबद्ध विस्फोट में कब घिर गए, पता ही नहीं चला। सब बदहोश थे। अगल-बगल में मौत नाच रही थी। फिर धारियाँ ओढ़े काले चीते अपने ठिकानों से निकले जो तामिड्ल में गुफ्तगू कर रहे थे। और उनमें वह साँवली लड़की भी हथियार उठाए मौजूद थी। बचे हुए लोगों–घायलों को उन्होंने एक-एक कर बेरहमी से उड़ा दिया। मेरे देखते ही देखते वे सब आई.पी.के.एफ. की पाँच हजार की कैजुअल्टी का अभिन्न हिस्सा बन चुके थे और जाफना भारत का वियेतनाम।

मेरे बारे में उनमें कुछ मतभेद था। मेरे भविष्य को लेकर वे आपस में बहस करते रहे। बहस लंबी खिंच रही थी। घातक स्वचालित अस्त्रों पर उँगलियाँ कसती जा रही थीं। अचानक लड़की ने घूमकर दक्षिणी लहजे में कहा, "गो बैक!" और एक गोली मेरी जाँघ में मार दी! फिर किसी ने कुंदे से सिर के पीछे वार किया। मुझे लगा था, मैं मर चुका हूँ।

आँखें खुलीं तो चेन्नई (तब मद्रास) के सैनिक अस्पताल में था।

कभी-कभी पत्नी के हाथ जख्म के दाग में आकर अटक जाते हैं।..."निशाना सही नहीं लिया बेचारी ने–गोली तो बीचोबीच मारनी चाहिए थी!" मेरी चीख

निकल जाती है...पैर बेसाख्ता सिकुड़ जाते हैं और वह हँसते-हँसते लोट-पोट हो जाती है! यह हमारा बड़ा ही अंतरंग और निजी-सा मजाक है!

पर उसने गोली क्यों मारी! मैं आज तक नहीं समझ पाया। हड्डी उड़ जाती तो! मैं तो किसी लायक न रहता! बहरहाल, मेरा शांति-मिशन समाप्त हो चुका था। हथियारों को अलविदा!!

मुझे लगा कि पार्थो ने माएगेरी का प्रयोग किया है। मेरे धड़ के मध्य में आता उसके पैरों का प्रहार, बीच हवा में घूमकर कब माएमावाशी में बदल गया और मेरे माथे की तरफ लपकता हुआ आया—सोचने का वक्त नहीं था। मेरे सारे प्रयास धरे रह गए...मेरा 'फेसगार्ड' बेकार चला गया। ठक की आवाज के साथ कपार झनझना गया। मैं गिरते-पड़ते पीछे हटा। भीड़ में तालियों की गड़गड़ाहट फूट गई। मैं खुद पर चिढ़ गया। एकाग्रता की कमी पर अपने को जी भरकर कोसा।

रौय इस छलने वाले दाँव को, अपने बौड़म तरीके से समझाने में व्यस्त था। पार्थो के पिता झूठ-मूठ में माथा हिला रहे थे और उनकी आँखों में बेटे के लिए गर्व छलककर कनपटी तक उछल आया था। पार्थो के पिता पर रौय का इतना ध्यान देना बिलकुल वाजिब है। उनका अपना बड़ा भारी और नामी विद्यालय या सच कहा जाए तो पढ़ाने की फैक्ट्री है! आठ हजार विद्यार्थी पढ़ते हैं वहाँ! रौय चाहता है कि उनके विद्यालय और उसके प्रशिक्षण केंद्र में एक करार हो जाए। विद्यालय के सभी इच्छुक छात्रों के लिए रौय मारक-कला का एक अतिरिक्त क्लास उनके परिसर में ही खोल दे। रौय का सीधा-सा गणित है कि पार्थो के पिता का विद्यालय यदि पाँच सौ रुपए प्रतिमाह भी ट्रेनिंग-फीस के नाम पर बढ़ा देगा तो भी अभिभावकों में दम नहीं कि चूँ तक कर सकें! पाँच सौ गुणे दो हजार विद्यार्थी (कम से कम भी) प्रतिमाह...!! मुझे तो इतने पैसे जोड़ने में ही घबराहट होने लगती है। बार-बार मुड़कर देखने लगता हूँ, मानो पीठ पीछे कोई चोर खड़ा हो!

पत्नी की आँखों में अविश्वास की लकीरें खिंच रही थीं। पायल भी सहम चली थी। मैंने उन्हें चिंता न करने का इशारा किया। पता नहीं उसने मेरा संदेश पढ़ा या नहीं, पार्थो फिर मारक-परिधि में पहुँच चुका था।

उसने योकोगेरी चलाई। मैं पेट में लात खाकर पीछे हटा और ऊचीमावाशीगेरी का किताबी कुशलता से इस्तेमाल किया—सही टाइमिंग, सही अंदाजा और संतुलित प्रहार! पार्थो की सारी सुरक्षा को वेधती मेरी किक उसके ऊपरी जबड़े पर पड़ी।

वह गिर गया—फिर डगमगाता हुआ उठा। मैं जानता हूँ उसे धुँधलके से निपटने में कुछ वक्त लगेगा।

उसके पिता बौखलाकर खड़े हो गए थे। आँखों में क्रोध और चिंता पनप रही थी। रौय जला-भुना-सा मेरी तरफ ताक रहा था! ओह! कितनी नफरत हो गई है मुझे इस लिजलिजे लालची इनसान से! चिढ़ता रहे, जल-भुनकर राख हो जाए, परवाह नहीं! मुझे पायल और पत्नी का भी ख्याल रखना है। चार दान का ब्लैक-बेल्ट एक नए छोकरे से इस तरह पिटता रहा तो उसकी इज्जत क्या रह जाएगी?

पत्नी का तनाव ढीला पड़ गया था। वह जुगाड़ लगाकर प्राप्त की हुई पेप्सी पायल को पिलाने में लगी थी। गलती मेरी ही है, मुझे दोनों को लाना नहीं चाहिए था!

दाँव-काट...दाँव-काट...कपड़ों की सरसराहट...साँय-साँय घूमते हाथ-पैर...तरह-तरह की चीखें...हवा में उड़ती हुई ठोकरें और हम—मैं और पार्थो!

बहुत नौटंकी हो चुकी। अब मैच को बंद कर देना चाहिए। एक बार...बस एक बार मैं पार्थो को खुद से पैना दिखने दूँगा, वह भी औकात के दायरे में! फिर रौय को स्पर्धा समाप्त करने का इशारा! रौय के बारे में सोचते ही मन खट्टा हो जाता है मेरा!

'क्यो कुशिन काई कान'—अर्थात् चरम सत्य की वीथी या कक्ष या स्थली। जापानी लिपि में शब्द अपने आगे-पीछे के संयोजन पर मायने बदल लेते हैं। तिस पर भी किसी कूट भाषा की तरह उनके कई-कई अर्थ निकाले जा सकते हैं! बहरहाल, कराटे की इस अति विशिष्ट शाखा के जनक मशहूर सोसाई (ग्रांडमास्टर) मासूतात्सू ओयामा थे! जो लोग मास ओयामा के नाम से परिचित हैं, वे यह भी जानते हैं कि उनके हाथों का अकेला प्रहार ही एक पूर्ण-विकसित सांड तक के लिए जानलेवा सिद्ध होता था। विश्व की सबसे घातक मारक-कलाओं में गिनी जाती है यह डिसिप्लिन! और मैं, इसकी चौथी डिग्री का ब्लैक-बेल्ट था।

सेना को कब का लात मारकर मैं महानगर की सड़कों पर भटक रहा था। परिवार के नाम पर पत्नी और फिर पायल! जमा-पूँजी कपूर की मानिंद तेजी से उड़ी जा रही थी और बुरे दिनों की छाया मँडराने लगी थी कि एक दिन मैंने वृक्षों से आच्छादित मार्ग के एक दरख्त पर ठुके लोहे के चदरे में लाल.रंग से लिखी

यह इबारत देखी थी, 'क्यो कुशिन काई कान।–डायरेक्टर–सेंसाई टी.सी. रौय, ब्लैक-बेल्ट थर्ड डिग्री, ओल्ड केनेल क्लब, एलगिन रोड...'–मेरी याददाश्त सुगबुगाई थी और मैं ऊहापोह में फँसा पते पर जा पहुँचा था।

मुझे देखकर रौय की बाँछें खिल गई थीं। उसने तुरंत जॉब देने की पेशकश की। तनख्वाह दो हजार प्रतिमाह! मैं सहर्ष तैयार हो गया।

"ब्लैक-बेल्ट कब पाई तुमने?" मैंने कुछ संशय के साथ पूछा था। उसने एक बर्फीली निगाह मुझ पर फेरी थी और मैं अपनी सीमाएँ समझ गया था।

अगले ही दिन रौय ने अपने पुराने प्रशिक्षक का हिसाब साफ कर दिया था। खामखा तीन हजार रुपए का खर्चा था और वह भी पहली डिग्री के ब्लैक-बेल्ट पर!

धीरे-धीरे रौय के नकली संस्थान की पूरी असलियत मुझ पर खुलती चली गई। यह भी कि मेरी बदौलत उसके प्रशिक्षण केंद्र की साख और आर्थिक स्थिति तेजी से बदल रही है। मेरे बैकग्राउंड को जमकर भुनाता था...पर मेरे भुनाने के लिए वही दो हजार रुपए का चेक!

संस्थान की किराए की जगह के मामले में भी उसने कई तरह की जालसाजियाँ और अच्छा-खासा अतिक्रमण कर रखा था। वकीलों के नोटिस अकसर डाक में पड़े रहते थे जिन्हें एक गुदाज-बदन सेक्रेटरी कभी-कभार वक्त मिलने पर रौय के आगे रख दिया करती थी और जिन्हें वह बिना पढ़े ही फाड़कर कूड़ेदानी में डाल देता था! ...मानो उसके आगे सब कचरा हों...! कितनी नफरत होती है मुझे रौय के इस अहंकारी आचरण पर मैं शब्दों में व्यक्त नहीं कर सकता!!

उसकी संस्था वाली जगह अपने नाम के अनुरूप कभी केनेल-क्लब हुआ करती थी। और वह छोटा-सा कमरा जो रौय का ऑफिस था, किसी जमाने में नस्लदार कुत्ते-कुतियों का मेटिंग-रूम हुआ करता था। बूढ़े माली ने मुझे हँसते हुए बताया था। तब से मैं रौय के ऑफिस को हनीमून-सुईट (सुहागरात-कक्ष) पुकारता हूँ। जब पहली मर्तबा मैंने इस जुमले का इस्तेमाल किया था तो रौय का चेहरा अचानक फक्क पड़ गया था और उसकी सेक्रेटरी तो बुरी तरह झेंप गई थी। जाहिर है, उन्हें केनेल-क्लब वाली बात का पता नहीं था! तब से मैं जानबूझकर बार-बार इस संज्ञा का प्रयोग करता हूँ, हर बार रौय बिना समझे खी-खी कर देता है और मुझे लगता है, अपना प्रतिशोध किस्तों में वसूल रहा हूँ। हालाँकि किस बात का प्रतिशोध? अगर कोई मुझसे यह पूछ बैठेगा तो मैं जानता हूँ, बिलकुल भ्रमित-सा हो जाऊँगा!!

मैंने उशीरोमावाशी गेरी का सधा इस्तेमाल किया। सामने से पीछे की तरफ घूमते हुए प्रतिद्वंद्वी के कपार पर एड़ी का औचक प्रहार! ...कनपटी पर पड़ जाए तो दरख्त भी जमीन चाट ले! पर मैं जानबूझकर उसके सिर के ऊपर से ले गया। पार्थो बचने के लिए झुका अवश्य, पर क्षणभर देरी से! मेरा पैर उसके सिर के ऊपर से पहले ही गुजर चुका था। मगर जैसा कि मेरा अनुमान था, दर्शकों को लगा मानो पार्थो ने बड़ी चपलता से इस दाँव को काट डाला है। भीड़ जोर से चिल्लाई। खुला मैदान एक बार फिर तालियों की गड़गड़ाहट से गूँज उठा। बस बहुत हो गया। अब इस मैच को बंद कर देना चाहिए। मेरी इज्जत, पार्थो की प्रतिष्ठा और स्कूल का भविष्य सब सुरक्षित था! मैंने रौय को इशारा करना चाहा। पर वह तो पार्थो के पिता में बुरी तरह उलझा हुआ था।

अचानक दर्द की तेज लहर पीठ में फूटती चली गई! अब मैं हवा में उड़ रहा था...अब जमीन पर घिसट रहा था! पार्थो ने कब संतुलन बनाया और कब पीछे से जोरदार माएगेरी लगाई!! मेरे दिमाग में तारे फूट रहे थे! "यह पागलपन है!" मैं अपना संवाद खुद निगल रहा था! इस एक कमजोर पल में पार्थो मेरी पीठ पर सवार हो गया था। मेरे हाथ उसकी हिजा (घुटनों) से दबे हुए थे और उसकी हथेली के किनारे से बरसता शुतोऊची प्रहार, मेरे कपार पर पीछे से घन की तरह गिर रहा था। पल-भर के ढीलेपन ने बाजी पलट दी थी। मैं पूरी तरह उसके काबू में था! दिखावटी खेल, पलक झपकते, बेहद खतरनाक बन चुका था!

मैंने पार्थो को समझाने की चेष्टा की, पर उस पर तो जैसे भूत सवार हो चुका था! आखिर चाहता क्या है? क्यों इस कदर चिढ़ता है मुझसे? किस बात की नफरत है? मैंने उसका बिगाड़ा क्या है? इस दुर्भाव के पीछे का सच समझ पाना बहुत कठिन है। पर मैं ही क्यों चिढ़ता हूँ रौय से? सिर्फ इसलिए कि वह नकली सेंसाई है? या और कुछ? इसलिए तो नहीं कि वह जीवन में मुझसे ज्यादा सफल है? अन्यथा उसने ही मेरा क्या बिगाड़ा है? मैं तो मारा-मारा भटक रहा था। उसकी वजह से कहीं ठौर तो मिला। फिर मेरा अहं क्यों बेतरह टकराता है उससे! इस दुर्भाव के पीछे का सत्य समझ पाना तो और भी कठिन है मेरे लिए। मनुष्य की मनुष्य पर श्रेष्ठ दिखने की क्षुधा! जय-पराजय, और बीच में झूलते उल्लास, उत्सव, शोक, संताप, कुंठाएँ! शायद यही चरम सत्य है संपूर्ण मानव प्रजाति के विकास का!!

मेरे सिर के पीछे उसके शुतोऊची प्रहार जारी थे। मुझे लगा, मेरी प्रतिरोध करने की क्षमता जवाब देती जा रही है। हर चोट के बाद, दर्द से अलग, एक अजीब

किस्म की मीठी-सी तरंग मेरे मेरुदंड से लेकर दिमाग के भीतर तक सिहर जा रही थी। पत्नी विस्मय से उठ खड़ी हुई थी। बच्चों में खतरा भाँपने की विलक्षण क्षमता होती है, पायल बेतरह आतंकित हो चुकी थी। भीड़ का कोलाहल पार्थो को निगल चुका था। रौय उसके पिता पर फेंका जाल खींचने में व्यस्त था। साँवली लड़की हवा में मुट्ठियाँ उछाल रही थी। और सिर्फ मैं जान रहा था कि हर क्षण मृत्यु या फालिज के कितने निकट पहुँच रहा हूँ!

मेरे पास बस एक रास्ता बचा है! एक ढीले अवसर का लाभ उठाकर मुझे अपने हाथों को छुड़ाते हुए, घूमकर, जबरदस्त प्रहार करना होगा। अपने हाथ को हथियार बनाकर नुकीतेऊची का प्रहार! पर पार्थो पल-भर में मर जा सकता है!! गर्दन की कार्टीलेज कड़क बोल जाएगी! या फिर उसकी आँखें! अंधा हो जा सकता है वह! यह जोश बढ़ाते दर्शक, देखते ही देखते रक्त-पिपासु भीड़ में बदल जाएँगे। या फिर जेल! अथवा जंगल!! कोई नहीं मानेगा कि इसमें मेरा दोष नहीं! प्रशिक्षक तो तुम थे! मैं करूँ तो क्या करूँ!

मेरा मुँह अब जमीन से सट गया है। नमदार मिट्टी, गर्म रक्त और जादुई फूलों की गंध मेरे नथुनों में जबरन समा रही है...कुछ देर में शायद यह सब महसूस नहीं होगा। दर्द, गंध, रंग, स्वाद, सिहरन–सब शून्य हो जाएँगे। फिर पायल नहीं दिखेगी...! एक ब्रह्मांड की इति हो जाएगी। क्या ऐसे ही हो जाएगी? नहीं! इस मूर्खतापूर्ण मृत्यु का ग्रास तो कतई नहीं बनूँगा! जीवन मेरा है! पहली और अंतिम बार है...या जो कुछ भी है, मैं नहीं जानता! पर इस तरह नहीं मर सकता!! मिट्टी, रक्त और फूलों की गंध! उसके घुटनों में दबा, नुकीतेऊची लगाने को तैयार मेरा अदृश्य हाथ, एक घातक चाकू में बदल चुका है। मांसपेशियाँ, झटके से पलटने को बेताब हैं। और मैं–बस प्रार्थना किए जा रहा हूँ कि कोई भी आकर इस खेल को रोक दे, कोई तो इस काल की गंभीरता को आँक सके क्योंकि मेरे पास वक्त बहुत कम है और पार्थो के पास तो बहुत ही कम...

[हंस, फरवरी 1997]

सुरंग

उसके दाँत भी पीले नहीं थे। सुनहले घुँघराले बालों से आती खुश्की, पसीने और इत्र की मिली-जुली गंध आदिम गर्माहट से भरी हुई थी। कुछ देर से हम साथ चल रहे थे।

पहली बार वह मुझे रोलर-कोस्टर के पास दिखी थी। फिर पिछले पड़ाव पर उसने लगातार निशाने लगाए थे, पर एक मर्तबा भी सफल नहीं हो पाई थी। मैंने तीनों बार लक्ष्य वेधकर सजावटी खिलौना जीत लिया था। स्टाल-स्वामिनी ने छोटा-सा बंदर निकाला था–मैंने आदमकद भालू की माँग की थी। आखिर 'आप इसमें से कुछ भी ले सकते हैं'–मैंने संशय दूर करने के लिए डिस्प्ले की तरफ संकेत किया था। मेरी अपेक्षा के विपरीत स्टाल-स्वामिनी की चिरंतन शाश्वत-सी मुसकराहट में कोई अंतर नहीं पड़ा। वह बड़े उत्साह से भालू उतारने लगी।

"पते की बात बताती हूँ–छोटा वाला ले लो। इतने बड़े भालू को कहाँ ढोते फिरोगे?" उसने समुद्र-सी नीली शरारती आँखें टिमकाते हुए कहा था। मैंने इस परामर्श की वैधता पर गौर करते हुए उस छोटे से बंदर को ही उठा लिया। फिर वह आगे बढ़ गई थी।

"सलाह के लिए धन्यवाद!" उसकी आँखें टकराने पर मेरे मुँह से फूटा।

"यू आर वेलकम! तुम पाकिस्तानी हो? ...मैं एक पाकिस्तानी को जानती हूँ!"

"नहीं, हिंदुस्तान से हूँ!" मैंने जल्दी से कहा।

"मुझे खेद है!...तुम लोगों की शायद आपस में नहीं बनती!"

"ऐसा कुछ खास नहीं...फिर भी...तुम ठीक ही कह रही हो।" मैं झेंप-सा गया था।

"तुम्हारे यहाँ बाजार होते हैं–मदारी, सपेरे, साधू, रस्सी का जादू दिखाने वाले, पर्दानशीन औरतें! ...है ना?" उसने किसी अलिफलैलाई नगर का चित्र आँखों में पाल रखा था।

"थोड़ा-थोड़ा सब कुछ, पर और भी बहुत कुछ! किंतु उस दृश्य-संयोजन में नहीं, जैसा तुम समझती हो—वह तो परीकथाओं-सा प्रतीत होता है! क्या मैं समझ में आ रहा हूँ?"

"कुछ-कुछ!" उसकी खिलखिलाहट काँच की नाजुक घंटियों-सी गूँज उठी थी।

"मतलब—हम भी आधुनिक लोग हैं। वातानुकूलित कारें, कंप्यूटर, ई-मेल, सेलफोन, रॉकेट, परमाणु बम—सब कुछ है हमारे पास!" मैं अचानक से भारतीय राजदूत की भूमिका निभाने लगा था।

"और पर्दानशीन औरतें?" उसने शरारती मासूमियत से पूछा था।

विशाल-सा अम्यूजमेंट पार्क था। किस्म-किस्म के तमाशे! अजीबोगरीब विज्ञान के अजीबोगरीब इस्तेमाल से बनाए गए खेल! सुपर कंप्यूटर से लेकर लेजर किरणों तक के हैरतअंगेज प्रयोग! भूत से भविष्य की यात्रा कराता कालयंत्र, अंतरिक्ष का अनुभव कराती मशीनें, तरह-तरह की राइड्स...छाया-प्रकाश-ध्वनि के अजूबे! ...वृहत-सी झील में खेलते पानी के दर्जनों खेल! जीवंत हौलनाक स्टंट-शो, विकराल रोलर-कोस्टर, अविश्वसनीय गति से हवा में नीचे से ऊपर को जाते—पूरा गोलचक्कर खिलाने वाले! देखकर ही कलेजा मुँह को आने लगा था। चढ़ने की हिम्मत नहीं जुटा पाया। फिर जरूरत भी क्या थी? इस तीन सौ एकड़ के विशुद्ध मनोरंजन-साम्राज्य में सबके लिए बहुत कुछ था। तुलना के लिए विश्वास के साथ कहा जा सकता है कि 'अप्पूघर' या 'एस्सेल वर्ल्ड' इसके सामने नितांत अनाथ से प्रतीत होते थे।

"यहाँ के पुराने आकर्षणों में से एक है!" लड़की ने संकेत किया, "पर सुना है यह 'हॉरर टनेल' आम-चलताऊ किस्म की नहीं है। इसमें कई प्रकार की जटिल तकनीक का बड़े कल्पनाशील ढंग से इस्तेमाल किया गया है। चाहो तो साथ चल सकते हो!"

एक हसीन आमंत्रण! भला कौन अस्वीकारेगा? हृदय जोरों से धड़का। उत्तेजना में मेरी उँगलियाँ बंदर पर एकबारगी कस गईं। फिर बंदर में से चीं-चीं की आवाज निकल पड़ी थी। लड़की ने चौंककर देखा। "कितना प्यारा है!" वह बोली थी।

क्यू में अधिकांशतः नवयुवक जोड़े ही दिख रहे थे।

"जब अँधेरा हो और खौफ हो तो रोमांस अधिक आसान हो जाता है!" लड़की फिर खिलखिलाई, "पर तुम इसका कदापि कोई अर्थ न निकाल लेना! मुझे

बॉक्सिंग भी आती है!!" मेरे मनोभावों को पढ़ते हुए उसने जैसे चेतावनी दी। मैं उसकी ओर खिंचता चला गया था।

मैंने पेशकश की, पर अंत में अपने-अपने टिकट हमने खुद कटाए!

'हम आपको डराकर ही दम लेंगे' का दावा ऊँचाई पर ठुका हुआ था। भयावह सुरंग मुँह बाए हमारा इंतजार कर रही थी।

"जर्क्स!" लाइन में खड़े एक जोड़े को अतिरेक उतावला होते व एक-दूसरे की गोदी में कूदते देख उसने कहा, "तुम्हारे यहाँ भी ऐसे सिरफिरे होते हैं?"

"इतने दुःसाहसी नहीं होते।"

"तुम्हारी संस्कृति में लड़के-लड़कियों का मिलना-जुलना वर्जित माना जाता है?"

"बिलकुल नहीं! हम ऐसे दकियानूसी भी नहीं हैं, किंतु हम लोग स्त्री-पुरुष संबंधों को दैहिक स्तर से ऊपर उठाकर बड़े आध्यात्मिक धरातल पर रखते हैं!" मैंने शेखी मारते हुए कहा।

जब अपनी हर कमजोरी, नीचता, कायरता और निखट्टूपन को हम सदियों से निश्छल, अभौतिकतावादी, आध्यात्मिक, पारलौकिक, धार्मिक आदि-आदि शब्दों के चमकीले आवरण में छिपाते आए हैं तो एक रूपसी को प्रभावित करने के लिए इतना-सा झूठ बोल देना—क्या बहुत बड़ा गुनाह था?

वैसे भी उसे मैं क्या बताता? बताता कि इतनी वर्जनाओं में रहे हैं कि स्थायी रूप से परवर्ट और अस्वाभाविक हो गए हैं? कि मैं ऐसे कस्बों-शहरों में पला-बढ़ा हूँ—जहाँ की जवान होती कुंठित पुरुष पीढ़ियाँ सदियों से सिर्फ किस्से और अफवाहें गढ़-गढ़कर यौन-तुष्टि करती आई हैं! जैसे पुराने जमाने में एक किच्चिन या भूतनी हुआ करती थी, जो किसी भी सुंदरी का रूप धारण करने की क्षमता रखती थी और जो किसी भोले-भाले कमसिन से लड़के को अपना शिकार बनाती थी। उससे तरह-तरह से संभोगरत होती थी! ...हाँ, बिचारा लड़का धीरे-धीरे खोखला होकर, एकाध बरस में गुजर जाता था!!

बाद के जमाने में किच्चिन की जगह मेडिकल कॉलेज की छात्राओं ने ले ली थी जो उस भोले लड़के से जोर-जबरदस्ती के उपरांत जबरदस्ती करने को कहती थी। मरता क्या न करता—छह-सात को निपटाता-निपटाता वह 'फाइनली' खलास हो जाया करता था और उसकी लाश अगली सुबह छात्रावास के पीछे अकड़ी मिला करती थी!

अफवाह नंबर दो—जाने भी दीजिए। इतनी अश्लीलता क्या कम है? अब अगर मैं उसे बता देता कि किशोर पीढ़ियाँ कितने चाव से इन किस्सों को

गढ़ती-सुनती आई हैं। और कि ओफ! उस लड़के की जगह 'हम' क्यों न रहे...! सोचती आई हैं। भोली-भाली लड़कियों के बारे में क्या-क्या गलत अवधारणाएँ पालती आई हैं–अगर मैं उसे सब बता देता तो वह गश खाकर गिर न जाती? हो सकता है मेरी सूरत भी न देखना चाहती–जो उस मुकाम पर तो मैं हर्गिज-हर्गिज नहीं चाहता था बस्स!

वैसे कमबख्त लड़कियाँ लड़कों के बारे में क्या-क्या किस्से गढ़ती आई हैं, या फिर पश्चिम में क्या-क्या अफवाहें प्रचलित हैं–सच मानिए, इन विषयों पर मैं पूरी तरह अनभिज्ञ हूँ!

"कहाँ खो गए?" उसने पूछा। बंद दरवाजा खुलता था, बंद होता था। सुरंग लोगों को लीलती जा रही थी। सामने की छोटी-सी भीड़ साफ हो चली थी।

"कुछ नहीं! ...मैंने तुमसे झूठ बोला। काफी अंतर्विरोध है इस विषय पर हमारे यहाँ। महानगरों, शहरों, कस्बों, देहातों–सबकी अलग-अलग विचारधाराएँ हैं। धार्मिक-सांस्कृतिक मान्यताओं से टकराव है। कई प्रकार की खौफनाक विद्रूपताएँ भी हैं।"

"यहाँ भी हैं! पर मैं धर्म से हटकर सेक्स को एक आवश्यकता मानती हूँ–किंतु यह बिलकुल निजी मसला है। ...मैं उसके भोंड़े प्रदर्शन को नितांत अनुचित मानती हूँ।"

"मैं भी!" मैंने गर्दन हिलाते हुए जोरों से हामी भरी थी, "और देखो तो सेक्स और धर्म, दोनों में कितनी समानता है–निजी तौर पर दोनों आवश्यक व सुखदाई हो सकते हैं, पर प्रदर्शित होते ही अश्लील बन जाते हैं...नहीं?" मैंने दर्शन बघारा।

"अब यह सब मुझे नहीं पता! तुम कम्युनिस्ट हो?" लड़की ने संदेह से पूछा था।

"कहीं से भी नहीं। लेकिन साम्यवादी और मुक्त-अर्थव्यवस्था में अंतर ही कितना है?" मैंने चमत्कारी अंदाज में कहा था। उसकी आँखों की सिकुड़न बढ़ गई थी। वह सचमुच और प्यारी लगने लगी थी।

"एक में राज्य, व्यक्ति व उसके श्रम को अपने अधीन कर लेता है, बदले में जरूरत-भर चीजें उपलब्ध करा देता है। दूसरी व्यवस्था तरह-तरह की ललचाती चीजें उधार में भी उपलब्ध कराकर व्यक्ति व उसके श्रम को अपने अधीन होने पर बाध्य कर देती है! इस जोत से भागने पर दोनों व्यवस्थाओं में कड़े दंड का प्रावधान है...तो अंततः दोनों में मनुष्य ही गुलाम बना ना?" लड़की पर पुरजोर प्रभाव डालकर मैं काफी संतुष्ट था। वह गहरी सोच में डूब गई थी।

"अंतर है...पूँजीवादी व्यवस्था में चयन की छूट है!" लड़की खुद से तर्क कर रही थी।

"क्या सचमुच?" मैं अर्थपूर्ण तरीके से मुसकराया था।

"हाँ...बिलकुल है! कम से कम यह अनुभूति आवश्यक सुरक्षाबोध अवश्य प्रदान करती है और...और तुम आदमी काफी जटिल हो!" लड़की चुप हो गई थी।

लंबी-सी खामोशी! मुझे लगा था जैसे वह मुझसे बात नहीं करना चाहती। मैं खुद को मन ही मन लतिआने लगा था। संबल पाने के लिए बंदर की तरफ ताका था तो उसने भी मुझे चिढ़ा दिया था।

"तुम्हारे यहाँ कैसी व्यवस्था है?" अंततः लड़की ने ही चुप्पी तोड़ी।

"हमारे यहाँ एक तीसरी व्यवस्था है—हमने उसे लोकतांत्रिक समाजवाद का नाम दे रखा है। इसमें चाँद तक मुफ्त मुहय्या कराने के वायदे हैं—बदले में किसी की कोई जिम्मेदारी तय नहीं है!" मैंने मजाकिया अंदाज में कहा था।

"मजेदार है!" वह मुसकराकर बोली।

"हाँ—तभी हमारी अर्थव्यवस्था का पेंदा फटा हुआ है? सारा राजस्व बंदर बाँट में चला जाता है। भीख को पुश्तैनी अधिकार मानने की आदत पड़ चुकी है। धर्म, जाति, लूट-मार पर टिका हुआ लोकतंत्र है! और भ्रष्टाचार, दुर्व्यवहार व फासीवादी किस्म की अफसरशाही का बोलबाला है..."

"यदि यह सचमुच सच है तो वाकई भयावह है।" वह घने अविश्वास के साथ बोली थी। शायद मैं उसकी नजरों में उतना भरोसेमंद नहीं रह गया था!

'अगर आप कमजोर दिल हैं तो लौट जाने का यह आखिरी मौका है!' तख्ती अदृश्य स्रोत से आती हवा में फड़फड़ा रही थी। मैंने दिल मजबूत किया था और हम इस चेतावनी को भी लाँघ गए। फिर सुरंग का मुँह खुला और हम उसमें समा गए थे!

मयूरपंखी-सा अँधेरा था। किसी यंत्र के कमाल से बिजली रह-रहकर कौंध रही थी। वज्र-सी कड़कड़ाहट भी! सामने दो-चार जन अँधेरे को और भी गहरा रहे थे।

यकायक मेरी शिराओं में रक्त जम-सा गया। लड़की जोरों से चीख उठी थी! दीवार में एक छेद खुला। काले दस्ताने में लिपटा एक डरावना-सा हाथ लड़की की पिंडलियों पर आकर कस गया था। वह चीखती हुई उस हाथ से जूझ रही थी। पल-भर को मैं लकवाग्रस्त हो गया। फिर जैसे लड़की को वापस जीतने की इच्छा ने मुझे जकड़ लिया हो—साहस बटोरकर हाथ को छुड़ाने के लिए नीचे झुका।

मानो कभी निकला ही न हो–हाथ वापस जा चुका था। दीवार जस की तस ठोस दिखाई दे रही थी! सामने वाले लोग बिलकुल बेहूदों की तरह खी-खी कर हँस रहे थे और मेरी कनपटी पर पसीने की महीन बूँदें उभरने लगी थीं। कहाँ फँस गए?

"भयानक था...पर तुमने बहुत बहादुरी दिखाई। तुम अच्छे आदमी हो–धन्यवाद!" लड़की ने कहा था।

अब वह काफी करीब होकर चलने लगी थी–मैं उसके साबुन की खुशबू भी पहचान सकता था। शनैः-शनैः स्वर्ग और नर्क मुझे एक साथ जकड़ते जा रहे थे। एक तरफ सुंदरी थी–इच्छाओं का साम्राज्य था, दूसरी तरफ खौफ था–पूरी सुरंग पार करने की चुनौती थी! मेरा वजूद दो भागों में बँटता चला जा रहा था। परीकथाओं के नायकों को निश्चय ही ऐसा ही कुछ महसूस होता होगा! मैंने धड़कते दिल से सोचा था।

सामने वाले लोग किसी दूसरे कक्ष में लोप हो चुके थे। ध्वनि अवरोधक दरवाजे अगली भयावहता का अंदाजा तक नहीं लगने दे रहे थे। हाँ, पीछे कोई और जोरों से चीखा था। अब तक सुनहले घुंघराले बालों वाली लड़की के साथ-साथ मैं भी ऊपरी तौर पर सहज हो चला था। पीछे वाले बेचारे की भयभरी चित्कार पर हम भी खी-खी करके हँस पड़े थे।

"तुम कहाँ से हो?" मैंने पूछा!

"शिकागो से।" उसने कहा।

"फिर तो तुमने स्वामी विवेकानंद का नाम जरूर सुना होगा!" मैं उत्साह से बोल उठा था।

"स्वामी...कौन? नहीं, मुझे बिलकुल नहीं पता, तुम क्या कह रहे हो!!" वह फिर सशंकित हो उठी थी।

मैं बिलकुल बुझ गया था। वैसे भी स्वामी जी सनातनी हिंदुस्तानियों को आत्मसम्मानी मनुष्य बनता देखना चाहते थे!...पश्चिम वाले उन्हें जानें न जानें, मुझे क्या? किसी प्रकार मैंने खुद को दिलासा देने का प्रयास किया था। फिर भी स्वामी जी की अमेरिका फतह को अस्तित्वविहीन पाना किसी भी गैरतमंद हिंदुस्तानी के लिए थोड़ा दुःखदायी अवश्य था! मैंने चुपके से पाँच-सात क्षणों का शोक मना लिया! अँधेरे का एक नया कपाट खुला था और हम आगे बढ़ गए थे।

अगला कक्ष कुएँ की तरह गोल था। हठात् सब कुछ तेजी से घूमने लगा। हम बेबस से तिरते हुए नाचती दीवार में जा सटे थे। फिर फर्श खिसक गया! नीचे गहरा खड्ड महसूस किया जा सकता था। हमारी आवाज हलक में अटककर रह गई थी—यह चमत्कार ही था कि हम दीवार से सटे के सटे रहे। फिर फर्श वापस लौट आया और हमारे पैर पुख्ता जमीन पर टिक सके!

"सेब का रस निकालने वाली मशीनें इसी सिद्धांत का नतीजा हैं।" लड़की ने मुझे समझाने की चेष्टा की थी।

"अगर ऐसे दो-तीन करिश्मे और झेलने पड़े तो मेरा भी भर्ता बन जाएगा!" मैंने आह-ऊह करते हुए कहा।

"बहादुर बनो!" वह बोली थी। फिर मैंने खुद को सँभाल लिया था।

"इन्हें 'यलो जैकेट्स' कहते हैं।" लड़की ने बताया।

"हम लोग इन्हें ततैय्ये, बिरनी, बभनी जैसे नामों से संबोधित करते हैं...और भी कुछ नाम हैं...।"

ध्वनि, प्रकाश और त्रिआयामी प्रेक्षण का कमाल रहा होगा—स्पीलबर्ग के किसी चलताऊ-कमाऊ सिनेमा के दृश्य की तरह वे हजारों की तादाद में बैठे भुनभुना रहे थे!

गाँव में इनके खोंते (छत्ते) दीवारों-छतों के कोने में लगातार बनते-बिगड़ते रहते थे। "अगर तुम इन्हें आदर दो तो यह कभी नहीं काटेंगे!" दादी ने बताया था! कितनी ही बार पुरानी दीवारें गिरीं—नई दीवारें उठीं, अच्छी-बुरी फसल के बीच अच्छे-बुरे मौसम बदले, पर दादी को ततैय्यों ने कभी नहीं काटा। जैसे नदी, दीवारें, मौसम, फसलें, व्रत-त्योहार, मिट्टी, धूल, ढोर, जनावर, ब्रह्म-स्थान से लेकर बरगद तक और दादी—सब उसी विराट् प्रकृति का अभिन्न हिस्सा थे और ततैय्ये भी उन्हें आदर देना जानते थे।

मैं बाहरी तत्त्व था! ततैय्ये मिनटों में समझ गए थे! मेरा सूजा चेहरा लहर रहा था फिर बाबा ने खोंतों को जला डाला था। दादी को बिलकुल भी अच्छा नहीं लगा होगा—तो भी मैं निःसंदेह उनके लिए ज्यादा प्यारी चीज था। पर यह अंतहीन महासमर की शुरुआत थी। अब तो गाँवों मे बस दीवारें ही दीवारें बची हैं और बिरनी से दंश!!

"मुझे इनकी घातक क्षमता के बारे में कोई गलतफहमी नहीं है!" मैंने तनाव महसूस करते हुए कहा। पता नहीं अब कौन-सा अचंभा हमारा इंतजार कर रहा था।

शायद मेरा ही पैर फर्श मे छिपे किसी तार से टकराया होगा—तीखी घंटी की आवाज गूँज उठी और फिर सब कुछ एक साथ घटित होने लगा था—भुनभुनाते पीले ततैय्यों का दल लहर की तरह उठा और चारों तरफ फैल गया। फिर वे हमसे आकर टकराने लगे। मैं बदहवासी की हालत में कपड़े झाड़ रहा था, पागलों की तरह चीख रहा था, भाग रहा था, पर चारों तरफ दीवारें थीं!

"रुक जाओऽऽऽ" लड़की की आवाज कहीं पीछे से तैरती हुई आ रही थी, "रुक जाओऽऽऽ...यह कागज का बना है!!"

सचमुच! मैं रुक गया था। अपने चेहरे की घबराई रेखाओं पर काबू पाने के प्रयास में लगा था कि छिपे हुए ध्वनि-संचारकों से एक चिढ़ाता हुआ कर्कश-सा ठहाका गूँज उठा।

"यह बिलकुल कुरुचिपूर्ण है!" आडियो-वीज्युअल इफेक्ट और मशीन से उड़ती रंगीन कागज की चिंदियाँ! मैं तेजी से गहरी साँसें भरता रहा—"इस बार तुम्हें धन्यवाद...मैं सचमुच डर गया था!!" अगले कक्ष में, काफी देर बाद, और लोग भी दिखाई दिए कुछ असली थे, कुछ नकली! नकली वाले रोबॉटिक पुतले थे, पर बिलकुल सजीव! वे हर मानवीय भंगिमा की नकल उतार रहे थे। रह-रहकर पलकें भी झपकाते थे। कुछ पल को भीड़ से घिरा होने का अहसास होने लगा था! बूढ़े पुतले, जवान पुतले, बच्चे पुतले, नर और मादा पुतले! और वे घावों, भूख और व्याधियों से पीड़ित-तीसरी और चौथी दुनिया के पुतले थे—कुछ लुप्त होती प्रजातियों के, जनजातियों के—जो जंगलों की तरह ही मर रहे थे।

"बेचारे...बदनसीब!" मैंने आवाज में उचित मात्रा में करुणा घोलते हुए दो-तीन बार कहा! लड़की फटी आँखों से देख रही थी—दुर्भिक्षग्रस्त एक बूढ़ा, कीड़े-मकोड़े मारकर खा रहा था!

"हमारे यहाँ भी कुछ लोग चूहे खाते हैं!" मैंने लड़की को बताया, "और सदियों से खाते रहने की वजह से बेचारों की आदत-सी बन गई है। वे उन्हें बड़े चाव से खाते हैं!"

मैं लड़की को शॉक से उबारना चाहता था, जिसमें वह डूबती चली गई थी! पर अचानक एक बच्ची रेंगती हुई, हाथ फैलाए आगे को आ गई और घुँघराले बालों वाली लड़की की आँखें डबडबाने लगी थीं। बच्ची पहचानी-सी थी। एक दिवंगत राजकुमारी ने शायद एक मर्तबा अपनी तसवीरें खिंचाने के लिए उसे खाना परोसा था और संभवतः चिपटाकर प्यार-सा भी जताया था!

फिर बच्ची की सिसकियाँ फूट पड़ी थीं। वातावरण और भारी हो उठा था।

लड़की ने सचमुच मेरा हाथ पकड़ लिया! उसे सहारे की जरूरत थी, जिसे मैं सहर्ष देने को तैयार था। क्षमा करें–पर मुझे उसके कंधे सहलाने का बेहतरीन बहाना भी मिल गया था!

"तुम तो दुनिया घूमे होगे–क्या सचमुच...सचमुच ऐसा है?" वह रुँधे गले से फुसफुसाई थी। नाउम्मीदी और नैराश्य से उसका पहला साक्षात्कार था, इसीलिए फालतू में फालतू के अपराधबोध से ग्रसित हो उठी थी! अपनी चमड़ी तो कब की मोटी हो चुकी है? अन्यथा मैं भला वहाँ पर क्यों होता?

"मुझे भी ठीक-ठीक नहीं पता...बस अखबारों में पढ़ा है और वे बिकने के लिए कुछ भी छाप देते हैं!" मैंने उसकी दहशत दूर करने का प्रयास किया।

"पर क्या रियली ऐसा हो सकता है?" वह खुद से बोले ही जा रही थी। मुड़-मुड़कर पीछे देख रही थी।

"अब इतना परेशान भी मत होओ...यह सब तो मात्र मशीनें हैं!!" कैसे तो मैं बड़ी सहजता से बोल उठा! लड़की की परेशानी पिघलने लगी थी। अब उसने मेरा हाथ छोड़ दिया था और हटकर चलने लगी थी। मैं बुरी तरह पछता रहा था!!

इस बार हम जिस जगह पहुँचे थे, वहाँ तेज जलजला उठा। "यह भूकंप रिक्टर स्केल पर नौ अंक नापा गया!" आग की लपटें हमारे चेहरे पर तपिश देकर चली गईं। बस बीच का एक टुकड़ा बचा था, जिस पर हम खड़े थे, बाकी की जमीन न जाने कहाँ धँस गई थी। फिर हरहराकर पानी भरने लगा।

"जल-समाधि के लिए तैयार हो जाओ, प्यारो!" कर्कश शैतानी-सी आवाज गूँज उठी थी।

पानी बाढ़ की तरह चढ़ता जा रहा था। हमारे मंच के समतल हो चला था। हम व्याकुल से पैर उचकाने लगे थे!

"शुक्र है, यह पानी के साथ ऊपर उठ रहा है।" लड़की बोल उठी!

"हाँ! हमारा छोटा-सा टापू–'आर्क' में तबदील हो चुका था। जल-प्लावन के बीच, उस पर हम सिकुड़े से खड़े रहे! मैं, लड़की और बंदर!"

"...पर कब तक?" मैंने ऊपर देखते हुए कहा। हर क्षण छत नजदीक आती जा रही थी।

"हलोऽऽऽ...इसे रोको...कृपया इसे रोको!" हम अपनी आवाज की हदों से त्राहिमाम् मचाने लगे थे।

छत मुश्किल से बित्ता-भर दूर रह गई थी कि हमारा 'आर्क' एक तरफ को जा सटा। दीवार में अनपेक्षित रास्ता खुल गया! हम कूदते हुए इस खतरे से बचकर भूतों की सभा में पहुँच गए थे!

किस्म-किस्म के मोटे-नाटे-दुबले-लंबे भूत थे। कुछ नाच रहे थे। कुछ पीकर बदहोश थे। कई तो झगड़ भी रहे थे। एक-दूसरे पर प्रहार करते थे, गिरते थे, फिर उठ खड़े होते थे! और चूँकि वे भूत थे, हम उनके आर-पार भी देख पा रहे थे!

"मरे हुओं को आपस में लड़वाने का क्या औचित्य है? ये तो एक-दूसरे को मार भी नहीं सकते!" मैंने कितने ही ऐतिहासिक प्रेतों के बारे में सोचते हुए कहा था–

"इन्हें हॉलोग्राम कहते हैं!" लड़की ने बताया। फिर भी, किसी अनहोनी के इंतजार में मैं बड़ी सावधानी से चलता रहा, पर कुछ भी अवांछित नहीं घटा।

"तुम खामखा ही डरे जा रहे थे...हीः हीः हीः हीः–" अदृश्य स्पीकरों से वही जानी-पहचानी लकड़बग्घे-सी हँसी तैरी। मैं उलटकर कुछ जवाब देना ही चाहता था कि बिना किसी चेतावनी के जमीन फट गई। हम पाताल में गिरते चले जा रहे थे! स्थिरता की तलाश में मैंने बंदर को जकड़ लिया था। लड़की के हाथ मेरी आस्तीन पर कस गए थे। धीरे-धीरे गति कम हुई। अंततः सब स्थिर हो गया था।

"जमींदोज काल-कोठरी में आपका बाकी का जीवन शांति से गुजरे! आमीन!!" धात्विक स्वर अब बर्दाश्त के बाहर हो चला था। "इसे ढंग का मजाक करना भी नहीं आता!" मैं चिढ़कर बोला था।

टेढ़े-मेढ़े पथरीले गलियारे, सीलन-भरी कोठरियाँ और अमानवीय उत्पीड़न की जीवंत 'कंप्यूटराइज्ड' झाँकियों से पूरा तल भरा हुआ था। एक जीवित व्यक्ति का पेट चीर, उसकी निकली अँतड़ियों को जलाया जा रहा था। कभी योरप के मुल्कों में यह राजद्रोह की आम सजा हुआ करती थी। बाद में उसके चार टुकड़े कर तोपों में भर चार दिशाओं में उड़ा दिया जाता था।

एक सज्जन या दुर्जन को रैक पर बाँधकर खींचा जा रहा था। हड्डियों के तिड़कने की आवाज उसकी चीखों पर भी भारी पड़ रही थी। और भी कितने हैवानियत भरे तरीके थे। किसी को दीवार में चिना जा रहा था, किसी में कीलें ठोकी जा रही थीं, किसी को हाथी से कुचलवाया जा रहा था। चीनी और जापानी तरीकों का तो एक पूरा अलग खंड ही था।

मृत्युदंड देने के अनेक तरीकों की प्रदर्शनी भी चल रही थी! टिकटिकी, फंदे, गिलोटिन से लेकर बिजली की कुर्सी और गैसचेंबर तक! जहाँ-तहाँ लाशें पड़ी थीं। और सीलन की गंध!! ...पता नहीं प्राकृतिक रूप से थी या उसे जानबूझकर पैदा किया गया था—जो भी था, पर उसकी वजह से लाशों के बासी होने का बोध भी हवा में तिर रहा था।

"दुनिया-भर की मानवीयता की उम्दा मिसालें हैं!" मैंने कड़वाहट से कहा।

"तुम 'ओवर-रिएक्ट' कर रहे हो...पुरानी बात थी...अब तो ऐसा शायद ही होता है!"

"यह तुम्हारा भ्रम है!" मैंने उम्र के अंतर का प्रभावी इस्तेमाल किया था, "इनमें से अभी भी बहुत कुछ प्रयोग में लाया जाता है और बहुत से नए-नए तरीके भी ईजाद हो गए हैं! ...'राज-काज दंड का विज्ञान है' कौटिल्य नाम के प्राचीन भारतीय दार्शनिक ने कहा था! मुझे लगता है यह आज भी उतना ही सच है!" उसकी आँखों में कई प्रश्न एक साथ दौड़ गए थे।

"इनमें से कोई तुम्हारे यहाँ का भी है?" उसने दबे स्वर में पूछा था।

"हाथी से कुचलने वाला निःसंदेह भारतीय प्रतीत होता है!...वैसे हमारे यहाँ कानों में पिघला सीसा डालने का भी प्रचलन था और भी कई तरीके थे...वे सब यहाँ नहीं दर्शाए गए हैं...!"

"आह! बहुत क्रूर रहा होगा!"

"इनमें से तुम्हें कोई मानवीय-सा भी नजर आता है क्या?" मैंने राष्ट्रीय प्रतिष्ठा बचाने के उपक्रम में उससे पूछ डाला था।

"नहीं! पर जैसे—गैस चेंबर या बिजली की कुर्सी या फायरिंग स्क्वाड मुझे ज्यादा मानवीय प्रतीत होते हैं।" वह झिझकते हुए बोली थी।

"मरने वाले को क्या फर्क पड़ता है? कीलें ठोककर मारा जाए या परमाणु बम से! उसका अपना ब्रह्मांड तो उसी पल विलुप्त हो जाता है।" मैंने निर्णायक बनने की चेष्टा की थी। पर बहस थी कि खत्म होने का नाम ही नहीं ले रही थी।

"कुछ भी कहो...प्रतिष्ठापूर्ण मृत्यु पाना सबका मौलिक अधिकार है।" उसने मेरी बात काटते हुए कहा। और हम दंड व यंत्रणा में मानवीयता तलाशते काफी देर तक उलझते रहे!

चूँकि बहस जिस काल में जाकर टिक गई थी, अमेरिका तब तक मिला ही नहीं था—वह योरप को अधिक मानवीय सिद्ध करने पर तुली रही, मैं एशिया के पक्ष में अड़ा रहा और हम बच्चों की तरह झगड़ पड़े थे!

नहीं-नहीं एशिया! ...नो-नो योरप! ...अंत में उसे धराशायी करने का जबरदस्त तर्क मुझे सूझ गया।

"तुम समझती हो कि एशिया और योरप दो भिन्न महाद्वीप हैं?" मैंने जाल फैलाया था।

"बिलकुल! भूगोल की पुस्तकों में लिखा है!" वह सावधानी से बोली थी।

"नक्शे में तो वह एक ही भूखंड नजर आता है।" मैंने जाल समेटते हुए कहा।

"तो क्या किताबें झूठ बोलती हैं?"

"निःसंदेह! और यह एक जातिगत अहंकार ही है जो एशिया और योरप को दो काल्पनिक भूखंडों में बाँटता है कि तुम और हम एक जमीन की संतान कैसे हो सकते हैं?" मैं वाकई भावुक हो चला था!

कुछ पल को वह तमतमा गई थी। "तुम्हारा मतलब गोरी जाति के झूठे अहंकार से है और वह सचमुच पाप है! पर कुछ ही देर पहले जब तुम अफ्रीकी-अमेरिकी और अन्य जनजातियों के लोगों को देखकर 'बेचारे-बेचारे' संबोधित कर रहे थे तो क्या वह तुम्हारा जातिगत दर्प नहीं बोल रहा था? मैं तुम्हें बताती हूँ–'गोरे' बनने की लालसा सभी पालते हैं–सभी!" उसके भावावेग, उसकी जबरदस्त दलील के आगे मैं ही ध्वस्त हो गया था। कुछ देर तक हम चुपचाप चलते रहे।

"जाने भी दो...हम बेमतलब कटु हुए जा रहे हैं।" उसने मुझे पुचकारते हुए कहा, "जबकि इनका मकसद सिर्फ डराना है! ...क्या तुम्हें लाशों से भय नहीं लगा?"

मैं बताना चाहता था कि हम लोग लाशों को थोक-भाव से देखने, पढ़ने और सोचने के आदी हो चुके हैं! तेलंगाना, कश्मीर, पंजाब, असम, बेलछी, बारा से लेकर बाथे तक! आरती से अजान तक! सरकार दर सरकार तक!! और इतनी लाशें इस पूरी सुरंग को पाट देने पर भी नहीं अटेंगी। जलियाँवाला जैसे कई बाग उनसे ढक दिए जा सकते हैं...फिर भी वे खत्म नहीं होंगी! पर इतना कुछ समझाना दुष्कर-सा जान पड़ा। फिर न जाने वह मुझे क्या समझ बैठे! अनार्किस्ट या और कुछ!! इस झिझक में चुप रह गया।

"ठीक कहती हो! यह सचमुच खौफनाक था।" उसका मन रखते हुए मैंने कहा। मेरी बात खत्म भी नहीं हो पाई थी कि इतिहास के तमाम जालिमों-सूरमाओं ने हमें घेर लिया। सिकंदर ने दुधारी काढ़ रखी थी, चंगेज ने भाला तान रखा था और हिटलर के हाथ में माउजर थी। सब खूँखार-खतरनाक इरादों से हमारी तरफ

बढ़े आ रहे थे। शायद दर्पणों का जादू था क्योंकि जब हम भागते-भागते दीवार से टकरा गए तो वे सब के सब, औंधे-टेढ़े होकर हिलने लगे थे और दर्पणों में से एक रास्ता फट गया था!

"आहिस्ता! देखकर नहीं चल सकते क्या?" स्पीकरों में से चिढ़ी हुई आवाज निकली थी।

और मेरे देखते-देखते वह गुम हो गई!

यूँ तो अभी देखने को बहुत कुछ बचा था। पर इतना कुछ हम देख चुके थे कि अब वहाँ से निकलना चाहते थे। बचपन से लेकर अब तक जितने तरह के रौरव सुन रखे थे, वे सब के सब यहाँ मौजूद थे। हम मनुष्यों ने ही उन्हें बनाया था! भय में जीवन तलाशना व नर्क और स्वर्ग, दोनों को साथ-साथ ढोना बड़ी मशक्कत का काम था और मैं मानसिक तौर पर बुरी तरह थक चला था!

हम एक बार फिर अँधेरे-से कक्ष में खड़े थे, और हमारे सामने तीन रास्तों का विकल्प था। एक जिस पर 'नर्क में आपका स्वागत है!' लिखा था और जिसे झेलने की ताकत व इच्छा, दोनों खत्म हो चुके थे! दूसरा रास्ता, जिससे हम निकलकर यहाँ तक पहुँचे थे, और जिससे हम बुरी तरह ऊब चुके थे। एक ही तरह की थीमों में थोड़ा फेर-बदल कर बार-बार दोहराया गया था। कहीं साँप, बिच्छू, मकड़े बिलबिलाकर निकल पड़ते थे–कहीं बीभत्स लाशें अचानक से कूद जाती थीं...कहीं किसी सेक्स मेनियाक के दिल-दहलाने वाले कारनामे प्रदर्शित किए गए थे–कहीं भयावह चेहरे उछल पड़ते थे। अदृश्य ध्वनि-संचारकों से एक ही प्रकार का अट्टहास हमें रह-रहकर चिढ़ाता था। तमाम तकनीकी लटकों के बावजूद एक-सा भय अपनी धार खोकर भोथरा भी होने लगा था! तीसरा रास्ता–'मुक्ति का मार्ग' था! अपनी भयावह थकान से निजात पाने के लिए हम उसी पर चल पड़े!

घटाटोप अँधेरे और फिर धुँधले प्रकाश के क्षेत्र जब हम तीसरी बार पार कर चुके, तब मुझे संदेह होना आरंभ हुआ। मैंने बंदर को धुँधले प्रकाश क्षेत्र में बीच रास्ते पर छोड़ दिया और उसे अलविदा भी नहीं कहा। पाँच-सात मिनट चलने के पश्चात् मैंने ठीक उसी जगह से बंदर को सही-सलामत उठा लिया था! 'मुक्ति का मार्ग' एक बड़ा-सा भूलभुलैया था, जिसमें हम चक्कर काटे जा रहे थे और जिससे निकलने का कोई रास्ता नहीं सूझ रहा था! और ऐन उसी वक्त वह गायब हो गई थी!!

वह अँधेरे में दीवार टटोल रही थी कि बिना आवाज एक द्वार खुल गया!

"आओ इधर देखते हैं!" कहते हुए वह उसमें चली गई। जब तक मैं उसके पीछे जाता, पूरा का पूरा दरवाजा ही ठीक आँखों के सामने गायब हो चुका था!

पहले मैंने आँखें रगड़ीं, खुद को चिकोटी काटी, फिर काफी दूर तक दीवारें पीटता रहा। जोरों से उसे पुकारता रहा। मैं जानता था वह अगल-बगल में ही कहीं है! पर न तो दिखाई दे रही थी, न उसकी आवाज सुनाई दे रही थी—मानो वह कहीं परे जा चुकी हो। किसी चौथे, पाँचवें या छठे आयाम ने उसे निगल लिया था! फिर हर बार की तरह चिढ़ाते हुए ठहाके हुहुआने लगे थे!

सब नकली है! मिथ्या है!! मैं बार-बार खुद को समझा रहा था, किंतु नैराश्य हावी होता चला गया। अब कुछ भी अच्छा नहीं लग रहा था। जैसे सारा कुछ खो गया हो!

पल भारी होते जा रहे थे। चेहरे पर पसीना चिपचिपाने लगा था। रूमाल की तलाश में जेब में हाथ डाला तो उँगलियों में लाइटर लिपट गया। मैंने धड़कते दिल से लाइटर निकाला। और हालाँकि यह वर्जित था, पर मैंने लाइटर जला डाला! चट से ऊँची-सीधी नीली-सी लौ उभर गई और अँधेरा बीच से फट गया। मैं गलियारों-दीवारों में रास्ता तलाशता रहा।

"इसे बंद करो!" आदेश भरी आवाज आई। गलियारे के छोर से एक कंकाल सधे कदमों से मेरी तरफ बढ़ा चला आ रहा था। दूर घुप्प अँधेरे में रेडियम की तरह चमक रहा था। मेरी घबराहट चरम सीमा पर पहुँच गई थी। संभव है, मैंने हनुमान चालीसा की कुछ पंक्तियाँ भी मन में बुदबुदा डाली हों...बंदर को भी मैंने संकट-मोचन की तरह सामने कर लिया था। हालाँकि ख्रिस्तानी प्रेत पर इसका कितना असर पड़ेगा—इसमें किंचित् संदेह उत्पन्न हो रहा था! पर मेरे पास किसी भी तरह का क्रूस उपलब्ध नहीं था!!

"लाइटर बंद करो।" कंकाल ने दाहिने हाथ की मज्जाविहीन उँगली लहराते हुए डपटकर कहा।

"पहले बाहर का रास्ता दिखाओ!" कैसे तो मैं बोल पड़ा।

"पहले इसे बुझाओ!" कंकाल के भीतर का जो आदमी था, वह तनावग्रस्त हो उठा था। आगे का खतरा मँडरा रहा था, तो भी अपने मुखौटे से निकलकर वह पूरा शो बरबाद नहीं कर सकता था! उसकी मजबूरी थी! और यह बोध मेरे लिए बड़ा बलदायक साबित हुआ। कुछ देर तक हम दोनों अड़े रहे। अंततः उसने हथियार डाल दिए।

"पर पहले लाइटर तो बंद करो! जाने कहाँ-कहाँ से आ जाते हैं...!" वह अंत में धीरे से कुड़कुड़ाया था।

"मेरे साथ एक लड़की भी थी!" मैंने दूसरी शर्त रखी।

"पता है...मुझे सब पता है...पीछे-पीछे चले आओ।"

हम घूमते-फिरते पहचाने से तिराहे पर पहुँच गए। "शुक्र है तुम सलामत हो!" मैं लड़की को साबुत पाकर चिल्लाया। वह भी खिल उठी थी।

"धन्यवाद!" वह रेडियम से चमकते कंकाल से बोली थी।

"यह दरवाजा बाहर की दुनिया में खुलता है! ...अलविदा!" कंकाल ने कहा और सधे हुए कदमों से आहिस्ता-आहिस्ता दूर होता चला गया।

मैंने अविश्वास के साथ दरवाजे को देखा था। 'नर्क में आपका स्वागत है!' मोटे अक्षरों में लिखी इबारत उस पर झूल रही थी!

खुले में पहुँचते ही ठंडी-कुरकुरी हवा का झोंका चेहरे से टकराया। शाम हो चली थी। आसमान साफ था और सितारों का जादू सिर चढ़कर बोल रहा था। मैं आश्वस्त हो उठा था कि अचानक लड़की फिर से चीख पड़ी! लाल आँखों और बिखरे बालों वाला वहशी-सा आदमी हाथों में स्वचालित आरी (चेन-सॉ) लिए उसकी गर्दन पर झपटा! ...और खून के छींटे उड़कर लकड़ी की दीवार पर जा पड़े थे! मैं सन्न-स्तब्ध-सा देखता रहा! फिर आसपास के लोग ठठाकर हँस पड़े थे। लड़की उस पागल के पाश से छूटकर मेरे पास आ गई थी। और एक आदमी जल्दी-जल्दी दीवार पर पड़े लाल रंग की छींटें पोंछने लगा था!

"भयानक अनुभव था!" मैं तेजी से ताजी हवा फेफड़ों में खींच रहा था।

"यह सुरंग हमारे नैतिक-आत्मिक विकास के दावे को तहस-नहस कर डालती है!" मैंने दार्शनिक अंदाज में कहा, "वैसे सोचा जाए तो विकास भी आरंभिक अवस्था में ही है और हमारी तो बस शुरुआत हुई है! पिछले हिमयुग से जोड़ें तो मानव सभ्यता की सुबह हुए कुल नौ-दस हजार वर्ष हुए हैं। चार पीढ़ी प्रति सदी के हिसाब से तथाकथित सभ्य मनुष्य की हम चार सौवीं पीढ़ी ही तो हुए! मात्र चार सौ संभोग का नतीजा हैं हम!"

पता नहीं कैसे इतना खुलकर बतियाने लगा था। उम्र, लिंग, रंग—सारे भेद मिट गए थे और एक विशुद्ध परिमल-सी सहजता ने मुझे अपनी गिरफ्त में ले लिया था।

"यह चीजों का अतिशय सरलीकरण नहीं है?" उसने पूछा।

"क्या मैं गलत हूँ?"

"नहीं, बस कुछ अटपटा-सा है! तुम सचमुच काफी जटिल इनसान हो और दिलचस्प भी!" वह गुनते हुए बोली थी, "सोचना ही है तो सिर्फ चार सौ पीढ़ियाँ क्यों? क्या हमारा अस्तित्व इस बात का प्रमाण नहीं है कि सृष्टि के आरंभ से ही हमारा अंश अवश्य मौजूद रहा होगा? अन्यथा हम यहाँ होते ही कैसे?"

"यह तुमने खूब कहा...!" मैं चकित हो उठा था। "और तब हम कितने विशिष्ट जन हैं–यह भी तो सोचो!" मैंने उसमें जोड़ दिया–"सोचो, कितनी ही बार खगोलीय विस्फोटों, जलजलों, बाढ़, अकालों, हैवानों, रोगों, आततायियों, भूख, लोभ, घृणा, अहंकार, आँधियों, तूफानों से जूझे होंगे! कितने तो मर-खप गए, जिनका नामोनिशान तक नहीं बचा, पर इन सबसे बचकर निकल आए लोग हैं हम!" मैं न जाने क्यों मुड़कर सुरंग की तरफ देखने लगा था।

"हाँ, बिलकुल! हम सर्वाइवर्स हैं...बचे-खुचे लोग!" मेरा हाथ पकड़कर वह मुझसे सट गई थी।

"फिर भी हम मिलकर नहीं रह पाते!" मैं बड़बड़ाया था।

"इसीलिए कि उन तमाम जलजलों, अकालों, हैवानों, भूख, लोभ, घृणा, अहंकार आदि-आदि जैसा तुमने कहा–उन सबको हमने अपने भीतर बसा रखा है, पर अब बेहतर होगा, तुम अपनी सधुक्कड़ी से निकलकर वास्तविक दुनिया में आ जाओ। मुझे जोरों की भूख लगी है!" उसने निगाहों से कैफेटेरिया खोजते हुए कहा था।

"तुम रह-रहकर खो जाते हो!" कॉफी में 'हाफ एंड हाफ' मिलाते हुए वह बोली।

"मैं कुछ सोच रहा था!"

"शायद मेरे बारे में!" उसकी खनकती खिलखिलाहट आज भी मेरे कानों में गूँज जाती है।

"हाँऽऽऽ...कुल दो-ढाई सौ गज की सुरंग-भर साथ चले होंगे, पर ऐसा नहीं लगता जैसे कितने पुराने मित्र हैं?"

"सच है!" लड़की ने बात जारी रखने की छूट दी।

"मतलब...इस दोस्ती के दो ही आयाम हो सकते हैं–" मैंने बड़ी आस से कहा था। सहसा बिछोह किस्म की पीड़ादायक अनुभूति मुझे घेरने लगी थी। "एक तो कि हम कल तक एक-दूसरे को याद भी न रखें, दूसरा कि हम किसी करिश्मे के तहत जीवन-भर को साथ हो जाएँ!!"

"ओ...ओऽऽऽ! तुम तो बिलकुल ही बिखर गए हो, कुछ भूल रहे हो–एक

तीसरा आयाम भी होता है! यह माइक है—मेरा बॉयफ्रेंड!!! तुम एकदम सही वक्त पर पहुँचे—माई लव!" घड़ी देखते हुए वह बोली।

न जाने कब कामदेव-सा खूबसूरत एक बलिष्ठ युवक मेरे पीछे आकर खड़ा हो गया था और मुझे आँखें फाड़-फाड़कर ताके जा रहा था।

"माईक केमिकल इंजीनियर है। इस नगर के अम्ल-संयंत्र में ट्रेनिंग पर आया है!"

कुछ पल को ईर्ष्या ने मुझे चाट डाला था।

"खैर मनाओ कि वहाँ तुम्हारा पैर नहीं फिसला!!" मैंने जल-भुनकर कहा था। उसके कॉकेशियन चेहरे पर बेवकूफी-सी तैरने लगी थी और लड़की ठठाकर हँस पड़ी थी।

आह! बड़ी किस्मत वाले हो माईक कि मेरे हाथों में कोई 'चेन सॉ' नहीं थी, वरना तुम्हारे टुकड़े खाक में फड़कते नजर आते!

"चलो चलें!" माईक ने गंभीर मुद्रा ओढ़ ली थी।

बस यही सुकून है कि उस रात माईक को नींद नहीं आई होगी क्योंकि चलते वक्त जब मैंने लड़की को अपनी कहानी के मूक गवाह उस बंदर को यादगार के तौर पर भेंट कर डाला था तो उसने मुझे बाँहों में समेटकर—जी हाँ—एक बार से कहीं अधिक चूम लिया था। "मैं इसे बड़े एहतियात से रखूँगी!" वह विदा लेते हुए बोली थी।

मैं बहुत दूर तक उसके सुनहले-घुँघराले बालों को उछलता-लहराता देखता रहा, जब तक कि मेरी झिलमिलाती आँखों से वह बिलकुल ओझल नहीं हो गई!

[हंस, मई 1998]